ESCURIDÃO

SUMA de letras

ELENA P. MELODIA

ESCURIDÃO

Tradução
Eliana Aguiar

SUMA de letras

1

Está escuro.

Ando, mas não saio do lugar. Minhas pernas pesam como chumbo e na minha cabeça batem os golpes dos passos imóveis, que martelam sem parar. Começo a sentir frio. Tremo e não consigo me aquecer. Meus braços também estão paralisados. Doem de uma dor que nunca senti antes, quase como se estivessem sendo arrancados.

Tento gritar, mas não consigo. Emito apenas um fio de voz rouca e desafinada, como o som de um instrumento de sopro que tivesse ficado muito tempo embaixo d'água.

Onde estou?

Sinto que alguns rumores, de início distantes, ficam mais próximos e continuo a tremer, agora também de medo.

Depois abro os olhos e não vejo nada. Só a escuridão. Mas estarão abertos mesmo? Sim: vejo uma lâmina de luz embaixo, à direita. E ouço vozes que me parecem familiares. Do outro lado de uma porta.

Levanto num salto e descubro que, finalmente, posso me mexer.

Estou em minha cama.

Só estava dormindo.

Respiro devagar, tento entender. Aconteceu de novo. A fronteira entre o sono e a vigília não existe mais, os pesadelos são verdadeiros, a realidade, um inferno. O sonho se torna realidade. E é um inferno também.

Isso me acontece muito, desde o dia do acidente.

Procuro às apalpadelas o abajur na mesinha de cabeceira. É horrível, rosa com uma cúpula de plumas sintéticas.

A primeira coisa que vejo é o caderno roxo, que caiu no chão na pressa de levantar. Comprei ontem. Estava à mostra na vitrine de uma papelaria no centro, uma lojinha sem graça que nunca tinha notado antes. Deve ter sido pela cor, roxo, mas logo achei que era lindo. Ainda não sei se ou o que vou escrever. Mas estou contente por tê-lo comprado. Precisava ter aquele caderno e ponto final.

Agora ele está no chão, todo desfolhado entre os livros da escola que repetem, monótonos, as mesmas histórias inúteis. Sinto suas palavras, os números de suas páginas martelarem em minha cabeça. Vejo suas horríveis ilustrações, as marcas de meu lápis sublinhando linhas sempre iguais. Penso na escola.

Fecho e reabro os olhos. Inferno.

Dou uma olhadela para o despertador, velho e barulhento. É cedo. São só seis horas.

Inferno.

Mais barulhos. Barulhos demais. Fecho e reabro os olhos.

É terça-feira.

Os barulhos são de Jenna, minha mãe, que começa mais cedo o seu turno no hospital. É terça-feira. E ela é enfermeira. Não sei como aguenta. Jamais faria o seu trabalho. Dias inteiros tratando de gente doente, lavando, cuidando. E para quê? Talvez para acabar um dia na mesma cama, esperando encontrar uma enfermeira como ela, para lavar e cuidar de você. Que estará muito mal. Que estará morrendo. Não, obrigada, não serve para mim.

Fico imóvel sob as cobertas, esperando que a luz do dia se filtre através das cortinas. Depois levanto e vou até a janela, uma enorme janela tão inútil quanto um ar-condicionado na Lapônia, porque se abre sempre e unicamente para o cinza. Cinza de edifícios, de ruas, até de céu. Contemplo, além do rio lamacento, os aviões desfilando a distância, sobre as pistas do aeroporto. Como queria ir embora daqui...

Olho o céu, mas não o vejo de verdade.

Hoje, como sempre, chove.

Tac, tac, tac. A chuva batuca no vidro como se quisesse chamar minha atenção. Saio de meu quarto, sigo pelo corredor deserto em direção ao banheiro. A escuridão do pesadelo volta a me assaltar, retornando bruscamente a meus pensamentos. Deve ter sido um sonho, só um sonho, mas me sinto arrasada. Resolvo me olhar no espelho e, pouco a pouco, a escuridão se dissolve. Sou bonita, apesar de tudo.

Fico ali, examinando meu rosto.

De vez em quando fico pensando o que seria de minha vida se fosse feia, se não tivesse os olhos verdes, que gosto de fincar nos rapazes para deixá-los intimidados, ou os cabelos negros e lisos, brilhantes de dar inveja a uma gueixa, ou este corpo que continua magro não importa o quanto coma. Como seria a minha vida?

Seria um único, colossal, irremediável horror. Podem pensar o que quiserem. A verdade é que a beleza é uma forma de poder.

A única que tenho.

A única verdadeira, digo.

— E depois, gosto do poder... — digo em voz alta, piscando para mim mesma no espelho.

Chove lá fora.

Olho bem nos meus olhos.

Já me recuperei.

No corredor, dou de cara com a silhueta errante de meu irmão Evan. É difícil acreditar que sejamos parentes. Evan carrega os seus 14 anos como quem usa um casaco velho. Com vergonha. Faz o tempo passar, arrancando cada dia de si mesmo como se fosse um esparadrapo. Só tem um objetivo: chegar aos 18 anos, ou seja, à liberdade de fazer o que bem entender, de parar de estudar e de poder, finalmente, morar com Bi, sua namorada, o único ser humano com quem realmente fala ou interage de alguma maneira.

Evan tem os cabelos opacos, sem vida, e se veste sempre da mesma maneira. Calça de moletom com elástico e casacos molambentos, sapatos enormes e camisetas esquisitas, meio descosturadas. Tudo rigorosamente escuro. Tem paixão por *piercings*. Acho que estão espalhados pelo corpo inteiro.

A última novidade é um alfinete de fralda enfiado na bochecha.

— Lindo — comento sarcástica assim que o vejo.

Sem resposta. Só um olhar torto, acompanhado de um resmungo digno de uma velha balconista de bar cansada do trabalho.

Evan me evita e desaparece. Àquela hora da manhã, já enfiou os fones nos ouvidos, disparando punk-rock a milhões de decibéis.

Suspiro. Não há o que fazer. Não acho que seja por causa dos três anos que nos separam, nem pelo fato de ser menino. Evan é um ser de outro planeta que ainda não foi desmascarado. Não há comunicação possível com ele, e basta.

Segue balançando até seu quarto e se fecha lá dentro. Tenho uma imagem fugaz de seu futuro. Não vejo nada. Só problemas.

Cedo ou tarde, os acontecimentos vão me dar razão.

E aí ninguém vai poder fazer mais nada.

Trato de me vestir rapidamente e coloco a mochila no ombro. É roxa, como o caderno que comprei ontem e um monte de outras coisas que me pertencem. É roxa porque tudo o que me agrada é roxo.

Abro a porta de casa e volto a fechá-la atrás de mim. Estou pronta para ir à escola.

Hoje é dia de batizado.

2

Quando chego, tudo está como deveria estar. Pelo menos aqui.

Um grupinho de garotos que faz ponto do lado de fora fica me olhando quando passo no corredor cheio de gente do primeiro andar. Sinto seus olhos fixos em mim. Deve ser porque coloquei o short branco que minha mãe acha curto demais para a escola. A julgar pelos olhares que recebo, desconfio que ela não está totalmente errada. Bom.

Vejo minhas coxas esguias tensionando-se a cada passo. O pavimento de linóleo verde ressoa surdo sob as solas de minhas botas de couro negro.

Chego ao segundo posto de controle que toda menina tem que enfrentar depois que entra na escola. Lá estão eles. Bem ali, como sempre. Ian também olha para mim. Desvia os olhos de vez em quando, fingindo conversar com seu grupinho de idiotas. É um cara bonito, com certeza, mas tem muita menina atrás dele para o meu gosto. Costuma dizer por aí que vai sair comigo um dia desses. Ele se acha irresistível.

Não é.

Só de birra, vou sair com Rubi, o colega marginalizado. Ian não vai entender por que faço isso. Vou deixá-lo de boca aberta e seca, como um grande e estúpido peixe encalhado na praia.

Ah, ele sorriu. E sorrio de volta. Não sabe o que esperar, mas pensa que entendeu. Talvez, mais tarde, pare de andar cercado de amigos insignificantes só para sobressair.

E de anunciar para todo mundo o que vai fazer.

Bonitinho.

Mas um perdedor.

* * *

Já minhas amigas são diferentes. Cada uma com sua própria personalidade vencedora: Seline, sempre alegre e curiosa, seria capaz de passar uma semana inteira fazendo compras. Agatha, tímida e calada, é independente e determinada. E Naomi, viva, mas equilibrada, é uma daquelas que sempre dizem o que pensam. Estão me esperando na sala de aula, como toda manhã. Nossa relação é muito simples: decidiram que eu seria uma espécie de guia. Prefiro o termo "guia", porque "chefe" significa dar ordens e fazer parte de um grupo, o que não é o meu caso. São elas que me seguem, pois confiam em cada coisa que faço e digo. A decisão foi delas. Não minha. Essa é a força da nossa amizade.

— Oi, meninas — cumprimento sem mover um único músculo do rosto.

Às vezes me dizem que sou fria. Talvez seja mesmo. Mas saber dosar as emoções é uma necessidade, além de um dever: sorrisos e lágrimas podem ser muito perigosos se ficarem fora de controle. Devem ser administrados com conta-gotas para não caírem nas mãos de algum desgraçado capaz de usá-los contra você mesma.

— Quantos batizados vamos fazer hoje? — pergunto, colocando a mochila no banco.

Não fazemos nada de mau. E sobretudo, são as meninas do primeiro ano que pedem. Depois de um pedido formal, nós as examinamos. E se quiserem ser batizadas, o que significa que terão nossa amizade, têm que enfrentar quatro provas: passar uma noite fora de casa sozinhas, roubar alguma coisa numa loja, convencer uma pessoa que nós escolhemos a fazer alguma coisa (qualquer coisa), destruir na nossa frente algum objeto de que gostem muito.

Se passarem, e costumam passar bem, nós passamos ao batizado. E, automaticamente, elas se tornam pessoas dignas da nossa amizade. Porque a amizade é isso: respeito e confiança. Nada de grupos. Nada de chefes. Nada de estruturas. Escolher livremente as próprias companhias.

— Acho que é melhor adiar os batizados — diz Naomi.

— Por quê?

— Temos um problema.

Encaro-a bem nos olhos.

— Isso.

Naomi mostra a tela de seu celular.

Arregalo os olhos. Vejo o corpo seminu de uma garota. Está de costas. É Seline!

— Digam que não é verdade...

— Infelizmente, é.

Seline sacode o rabo de cavalo louro.

— Foi ele! Aquele nojento! — quase grita Naomi, fora de si.

— Precisamos fazer alguma coisa — sussurra Agatha, com uma calma gélida, que parece deslizar entre nós.

Tem toda a intenção de organizar uma punição exemplar.

Olho para elas. Concordo. Ele, o nojento, se chama Adam e, evidentemente, é mais um menino bonito e babaca da escola. Sabemos de uma série de intimidações mais ou menos graves por sua conta. Andava cercando Seline havia um bom tempo, atraído por suas formas macias e por sua doçura. E estava certo: Seline é boa, uma coisa rara e sobretudo perigosa. Naomi bem que avisou. Mas Adam foi muito esperto. Tratou de cortejá-la de todo modo, mandando até um buquê de rosas brancas. Não sei como fez para comprá-lo. As rosas custam caro. Adam não é de família rica, mas sempre tem dinheiro no bolso. E ela caiu na armadilha, se deixou enrolar. Disse que não ia passar de um certo limite.

Mas na verdade...

— Bem que avisei — digo. — Quem brinca com fogo acaba se queimando.

Não gosto de ficar repetindo o óbvio, mas, em matéria de homens, Seline é tão esperta quanto uma criança em altas finanças.

— Vocês tinham razão — responde ela, com os olhos baixos fitando as sapatilhas cor de prata.

— E como aconteceu?

Seline olha para mim com o rosto vermelho. Está quase chorando, mas consegue se segurar. Nunca me viu chorar em público e tenta me imitar. O esforço a impede de falar.

Naomi fala por ela. Conta que Adam conseguiu se enfiar nos vestiários femininos do ginásio e fotografou Seline depois do banho, quando estava se vestindo.

— Não pensei que fosse chegar a esse ponto...

Seline agora soluça.

— Imaginem... — digo eu.

Meu tom de profundo desprezo é a faísca que faz explodir o rio de lágrimas que Seline tinha conseguido conter até aquele momento.

As meninas ficam em silêncio um instante, esperando que eu diga alguma outra coisa, mas não consigo achar nada para dizer. É um dos raros casos em que a ingenuidade de Seline me deixa sem palavras.

— A resposta está na cara: ele a fotografou com o celular!

Como sempre, Naomi é muito rápida em suas observações. Nos momentos difíceis, o senso prático é uma característica que aprecio muito.

— E a essa altura, a escola inteira já viu a foto!

— Exatamente.

Agatha fica em silêncio.

Não consigo acreditar. Como é que pode ser tão idiota a ponto de cair numa armadilha dessas? Sinto que a raiva toma conta de mim e que depois, pouco a pouco, se transforma numa sensação mais líquida, se transforma em pena. Compaixão. Penso em como Seline deve estar se sentindo, no sofrimento e na humilhação que está passando.

— Ele tem que pagar — diz Agatha finalmente, com um tom seco e cortante.

— Mas como? — pergunta Seline entre as lágrimas.

Um raio atravessa os olhos negros de Agatha.

— Vamos assustá-lo, deixá-lo morto de medo.

— Assustá-lo?

— Exatamente.

— Explique melhor.

Agatha é uma pessoa tranquila, lúcida, metódica. Mas às vezes quase tenho medo de ouvir o que pensa.

— Vamos esperá-lo lá embaixo, no rio, e ensinar a ele como deve se comportar. Hoje à noite. Adam vai estar sozinho, ninguém para atrapalhar.

—- Como é que sabe disso?

— E isso importa?

Olho para ela, surpresa. Não a conheço há muito tempo, só desde que chegou à cidade com a tia. Parece que é órfã e não tem nenhum outro parente. Passou pelas quatro provas do batizado com extrema facilidade.

Uma vez, disse que nós éramos a sua única família e que faria qualquer coisa para não acabar trancada num orfanato. Não sei se é verdade, mas se for, já que agora faço parte da família, pressinto que carrega em si alguma coisa mais profunda, algo que não nos contou.

Algo de mau.

3

Minha escola é um saco.

E não penso que minha opinião ia melhorar muito se ela ficasse num daqueles edifícios luxuosos, mergulhados no verde, que se veem nos filmes. Mas, com certeza, pelo menos não seria tão deprimente.

Não estou me lamentando por ter nascido numa família de gente meio falida, sem grandes possibilidades econômicas. Mas tenho a convicção de que meu cérebro merece ser educado num lugar melhor do que essa caixa branca que parece um barracão, com seus pavimentos de linóleo verde incrustados de chicletes mastigados e suas paredes escurecidas por anos de brigas, empurrões e insultos.

As salas são grandes e iluminadas por quilômetros de luzes fluorescentes, como gigantescos quartos de um velho hospital, onde cada palavra ecoa com a força de um grito e o branco esmaecido do teto recorda o vazio que cada um carrega dentro de si quando entra naquele lugar. Grandes janelas retangulares tentam trazer para o interior uma luz que muitas vezes faz falta também lá fora, enquanto as novas carteiras de fórmica cinza relembram que um dia até você será substituído por plástico.

Em toda a escola não existe um só lugar onde o olhar possa repousar e a mente vagar. Não existe um só lugar onde se possa gozar de uma tranquila e saudável solidão, pois cada metro dos longos corredores, cada degrau da escadaria absurda, cada canto dos banheiros está sempre cheio de corpos em movimento, de maquininhas de café que não entregam mais o troco, de pias entupidas, de bocas que falam, fumam, insultam e depois, no final, deixam este edifício vazio e silencioso como um grande navio antes do naufrágio.

* * *

Quanto aos professores, haveria material suficiente para escrever o roteiro de um filme grotesco. Imaginem um batalhão de fantoches vestidos por uma estilista maluca ou simplesmente daltônica, que aparecem nas aulas vindos do nada pelo corredor e depois desaparecem de novo no nada, como se não tivessem nenhuma existência além daquela no interior da escola. Fantoches que vomitam um roteiro preestabelecido, sempre igual, e que sou obrigada a recitar todo dia de manhã.

E assim se vai a metade de minha vida.

Só se salva um. O professor de ciência e química, que todos, inclusive os inspetores, chamam de Professor K, embora ninguém mais lembre por quê. O Professor K é albino, com os cabelos brancos e a pele claríssima. Tem uma idade indefinida e dizem que possui olhos vermelhos como as criaturas da noite, mas é difícil saber, porque usa óculos escuros até na sala de aula. Fala pouco e sempre oportunamente, e tem uma voz profunda, lenhosa, quase sensual. Sua pele exala um perfume estranho, de baunilha, diverso da enjoativa mistura de loções pós-barba aromáticas que flutua pelos corredores.

Conheço algumas meninas que dariam tudo para ir para a cama com ele. Mas o Professor K parece impermeável a qualquer tentação. De vez em quando, tenho a impressão de que está me encarando através de suas lentes escuras, e então devolvo o olhar até a impressão desaparecer. Não é uma sensação desagradável. Imagino que, seja qual for a cor de seus olhos, seu olhar não é viscoso como o de Ian. Parece que está me examinando, mas para tentar me entender, não para me julgar. Assim como observei Agatha no dia em que destruiu a marteladas a roda de sua bicicleta para passar pela quarta prova do batizado.

Embora me perturbe um pouco, seu comportamento irrepreensível não deixa espaço para dúvidas: o Professor K é incontestavelmente uma boa pessoa. Um homem intrigante e muito inteligente.

Só a sua presença torna justificáveis as horas passadas ali dentro.

* * *

Minha carteira fica na quinta fila e isso significa duas coisas: a primeira, fundamental, é que os professores me consideram uma pessoa "aplicada" e por isso não me mantêm presa numa das carteiras bem em frente à mesa deles, onde estão os baguneiros que ainda não entenderam que aprontar na aula é, além de inútil, contraproducente. Só dá para ver quem é durão fora desses muros, onde ninguém o protege ou diz como deve se comportar. Onde é só você contra o mundo. A segunda coisa é que, da minha carteira, posso controlar toda a sala. Vejo as duas nulidades sentadas na quarta fila, que passam horas montando times de futebol inexistentes, nos quais irão apostar e perder dinheiro. Vejo a menina da sexta, que não consigo lembrar como se chama, que continua tomando notas trocando a cor de várias canetinhas. Para que servem todas essas cores? Tudo que você está anotando, querida, é cinzento. Só cinzento. E de fato, a cada vez que lhe fazem uma pergunta, ela fica muda. À direita estão as "bolsinhas", como diz a professora de arte: quatro meninas tão bonitinhas quanto vazias, que pensam que a sala de aula é a sala de estar de suas casas. Suas roupas imitam as cantoras famosas, só falam das marcas da moda que nunca poderão comprar e mandam bilhetinhos quilométricos para os meninos, cheios de coraçõezinhos ridículos. Os garotos da minha sala estão todos nas primeiras duas filas. Dois negros. Um asiático. Um louro. E um quinto que desde que chegou nunca tirou o boné da cabeça. Quando andam, dá para ouvir as correntes que usam nos pescoços. Falam por monossílabos. As palavras mais longas são insultos. Serão esses os pilares do futuro?

A verdade é que estou cercada de manequins animados, que se movem e falam só e sempre segundo um programa preestabelecido. Que vida inútil a deles.

Entrou o primeiro professor da manhã, de matemática.

Tem os olhos vermelhos com bolsas escuras por baixo, como quem passou as últimas dezoito horas diante da tela de uma televisão.

Agora vai se virar e começar a escrever fileiras de números no quadro. Todos vão prestar atenção nos primeiros dois minutos, depois cada um vai se perder num número qualquer e se limitar a responder sim quando, com o quadro-negro cheio, o professor se virar, todo satisfeito, para perguntar:

— Entenderam?

Talvez ele é quem não tenha entendido.

* * *

Ao som da campainha, Naomi, Seline, Agatha e eu abrimos nossos guarda-chuvas, porque está chovendo. Para que serve tanta água, afinal?

— Olha, é o Morgan — aponta Naomi.

Dou uma olhadela na direção do portão da escola.

Lá está ele, apoiado numa das duas colunas que ladeiam a entrada. Está vestido de escuro, como sempre, e tem um gorro de lã preta enfiado na cabeça para se proteger da chuva. Morgan não é apenas bonito. Tem um não sei quê a mais. Minhas amigas, Naomi à frente, dizem que é meu tipo ideal. Talvez. Não sei. Por ora, não tenho nenhum "tipo ideal" em mente.

Está discutindo com alguém. Mas não consigo ver com quem.

— Esperem aqui.

Fecho o guarda-chuva e enfio um gorro igual ao de Morgan. Atravesso o pátio desviando das poças. Quando chego junto dele, está sozinho. Estranho. A pessoa com quem falava parecia ter desaparecido no ar. Ele me encara com olhos culpados, como se eu o tivesse surpreendido roubando. Aproveito sua hesitação para estudá-lo melhor. Não sei se é o corpo longilíneo e perfeito, ou os cabelos louros de anjo, ou os olhos quase violeta, ou ainda a covinha que marca o lado esquerdo da boca quando ele sorri, mas o fato é que Morgan é, sem sombra de dúvida, o menino mais interessante que conheço. E tenho certeza de que também é o mais perigoso.

— Oi, Alma.

Foram só duas palavras e toda a sua hesitação desapareceu. E estou me sentindo deslocada: agora quem está fora do lugar sou eu. Mas não abaixo os olhos.

É estranho. Em geral, sou capaz de intuir as intenções das pessoas, antecipá-las, não perco uma. Mas com ele não é assim. Às vezes sinto que está estranhamente perto de mim, mas mesmo assim seus pensamentos sempre me escapam. Só podemos trocar palavras, numa partida de cartas fechadas.

— Oi, Morgan.

— Estava me procurando?

— Não. Pensei que estivesse falando com Adam. É ele que estou procurando.

Minha capacidade de improvisação sempre me encheu de prazer.

— Não estava falando com ninguém.

Sua voz é calma e controlada.

No entanto, estou certa de que havia alguém com ele antes, escondido pelo portão. Por que está mentindo?

— Tem razão. Não estava simplesmente falando, estava *discutindo*.

— Está enganada, Alma.

Acentua particularmente a pronúncia do meu nome. Parece uma advertência, mas não entendo se é uma ameaça ou um conselho.

Dou um meio-sorriso, entre irônico e divertido. Chego bem perto dele na ponta dos pés, com os lábios em seus ouvidos, lentamente. Tudo isso para alegria das amigas que estão me observando.

— Então, desculpe, Morgan — sussurro.

Respiro o cheiro levemente quente de sua pele. Não tem cheiro de nada.

Ele fica imóvel, não muda de expressão. Depois, vira de repente e ficamos cara a cara, meu nariz a poucos milímetros do seu. A tensão sobe rapidamente, como se não houvesse mais ar entre nós, dividindo-nos. Mas a chuva também aumenta, fica mais densa e pesada, e nos desperta. Instintivamente, levamos as mãos à cabeça e olhamos ao redor em busca de um abrigo.

As meninas ainda estão ao lado do portão esperando por mim.

— Tchau.

Dou meia-volta e me afasto sem nem olhar para ele, mas sinto seus olhos cravados em minhas costas.

— Tchau — diz ele, e parece divertido, quase como se dissesse "até mais ver... muito antes do que você imagina".

A chuva bate furiosa a meu redor. Corro entre esguichos, as botas levantando a água das poças.

— O que houve? — pergunta Naomi, assim que chego.

— Nada de interessante.

Não tenho vontade de contar coisa alguma.

No fundo, são apenas sensações.

E de todo modo, são minhas.

4

Há somente uma luz acesa no grande open space *da agência de publicidade.*

É a luminária da mesa de Alek, que ficou trabalhando no storyboard *de uma campanha importante, para um novo modelo de iate de luxo.*

São mais de duas horas e tudo a seu redor está mergulhado num silêncio profundo.

Alek nunca se importou de ficar até tarde no escritório. No começo achava até excitante: a agência inteira à sua disposição. Mas nos últimos tempos tinha começado a sentir uma inquietação sutil ao ver os colegas indo para casa, um a um, as escrivaninhas se esvaziando, as luzes se apagando, as vozes se perdendo pelos corredores até desaparecerem.

Sacode a cabeça para afastar pensamentos que considera estúpidos. Tenta se concentrar no trabalho. Olha para o relógio de luxo, presente de Shel, sua namorada. É muito bonita, e ele sabe que nunca terá filhos com ela. Caso venha a querer...

Alek sorri. São quase três da manhã. Hora de voltar para casa. Com calma metódica organiza a escrivaninha, joga na lixeira o copo de papel vazio no qual bebeu o seu habitual café de cevada, apaga a luz da luminária e liga o interruptor da iluminação principal. De repente, a sala enorme não está mais no escuro. As lâmpadas fluorescentes são quase ofuscantes depois de tanta penumbra. Alek pisca os olhos. Vê alguma coisa se mexendo a distância, ao longo da parede do fundo.

— Estou mesmo cansado — murmura.

Boceja para recuperar um pouco de oxigênio.

Pega os desenhos da campanha e recoloca numa pasta de cartolina azul-escura, que enfia debaixo do braço.

Dirige-se para a saída, mas seus passos não fazem barulho no espesso carpete marfim que recobre o chão.

Uma porta se fecha diante dele. Alek para de repente, assustado.

Em seguida, recomeça a caminhar. Deve ter sido uma janela aberta que bateu com o vento, imagina. Mas não acredita de verdade.

Lança olhares furtivos a seu redor, com a desagradável sensação de que alguém o observa.

Acelera o passo e chega aos elevadores. Dois deles chegam a seu andar. As quatro portas laqueadas de preto se abrem ao mesmo tempo. Os elevadores estão vazios. Alek entra no que está à sua esquerda e vira de repente para olhar para trás. Enquanto o elevador se move, percebe que o outro também está descendo. A sensação é cada vez mais concreta e assustadora.

Sente que está sendo seguido.

Mas quando chega ao térreo, o pátio está vazio. E, felizmente, iluminado.

Alek segue rapidamente para a porta de entrada. Dirige-se para o estacionamento. Seu carro é o único, bem no fundo. Um velho conversível branco, com a capota preta, presente de formatura dos pais. Atrás, um grande painel publicitário serve de pano de fundo, representando a estrutura de uma montanha-russa cujos trilhos seguem para uma inscrição: GRANDE ABERTURA 19 DE FEVEREIRO. É uma de suas campanhas.

Por que não estacionei mais perto?, se pergunta, nervoso, enquanto atravessa o estacionamento. O outro elevador chegou ao térreo. Mas Alek não se vira. Caminha mais rápido.

É quase uma corrida para chegar à porta do conversível branco, com as chaves na mão. Na outra, aperta a pasta azul o mais forte que pode. Tem a impressão de que, uma vez lá dentro, estará a salvo. Voltará para casa e tomará um belo banho quente antes de deitar.

Sente-se um pouco mais tranquilo.

Sim, é só uma impressão, repete consigo mesmo, enfiando a chave na fechadura da porta. Mas não tem tempo de girá-la. Um golpe seco o atinge na nuca.

Alek cai no chão mergulhando na escuridão total.

Aquele tipo de escuridão que nunca mais dará lugar à luz.

5

O desejo de vingança é inato em todos nós, li isso em algum lugar.

De fato, acho que na verdade existem poucas pessoas incapazes de se vingar, assim como poucas são incapazes de mentir. Com frequência, reagimos ao sofrer uma desfeita. À ofensa corresponde uma defesa. Só isso. Mas o certo é que a vingança não nos ajuda a esquecer a desfeita, nem a apagá-la. No máximo, nos dá a sensação de restabelecer um pouco de justiça. Mas o conceito de justiça também é, sempre e de todo modo, pessoal.

Hoje vamos punir Adam.

Acordo um pouco nervosa. Tive dificuldade para dormir e tive sonhos agitados. No escuro, procuro a luz da mesinha às apalpadelas. Acendo meu abajur horroroso. Jenna prometeu me dar um novo de presente de aniversário. Pior que esse não pode ser.

Meu caderno roxo continua ali, ao pé da cama. Ninguém o tirou do lugar. Ninguém nunca entra em meu quarto. Passo os olhos pela capa, depois levanto e pego o caderno. Tem alguma coisa escrita. Uma história. Com a minha letra. Como pode ser? Não me lembro de ter escrito nada.

Há somente uma luz acesa no grande open space *da agência de publicidade...* leio e, quando me preparo para continuar, alguém bate na porta.

É Lina.

Lina é minha irmã, tem 9 anos e é muda. Não de nascença, mas desde o dia 2 de julho de dois anos atrás, quando, a uma e meia da tarde, um homem se jogou do sétimo andar de um edifício e se estatelou no chão. Ela, que tinha chegado ali poucos minutos antes com Jenna, só teve tempo de ver o rosto do homem, estranhamente íntegro apesar do choque, antes que o fechassem num grande saco de plástico escuro. O rosto era de seu pai (e, por acaso, pai de Evan também).

Não creio que existam palavras para exprimir o que sentiu. E provavelmente ela também acha isso, visto que resolveu nem sequer tentar. Quando o pai se foi, não disse nada. E desde então ficou assim, muda, embora os renomados da medicina, os padres e até alguns magos a quem a pobre Jenna apelou tenham tentado convencê-la de todos os modos possíveis.

Ela se expressa com o olhar e desenha. De sua voz, hoje não temos mais que algumas lembranças gravadas nos vídeos das férias. E seu pai também estava nos filmes.

Depois de sua morte, a polícia iniciou uma breve investigação, conduzida com empenho pelo agente Sarl, que, na época, se tornou um frequentador assíduo de nossa casa. Ficou estabelecido que o pai de Evan e Lina tinha se suicidado e combinamos que não falaríamos mais da história em respeito a meus irmãos.

Quanto a Evan, acho que riscou o pai de sua curta lista de afetos no exato momento em que o perdeu, de uma maneira que considerou digna do pior covarde. Na época, era apenas um menino, mas desde aquele dia conserva um maço dos cigarros que o pai fumava pregado com um prego na parede ao lado da cama. Não quer esquecer ou, simplesmente, precisa de um objeto em que descarregar todo o seu ódio à noite, antes de dormir, e de manhã, assim que acorda.

— O que houve, pirralhinha?

Lina estende a mão com o punho fechado. Depois abre. Na palma da mão, está o seu amuleto: um pingente de ouro em forma de sineta. Vovó, a mãe de Jenna, deu para ela quando nasceu, dizendo que a protegeria e preservaria das escolhas erradas. Estava pendurado na pulseira que usa sempre no braço esquerdo.

Olho diretamente para seus olhos grandes e escuros e não vejo mais que uma menina envelhecida, tão decepcionada com a vida que não pode correr o risco de que ela lhe apronte mais uma.

Como conseguiu entender que hoje é um dia especial?

Não sei. O poder do silêncio, talvez.

— Tem certeza de que não quer ficar com ele? É o seu talismã.

Lina sacode a cabecinha de cabelos castanhos.

— Então, obrigada.

Aceito o pingente, fechando-o na mão. Ela desaparece no corredor, volto a fechar a porta e mudo de roupa. Antes de sair, enfio a sinetinha no bolso da jaqueta.

O dia continua como mil outros, indolor, mas parece que corre mais depressa. Hoje o tédio da escola, com as mesmas caras e as mesmas aulas de sempre, é mais suportável, porque temos um objetivo a ser atingido. E esse objetivo é castigar quem merece castigo. Adam.

Planejamos cada detalhe.

Toda noite, Adam sai para correr. Muitas vezes, no Pequeno Parque, não muito longe da escola; outras, ao longo do rio. Logo antes do Velho Porto, algumas escadarias levam da rua principal a um cais não muito frequentado, porque vive alagado. É bastante longo e quase plano, por isso durante o dia algumas pessoas se arriscam a fazer *jogging* ou dar uma voltinha com o cachorro por ali. Depois do anoitecer, se transforma no reino dos bandos: skatista contra patinador, patinador contra praticante de *parkour*. Cada um na sua área, cada um com seus interesses. O espaço tem que ser conquistado. Como na selva. É lá que encontraremos Adam esta noite. Só um louco como ele, que não tem nada a ver com os bandos, mas exibe uma espécie de superioridade em relação a eles, pode penetrar naquela terra de ninguém depois que o Sol se põe.

Num ambiente como esse, ninguém liga para um pouco de violência. Nem a polícia, que já está mais que habituada a espancamentos e brigas, muitas vezes provocados pela própria polícia. É o local perfeito para uma emboscada.

As meninas e eu estamos ao lado da escada, vestidas de preto e com as cabeças cobertas por capuzes. Bebemos cerveja e fumamos para não chamar muita atenção.

— Silêncio e calma — digo. — Cada uma sabe o que deve fazer.

Por baixo do capuz, os olhos de Naomi, Seline e Agatha refletem a luz dos lampiões que margeiam o cais.

Organizamos tudo com cuidado: onde vai acontecer, quem vai bloquear a rua e quem vai esfregar o spray de pimenta na cara dele. Não admitimos erros, nem acidentes. Só queremos humilhá-lo, o desgraçado, pelo menos tanto quanto ele humilhou Seline. Só queremos que entenda como uma pessoa se sente nessa situação.

Esperamos atrás da esquina de um velho armazém, no escuro. Tem cheiro de mofo e de excrementos de rato. O Sol já se pôs há algum tempo. Os minutos passam, lentíssimos. Nossa respiração marca o tempo. Precisamos manter a calma, repito mentalmente.

Dez minutos depois, começo a pensar que Adam não virá.

As meninas e eu trocamos olhares, em busca da coisa certa a fazer.

Faço sinal com a mão pedindo um pouco mais de paciência. Não podemos desistir logo agora. Examino o cais, debruçando-me. A água é negra, oleosa.

Observo o vaivém dos patinadores. Figuras encapuzadas que deslizam com os punhos fechados nas calças dos macacões. E ele aparece. Adam. Vem em nossa direção. Está mancando e segura a cabeça com a mão.

Faço um sinal para as outras. Estamos à espera.

Assim que ele se aproxima da luz de um lampião, percebo que sua camiseta está suja de sangue. Não consigo ver seu rosto, mas pelo maneira como se move, tenho certeza: alguém bateu nele. E parece que fez um bom serviço. Na verdade, nos poupou trabalho.

Enfio a mão no bolso e toco a sinetinha de Lina. Sinto um arrepio que dura um instante e quase penso em deixar para lá. Mas depois afasto qualquer dúvida: Adam tem que pagar.

Faço um sinal para as meninas.

Seline e Naomi fazem que sim, mas estão apavoradas. Agatha, ao contrário, está aparentemente tranquila. Precisamos agir. Uma retirada seria pura covardia.

Saímos a descoberto, rápidas e implacáveis. Adam está algumas dezenas de metros à nossa frente e balança como um barco abandonado na tempestade. Conseguimos alcançá-lo em poucos segundos. Paro diante dele, para bloquear sua passagem. Ele vê minhas pernas e levanta a cabeça com dificuldade. Consegue me reconhecer.

Encaro seu rosto: tem um olho roxo, injetado de sangue. O nariz parece quebrado e o lábio superior está todo inchado. Seus cabelos claros estão empastados de sangue seco e arrepiados como se tivesse levado um choque. Os punhos de alguém apagaram sua beleza como quem esfrega um pano numa pintura ainda fresca.

— Que espetáculo deprimente!

Sou a primeira a falar.

— Tfá quevendo o quê?

Cospe saliva, sangue e pedaços de dentes e aponta um dedo para mim. O dragão gravado em seu anel parece alimentar sua chama na luz do lampião. Pensa que fomos nós que contratamos as pessoas que o espancaram. Está enganado, mas deixo que acredite nisso.

— Você sabe muito bem!

Agora Seline dá um passo à frente, despontando atrás de minhas costas. O spray está com ela.

Naomi e Agatha avançam também, em silêncio, como sempre.

— O que fez com Seline, desgraçado? — grita Naomi. Arranca o spray das mãos de Seline, aproximando-o do nariz de Adam. — Está vendo isso? Quer um pouquinho?

Quem parece assustado agora é ele. Seu olho bom está completamente arregalado.

— Não... não... foi...

É a hora de insistir.

— O celular!

Ele obedece e entrega o telefone.

— O maldito vídeo está gravado aqui?

— Não...

— Está gravado aqui?

Adam concorda. Entrego o celular a Seline.

— Apague essa porcaria, Seline.

Tenho tudo sob controle.

Mas ela resolve jogar o celular no rio. Ouço o baque na água.

Adam solta um palavrão.

— Ei! Pfirou?

— Calado!

Agatha estava em silêncio. De repente, dá dois passos em direção a Adam. Intuo que tem alguma coisa errada e agarro seu braço para detê-la. Ela recua de volta para seu lugar. Seu olhar tem algo de inquietante.

Adam cambaleia, mal das pernas, e cai de joelhos na nossa frente. Noto que está olhando os velhos tênis vermelhos de Agatha. Ela está sempre com eles. São sua marca registrada. E provavelmente, o único calçado que possui.

Naomi lança um olhar interrogativo. Não sabe o que fazer.

As outras meninas também parecem hesitantes.

Agatha volta à carga. Arranca a bombinha das mãos de Naomi e diz:

— Vamos seguir nosso plano.

O que terá em mente?

Agarra Adam pelos cabelos e puxa sua cabeça para trás. Ele a encara com o olho bom. É um olhar de desafio. Percebo que está assustado, mas que preferia ficar cego a demonstrar seu medo. Agatha não hesita: tira a tampa de proteção do spray. Sua fúria se espalha pelo ar, como uma nuvem da gás tóxico.

— Você não passa de um verme nojento!

E dispara a pimenta em sua cara.

Adam berra como um animal no matadouro e Seline grita também, tentando desafogar o mar de vergonha que carrega dentro de si. Mas é só uma gota.

Naomi está paralisada.

Agatha descarrega toda a bomba e só então solta os cabelos de Adam, que se debate no chão com as mãos apertadas nos olhos.

— Tfá me queimando! Tfá queimando!

Agatha sorri, maligna. Joga a bombinha, agora vazia, no rio. Tento afastar um turbilhão de pensamentos da cabeça e ajoelho na frente de Adam.

— Tfá queimaaando!

— Por enquanto, é só isso — digo. — Se abrir a boca, garanto que da próxima vez vamos acender você que nem uma árvore de Natal.

Pela maneira como cala e se contorce, percebo que entendeu.

Começo a correr. Fugimos.

As meninas estão comigo. Logo atrás.

Nós o deixamos lá, no chão.

Meu coração bate a mil por hora.

No meu bolso, soa distante uma sinetinha.

6

Acordo sobressaltada. Tudo escuro.

Que horas serão?

O despertador marca meia-noite. Acendo a luz e vejo meu caderno roxo. Está ali no chão, ao pé da cama, na mesma posição em que o deixei.

Como se esperasse por mim, com aquela página cheia de uma caligrafia que não me lembro de ter escrito.

Ao olhar para ele, sinto uma vertigem, como se estivesse na beira de um precipício. Na beirada da cama, me estico, toco nele com a ponta dos dedos e consigo pegá-lo. Enrodilhada sob as cobertas, não resisto a continuar lendo o que comecei de manhã.

Fui eu quem escreveu, mas com uma escrita que não controlava, um fluxo de pensamentos independente de minha vontade. Aquilo deve ter jorrado numa espécie de transe. De sonho. De pesadelo. De realidade. Não me lembro do que escrevi. Palavras em jatos, sem pensar. Apesar do cansaço, e do fôlego curto, e da escuridão que pressiona do lado de fora das janelas, leio. E não acredito naquelas palavras. Repito para mim mesma que talvez tenha descrito parte de um sonho. Talvez tenha conseguido fixar uma fantasia no papel.

Por quê?

E quando?

Pulo sentada na cama, os olhos colados num caderno roxo, de páginas marfim. Meu rosto não exibe qualquer expressão.

É uma leitura atenta, que me deixa esgotada. Quando acabo, adormeço com a luz acesa e o medo se esfuma na fronteira entre o sonho e a realidade, entre consciente e inconsciente, entre Alma e alguma outra coisa.

* * *

O som do despertador é traumático.

O corpo reage automaticamente, mas parece pesado demais para ser o meu. Tenho a cabeça tão cheia de imagens que parece vazia, pois não consigo me concentrar em nenhuma delas em particular. Adam, a emboscada, Agatha, os gritos, o conto no caderno, são muitos os espinhos que martirizam minha mente. Continuo afogada numa sensação de angústia sustentada por uma dor leve, mas constante.

Vou até a janela e a abro. À luz acinzentada da manhã, o caderno roxo resplandece como uma ameaçadora máscara tribal. Deixei-o na cama, ainda aberto. Preciso sumir com ele. Escolho o armário, embaixo de tudo. Vestidos, sapatos, bolsas, velhos bichinhos de pelúcia, qualquer coisa, desde que ninguém consiga encontrá-lo. Levanto tudo e coloco o caderno por baixo.

Preciso de uma chuveirada.

No corredor, encontro minha mãe, que me olha espantada, como se tivesse acabado de ver uma chuva de rãs.

— Alma? O que andou aprontando ontem à noite?

— Não dormi muito bem.

Tento não levantar os olhos. Os cabelos caem sobre meu rosto.

— Gad vem jantar conosco hoje à noite.

— Ah.

Gad é o novo namorado de minha mãe. Ela tinha dois bônus de invalidez sentimental para descontar: de separada de um homem que não valia nada (meu pai) e de viúva (o pai de Lina e Evan). Podia tê-los usado para alguma coisa melhor: escolheu Gad. Ou melhor, ele a escolheu e ela só fez aceitar. Seguiu adiante, como aquelas vacas que, sem pensar, seguem na fila para o matadouro. Gad é uma boa pessoa, ninguém nega isso. Mas é um sujeito gordo e quase sempre suado. É proprietário de um bar especializado em frituras. Isso significa que fede a fritura 24 horas por dia, sete dias por semana. Cinquenta e seis semanas por ano. E não namoram tempo suficiente para que se possa dizer que fede também no dia 29 de fevereiro, o dia que só existe uma vez a cada quatro anos. Não existe sabão, perfume, solvente que possa vencer aquele cheiro. Até o seu dinheiro parece passado no óleo.

Jenna diz que já se habituou. E talvez seja isso mesmo, pois a fritura faz parte do pacote "amor incondicional, apoio econômico e disponibilidade total" que Gad lhe ofereceu, ou melhor, nos ofereceu. Porque Evan, Lina e eu, queira ele ou não, fazemos parte da troca.

A questão é que Jenna se contenta com pouco. E se equivoca. Sempre foi uma bela mulher, muito atraente. Mas as porradas que levou, porradas sentimentais, bem entendido, a enfraqueceram. Fecharam seus olhos, além do nariz. Quem anda com os coxos aprende a coxear. E, assim, ela também tem um cheiro estranho ultimamente, uma mistura de fritura e remédios que parece ter o poder de desmaiar o azul de seus olhos, apagar o castanho dourado de seus cabelos e marcar com mais profundidade as rugas de seu rosto.

Ao contrário de Gad, Jenna emagrece um pouco a cada dia. E seu encanto vai sumindo.

Olho para ela através das mechas de meus cabelos, que parecem barras de ferro negras. Quem de nós duas está presa? Ela ou eu?

— Batatas fritas? — pergunto sarcástica.

— Poderia demonstrar algum entusiasmo de vez em quando.

Não digo mais nada.

— Pode deixar. Sei que não gosta dele. Mas tente pelo menos ser gentil.

Suspira e se afasta.

Sempre sou gentil.

No banheiro, me fecho imediatamente no chuveiro.

Lavo de mim tudo o que posso.

Às oito da manhã as ruas da cidade estão cheias de gente.

As pessoas caminham apressadas, telefonam, comem, bebem, tudo junto, para poupar tempo. E para não perceberem que aquilo é totalmente inútil.

Alguém faz *jogging*, ali, no meio do trânsito. Com seus ridículos tênis tecnológicos e fones: suando e ouvindo cantos distantes, esse caras tentam se convencer de que não pertencem àquela engrenagem de loucura, gasolina e eletricidade que está nos fazendo mergulhar no grande mundo do nada.

A preço de liquidação, ainda por cima.

Enquanto espero que o homem vermelho do sinal se transforme num homem verde, penso em Adam. Em meu sonho. No conto. Tudo junto, também para poupar tempo.

Entro num bar. Preciso de alguma coisa quente.

— Um café, por favor — peço ao rapaz atrás do balcão.

Ele olha para mim. Tem os olhos grandes, cor de avelã. Parece satisfeito em me servir. Mal sorrio para ele. Usa um avental que não é seu, mas começa a agir imediatamente. Um instante depois, serve o meu café.

— Está quente.

Pego com cuidado o copo para viagem e toco seus dedos quentes com os meus.

Pago.

— Bom dia — deseja ele.

— Obrigada.

Vou me afastando com seu olhar colado em minhas costas, nos jeans apertados, nas botas marrons, nas pontas de meus saltos.

Sei que você está me olhando, penso. Deixo que olhe. Gosto de ser o centro das atenções.

Perto da porta do bar há uma pilha de jornais *free press*. Começo a folheá-los, enquanto o homem do sinal fica vermelho de novo. O título na primeira página do *City News* está escrito em letras maiúsculas. E embaixo tem até uma foto.

Um cartaz publicitário com uma montanha-russa.

GRANDE ABERTURA 19 DE FEVEREIRO.

Conheço aquela publicidade.

Conheço muito bem.

Agarro o jornal.

"Jovem publicitário barbaramente crucificado."

De repente, o copo de café fica quente e pesado demais. Escorrega de minha mão e seu conteúdo se espalha no chão, ao redor de minhas botas.

— Oh, meu Deus!

7

Na escola tudo acontece rapidamente, sem que eu consiga perceber o que se passa. Sou como uma espectadora impotente de um trem que corre em terras anônimas, o qual é impossível enxergar com nitidez.

Quando chego na sala de aula, quase nunca falo, nem com minhas amigas, que cercam minha carteira como os paus de uma cerca. Sinto-me presa, capturada por uma vontade que não posso governar.

Os pensamentos, os sonhos já não são meus.

Eu sou deles.

O que está acontecendo comigo é muito estranho: nada do que me cerca tem a menor importância. A única força que me move encontra-se em minha cabeça e lá permanece, ancorada, encalhada no fundo de minha memória.

— Alma!

É Naomi, a única pessoa suficientemente segura de si para não me considerar uma rival ou me venerar como uma deusa. Em um certo período de minha vida, busquei aquele tipo de devoção, mas depois entendi que não me servia para nada. Quero pessoas em que possa confiar. Não quero fé, mas confiança.

— Oi.

Percebo que estou a anos-luz de distância.

— Está tudo bem? Parece que não dormiu muito bem.

— Na verdade, não.

— Pensando em Adam?

— É.

Não digo uma palavra sobre o jornal. Não digo uma palavra sobre o conto.

— Eu também. E as meninas também não conseguem parar de pensar nisso.

Seline não tem coragem de olhar para nós. Tem o rosto vermelho de quem não faz outra coisa além de chorar.

— Tiveram notícias?

— Está na escola.

— Ótimo — respondo.

Seline sacode a cabeça.

— Todo coberto de curativos.

Olho para ela.

— Exageramos — começa a soluçar Seline. — Realmente exageramos.

— Psss! Esqueça isso!

— Seline tem razão — continua Naomi. — Também não consigo esquecer....

— Não devemos esquecer — intervém Agatha, com sua voz baixa e cadenciada. Parece falar no ritmo de um velho metrônomo. — Adam teve o que merecia. Fim de papo.

Naomi me observa para ver se concordo. Teria muitas coisas a dizer, mas hoje não estou com cabeça para polêmicas.

— Fim de papo — respondo.

Agatha se cala, se afasta em silêncio e vai sentar no seu lugar. Naomi me lança um olhar perplexo.

— Foi uma coisa horrível — sussurra.

Dou de ombros.

— Podia tê-lo deixado cego. Agatha está muito nervosa. Parece que a tia não está muito bem.

Ergo os olhos.

— Não me disse nada.

— Nem a mim, mas... parece que vai faltar alguns dias para cuidar dela.

— Alguma coisa grave?

— Não se sabe, mas é provável!

Pelo que sabemos, a tia de Agatha sofre de uma doença que diminui drasticamente as suas defesas imunológicas, obrigando-a a ficar trancada em casa para evitar qualquer tipo de contágio. Até um resfriado comum poderia lhe custar a vida.

— Sinto muito.

— Eu também. Seria horrível se...

— Nem me fale.

As duas sabemos que se perdesse a tia, não haveria outra saída para ela senão um abrigo para órfãos, pelo menos até os 18 anos.

— Mas não tem mais ninguém que possa cuidar da mulher, enquanto Agatha está na escola?

Naomi observa distraidamente os últimos colegas que entram na sala.

— Falou de uma enfermeira que fica lá de vez em quando... mas não é suficiente.

— Foi por isso que explodiu daquela maneira contra Adam?

— Não sei, Alma. Realmente. Mas na hora, me deu medo.

Medo, penso eu.

De que se deve ter medo realmente? Das próprias ações ou, ao contrário, daquilo que não se consegue controlar? De cegar um menino com um spray de pimenta ou de perder uma tia sem motivo e acabar trancada num orfanato?

Não tenho resposta. A aula, a enésima hora de literatura, está quase começando.

Já sei que não vou ouvir uma palavra.

No refeitório a situação não melhora. Não como. Olho para a massa de purê amarelo-canário, com consistência de argamassa e cheiro do envelope de plástico em que estava guardada. Brinco com pedaços de carne que nadam num mar de molho marrom, no qual flutuam poucas e desoladas ervilhas, verdes e grandes como bagos de uva.

— Se não vai comer, deixa que eu acabo.

É evidente que hoje, sem perceber, sentei perto de um esganado que, aliás, eu conheço. É um gordinho que anda de camiseta até em pleno inverno, tem uma barba cerrada de homem adulto e uma paixão desenfreada por super-heróis, que estampam cada página de seu diário.

— Pode comer.

Nem acabei de terminar a frase e ele rapidíssimo já afundou seu garfo na minha montanha de batatas grudentas.

Por alguns instantes, aprecio a voracidade com que engole a comida e penso que aquela também é uma forma de liberdade: satisfazer o próprio estômago.

Eu, ao contrário, não conseguiria engolir um copo d'água.

Seline também não parece ter muito apetite. Ambas temos um peso a carregar que hoje se localizou bem na boca do estômago.

— Vou para o pátio — digo quando canso de olhar.

Coloco minha bolsa preta e branca a tiracolo. É um presente de minha mãe. Talvez o único que me deu pensando no meu próprio gosto. O único que recebi sem pensar que ela tinha comprado para uma outra filha.

Uma vez lá fora, deixo o ar fresco me envolver. Sento numa mureta com um livro na mão, fitando o vazio.

Vejo Adam passar. A tranquilidade parece ter se transformado numa mercadoria rara. Está com a cara toda inchada e uma vistosa bandagem sobre o olho esquerdo. Mas seu passo é diferente: o fogo do desafio deu lugar à resignação. Caminha circunspecto, para num canto do pátio e espera. Estou longe demais para que me veja. Não noto, nem sinto nada, como se estivesse anestesiada. Levanto o livro e finjo ler.

Alguns instantes se passam e Morgan aparece, se aproxima de Adam e diz alguma coisa. Os dois começam a confabular. Não sabia que eram amigos. Talvez fosse ele mesmo a pessoa com quem discutia ontem, fora da escola. O vulto escondido atrás do portão.

E agora? Do que estarão falando? De nós? De ontem?

No fundo, isso também não tem importância. A única regra é: não confiar nunca, e em ninguém.

Mergulho no livro e é um naufrágio doce. Pouco a pouco, as palavras penetram em minha mente, escorrem transportadas pela fraca corrente do sangue e atingem os pulmões, o coração, o estômago, dissolvendo o nó que os fechava.

Digerir os pensamentos que não nos pertencem é muito mais fácil do que fazer o mesmo com os nossos.

Ao chegar em casa, sou recebida por aquele cheiro.

Poderia distingui-lo entre milhares de outros. *Friteria gustibus*. O cheiro que Gad criou a seu redor como uma barreira que o isola do mundo exterior.

— Boa noite, querida.

Entro na sala e o vejo sentado numa das duas poltronas de listras amarelas de que minha mãe se orgulha tanto. Tecido francês, repete sempre. Poltronas que meu pai permitia que comprasse. Agora é a vez de Gad. Seu tom é gentil, como sempre. Mas não consigo deixar de reparar em sua camisa manchada de gordura, toda esticada na barriga tão gorda e redonda que me faz pensar que algo explodiu ali dentro.

— Oi, Gad.

É um cumprimento distraído. Os adultos vivem dizendo que os jovens estão perdidos em seu mundo. E não me custa nada confirmar tal teoria.

— Como foi na escola?

Perdi o costume de certos diálogos forçados desde que meu pai começou a se desinteressar por mim. Tudo bem, querida? Tudo bem, e você? E o trabalho de casa, como foi? Ah, ótimo, vou receber o resultado na próxima semana. Mas Gad ainda parece acreditar nisso.

De modo que respondo.

— Tudo bem, obrigada.

O relógio da cozinha começa a piar. É uma nova aquisição de Jenna, que a deixa alegre. Cada hora tem um pássaro com seu pio particular. Sete é a hora do melro-preto.

Atravesso a sala. Na cozinha, Jenna é pouco mais que um robô executando as mesmas metódicas tarefas para a preparação de seu prato principal: o picadinho ao vinho. Está com seu aventalzinho florido e rodopia com segurança, dominando o espaço diante dos fornos. Mas seus olhos estão apagados. É evidente que sua mente está desligada do que está fazendo. Viaja para longe dali. Não sei se devo admirá-la ou lamentar por ela. Na dúvida, cumprimento.

— Oi, Jenna.

— Oi — desperta ela. — Não ouvi você chegar.

— Não tem importância. Fico tão pouco tempo em casa.... Vou tomar um banho antes do jantar.

Nenhuma resposta.

As vozes animadas de um programa de auditório enchem o apartamento. E por um instante, me sinto protegida por essa atmosfera pseudofamiliar. Fico me perguntando se seria mais verdadeira se eu acreditasse pelo menos um pouco. Mas tenho questões bem diversas para responder. Entro no quarto e remexo o armário. Sinto a lã dos gorros sob os dedos, o sintético de meu macaquinho de pelúcia, o metal de meus patins em linha e depois o couro roxo do caderno: está ali, seguro. Sento diante do armário, tiro da bolsa o *City News* da manhã e coloco ao lado do caderno, comparando-os

JOVEM PUBLICITÁRIO BARBARAMENTE CRUCIFICADO

O corpo do publicitário Alek M., 32 anos, foi encontrado na madrugada de hoje no estacionamento diante da agência de publicidade onde trabalhava. O jovem, muito conhecido no ambiente publicitário como idealizador de algumas campanhas de sucesso, foi encontrado barbaramente crucificado no cartaz publicitário criado pela própria vítima para o relançamento do velho parque de diversões da cidade. Somente as investigações da polícia poderão esclarecer se foi uma simples coincidência ou uma escolha precisa do assassino. O porteiro da agência, que encontrou o corpo, descreveu a cena como "chocante e de uma violência fora do comum". A polícia foi chamada e tratou de retirar o corpo imediatamente, numa operação longa e difícil, que precisou da intervenção dos bombeiros. Com a ajuda de uma escada, chegaram até o corpo e extraíram os quatro pregos encravados nas mãos e nos dorsos dos pés. Segundo a primeira reconstituição dos fatos, parece que o jovem ficou trabalhando no escritório até tarde da noite. Os agentes encontraram as chaves ainda enfiadas na porta do conversível branco e uma pasta azul abandonada no asfalto do estacionamento, com os desenhos da nova campanha em que o publicitário estava trabalhando. O modo como o corpo foi içado até o cartaz, a uma altura de 3 metros do chão, ainda não tem nenhuma explicação. Os investigadores não excluem a possibilidade de que várias pessoas tenham participado do assassinato.

Hoje à tarde, a polícia ouvirá novamente o depoimento do porteiro e interrogará os colegas de trabalho e os parentes da vítima. A namorada de Alek M., a popular modelo Shel V., fechou-se em silêncio absoluto e não dará nenhuma declaração. Alek M. foi descrito como uma pessoas "jovial" e querida por todos. A autópsia e o material coletado pela perícia poderão revelar novos detalhes.

Meu Deus, penso.

O nome é o mesmo. Alek.

O lugar é idêntico. E também a descrição do que acontece: em meu conto, Alek ficou trabalhando sozinho na agência. Mas quando sai do edifício, se sente seguido. O elevador — o outro elevador — começa a se mover logo depois do seu.

Meu conto é terrivelmente preciso: fiz uma descrição do cartaz publicitário. O mesmo cartaz publicitário em que ele foi encontrado... crucificado.

Simplesmente não é possível.

Não posso acreditar.

Examino as palavras do meu conto, o artigo do jornal, passando sem parar de um para outro. Depois me afasto, arrumo tudo como estava antes e vou em direção ao banheiro.

Tiro a roupa, lentamente, como se estivesse seguindo uma espécie de ritual, depois me enfio no chuveiro. Observo longamente a torneira antes de acioná-la. Tenho uma relação estranha com a água. Adoro quando escorre, detesto quando fica imóvel. Nunca conseguiria tomar um banho de banheira. Nunca mergulhei na água.

Não sei nadar.

Entretanto, continuo a pensar: como pude escrever aquele conto?

O jantar é igual a mil outros jantares: Evan fica em silêncio pensando em suas coisas, Lina não fala, mas ouve atenta os discursos dos outros, Gad conta sobre sua filha, Tea, que ao que parece foi pega roubando no trabalho. Reclama que não sabe mais o que fazer com ela e Jenna censura sua fraqueza sacudindo a cabeça.

— Agora não vai conseguir recuperá-la mais, Gad.

— Mas é minha filha! O que quer que eu faça?

— Nada de especial. Mas não dê mais nem um tostão! Ninguém a mandou roubar!

Minha mãe está evidentemente alterada. Tem mil defeitos, mas não transige sobre certas coisas. Trabalha dia e noite para trazer dinheiro para casa e não suporta quem se comporta com desonestidade.

Gad bufa, em dificuldade com a pimenta e com a discussão.

— Claro, certamente você tem razão. Eu errei e ela errou. Mas sabe como é, tem que pagar a hipoteca e tem o Michi...

— Deixe Michi fora disso! — explode Jenna.

— Mas...

— Se sua filha se meteu com um vagabundo, foi escolha dela. Assim como foi escolha dela roubar dinheiro no escritório. O que estava querendo fazer? Tirar umas férias?

— Já pediu desculpas e tem esperança de que o chefe retire a denúncia.

— E você acredita?

— Espero. Só precisa restituir o que roubou.

— E onde vai encontrar o dinheiro para devolver?

— Infelizmente, eu não tenho.

— Ainda bem! Senão ia acabar dando a ela e tudo seria como das outras vezes, com você tirando sua filha das enrascadas em que se mete.

Pobre Gad. Quase me dá pena. Um homem tão bom e gentil, incapaz de enfrentar a própria filha. Tea tem alguns anos mais que eu, mas não somos amigas. Já nos vimos de passagem algumas vezes, mas hoje não saberia dizer se é loura ou morena. Acho que nos odeia porque somos mais bocas para a já debilitada carteira de seu pai alimentar. Mas odeia sobretudo esta que lhes escreve, pois eu disse que o namorado dela, Michi, estava dando em cima de mim na festa de aniversário de Gad. Ela respondeu que eu não passava de uma mentirosa, e desde então não a vi mais.

Durante a discussão, encontro várias vezes o olhar de Lina. Tenho a impressão de que sabe o que está me acontecendo e está tentando me ajudar. Mas há muita angústia em torno dessa mesa hoje e Lina prefere abaixar os olhos e fitar seu prato meio cheio.

Move os lábios imperceptivelmente.

Como se estivesse rezando.

Não faço isso nunca, nem quando, depois do jantar, com a respiração presa na garganta, mergulho de volta na solidão de meu quarto. As luzes da cidade entram pela janela e cortam o ar e as coisas, inclusive eu.

Amanhã é quinta-feira.

8

Felizmente, a manhã começa da melhor maneira possível: nas primeiras duas horas temos aula de química.

O laboratório é, sem dúvida, a melhor sala da escola, pois é mais luminosa, recolhida e também a mais democrática: cada um escolhe onde sentar e ao lado de quem. Desde o primeiro dia de aula, o Professor K explicou sua insólita teoria, segundo a qual dar aos estudantes a liberdade de decidir é um modo bem mais eficiente de avaliá-los do que obrigá-los a seguir regras rígidas.

O resultado é que todos acompanham suas aulas com satisfação e, pelo menos por duas horas, é como se estivessem fora da prisão que esta escola é.

Tomo lugar no terceiro dos grandes bancos de madeira clara dispostos em fila um depois do outro.

Diante dos bancos há uma grande mesa cheia de instrumentos, cilindros de vidro e alambiques, atrás da qual está sentado o professor, consultando um grande volume. Parece muito concentrado e se comporta como se não estivéssemos ali.

Naomi e Seline estão a meu lado.

— Por que não está aqui conosco? — pergunto às meninas falando de Agatha, sentada duas filas à frente.

— Disse que presta mais atenção sentada lá na frente — responde Seline.

— E desde quando se interessa em prestar atenção? — Depois concluo que, na verdade, é problema dela e, portanto, deixo o assunto de lado, consciente de que Agatha não faz nada sem um motivo preciso.

— Bom dia, pessoal — intervém o Professor K a certa altura. Levanta e dá alguns passos em direção à turma. Sua voz, calma e profunda, parece vir de um lugar distante.

Olha para nós através de suas lentes escuras, impenetráveis como o estranho sorriso apenas esboçado em seus lábios.

— Hoje faremos um experimento para descobrir, na prática, o que são bases e ácidos. E faremos isso com vinagre.

Diante de mim, vejo a cabeça de Agatha, imóvel como uma estátua. Está realmente interessada na aula de química.

Enquanto isso, o professor segue com sua explicação, sempre clara e detalhada.

— O experimento se chama "titulação do vinagre" e serve para determinar a quantidade exata de ácido acético que nossa amostra contém. Em suas mesas encontrarão um instrumento que preparei para a nossa experiência. Ele se chama bureta e é usado para medir com precisão o volume dos líquidos.

Pela primeira vez, examino com atenção o material que está na mesa: a bureta, que é um simples tubo de vidro graduado, três pares de luvas, três pares de óculos (um para cada uma de nós), um cilindro de vidro, uma pipeta, uma proveta graduada, um funil, uma baqueta de vidro, base com alça de aço e algumas soluções etiquetadas como NaOH, vinagre, fenolftaleína e água destilada.

— Podemos começar. Agatha, distribua os aventais a seu colegas, por favor.

Seline, Naomi e eu olhamos espantadas. Agatha se levanta e cumpre sua tarefa sem reclamar.

Com o avental, as luvas e os óculos, podemos começar.

— O procedimento é muito simples: devemos acrescentar à amostra de vinagre a ser titulada algumas gotas de fenolftaleína, uma substância indicadora, e depois gotejar nesse líquido uma solução de hidróxido de sódio com concentração 0,1 Molar. Quando o PH da solução chega ao ponto de equivalência, no qual todos os íons de hidrogênio H+ presentes na amostra de ácido a ser titulada se encontram neutralizados pelo mesmo número de íons OH- presentes na solução de hidróxido de sódio, a fenolftaleína, que era incolor, vai ficar repentinamente púrpura. Nessa altura, temos que anotar quanta solução de hidróxido de sódio foi utilizada para neutralizá-lo. A partir do momento em que conhecermos o volume e a concentração do hidróxido acrescentado, com cálculos bastante simples chegaremos também à concentração do vinagre.

— Claro, não? — comenta Naomi, sarcástica.

— Não entendi nada — acrescenta Seline.

— Vamos experimentar. No máximo, explodiremos a bancada.

As meninas riem.

O professor percebe e olha para mim, em silêncio, por alguns segundos intermináveis.

Depois, recomeça a falar, sem me chamar atenção.

Cada grupo de três alunos faz sua própria experiência, com maior ou menor sucesso.

Obviamente, Agatha prefere trabalhar sozinha e ninguém a impede. A impressão é de que o Professor K compreende a fundo o caráter e os problemas dos que estão diante dele, mas não tenta intervir de modo algum, deixando que cada um se expresse livremente e encontre sozinho as próprias soluções.

Ou é louco, ou todo o resto do mundo é que é.

Nossa substância se tinge de púrpura, mas depois disso nenhuma de nós tem ideia de como fazer os tais cálculos.

Começo, portanto, a copiar as fórmulas escritas no quadro pelo professor para tentar fazer em casa, quando a campainha toca.

Só ficamos ele e eu na sala. Quando percebo isso, uma repentina sensação de embaraço toma conta de mim.

Acabo de escrever e levanto para ir embora.

— Até logo — digo.

— Alma — chama o Professor K.

Paro na porta e dou um passo atrás.

— Não é bom fazer as coisas com leviandade, pois quando aparece uma situação realmente difícil, não sabemos o que fazer para enfrentá-la.

Por que está me dizendo isso?

— Sinto muito pela bagunça de antes.

— Isso é bobagem. Lembre-se de minhas palavras no futuro: vá sempre até o fundo nas coisas e avalie com cuidado.

— Certo, vou me lembrar.

— Agora pode ir.

— Até logo.

— Tchau.

Quando saio do laboratório, é como se tivesse acabado de passar por uma prova. Por que o professor falou comigo daquele modo? Acha que sou tão vazia e superficial? E eu que estava convencida de que gostava de mim!

A conversa me deixa uma sensação de inquietude, como quem vê a ponta de um iceberg, mas não sabe o que há por baixo.

9

Depois da aula de química, passo o intervalo pensando sozinha no pátio, apesar do frio. Não entendo esse cara, assim como não entendo minha vida nesse momento. Por que escrevi aquele conto? O fato de que tenha se tornado real é apenas uma coincidência macabra? Ou há algo de estranho por trás disso? Por ora não tenho respostas. Só perguntas.

Quando retorno, o corredor do último andar é a costumeira selva de cabeças em movimento, enxameando como abelhas trabalhadoras na porta de suas respectivas salas.

Entro na minha. Naomi, Agatha e Seline estão no fundo, no canto, perto da janela. Falam sem parar. Quando chego lá, a conversa já está fervendo.

— Será que você não está a fim do Professor K? — pergunta Naomi a Agatha num tom malicioso.

Agatha olha para ela sem mudar sua expressão de esfinge. O problema com ela é que ninguém nunca consegue saber o que passa por sua cabeça. E, infelizmente, tenho a impressão de que à vezes são coisas que não me agradariam.

— Deixe de bobeira. Só estou interessada na aula.

— Mas é verdade: nunca vi você prestar tanta atenção numa aula. Hoje, parecia hipnotizada.

Seline passa de uma para outra, como se fosse uma partida de tênis.

— Meu pai era químico.

— Interessante — comento.

É a primeira vez que Agatha fala do pai. Sabíamos que era químico e que morreu num acidente de avião junto com a mãe: o diretor tinha explicado a todos antes da chegada de Agatha à escola. Alguns meses depois do meu acidente. Depois disso, ela só revelou que não tinha irmãos ou irmãs. Mas nunca falou da família, nem mesmo da tia com quem mora do outro lado do rio, no bairro velho da cidade. De qualquer jeito, parece chateada. Olha uma por uma sem dizer nada e se encaminha para seu lugar. Estamos acostumadas: Agatha é assim mesmo.

— Acham mesmo que ela está a fim do Professor K? — pergunto às outras.

Naomi troca um olhar com Seline, como quem pede que responda. É o que ela faz:

— Além do interesse quase exagerado pelas aulas, ontem ficou no laboratório depois do horário de aula.

— E como costuma dizer que não gosta de pirralhos... — intervém Naomi — um homem mais maduro talvez não fosse má ideia.

— É, mas tem que ver o que ele acha disso.

Risinhos sarcásticos, enquanto os colegas vão se colocando em seus lugares. Durante alguns segundos, observo como arrastam suas mochilas e desabam nas cadeiras que rangem sobre o pavimento. Sacudo a cabeça:

— Devo admitir que não está enganada a respeito dos meninos.

— Nem me diga... em matéria de garotas, eles só querem uma coisa.

— E são mortalmente chatos — sentencio. — Todos eles.

— Todos menos... Morgan. — O alvo de Naomi agora sou eu.

Morgan. Morgan. Ainda não tenho uma ideia precisa sobre ele. Algo me diz para manter distância. Mas uma força desconhecida, e contrária, me empurra para ele.

— Só porque é mais misterioso e solitário que os outros não quer dizer que seja o cara certo.

— Solitário, não sei não.

Olho para ela, interrogativa.

— O que quer dizer?

— Ontem, minha irmã Marti estava na piscina. Aquela nova, que abriram perto do Centro Comercial, lá no rio...

— E daí?

— Adivinhem quem estava lá?

— Diga de uma vez, Naomi!

— Adam e Morgan.

Seline estremece. Vejo a luz desaparecer de seus olhos.

— Entenderam? Morgan e Adam foram à piscina juntos... — continua Naomi. — Fiquei pasma.

Eu não.

— Na verdade — digo —, agora que falaram, vi os dois conversando ontem do lado de fora do refeitório.

Seline continua em silêncio. Parece ter partido para uma viagem sem retorno a seu próprio vazio mental. Quase pergunto se está tudo bem, mas desisto. Ela não precisa de babá, mas de alguém que lhe mostre como dar a volta por cima depois de uma porrada, porque cedo ou tarde ela chega e precisamos estar prontas, senão para desviar, pelo menos para recebê-la com dignidade.

— E por que não disse nada?

— O que deveria dizer? Que o menino que castigamos ainda é capaz de falar com alguém?

— É, mas... Morgan... — balbucia Seline.

Dou de ombros.

— Morgan não é diferente dos outros. Os meninos são assim. Formam bandos. Se souber de alguma novidade sobre essa convivência, me conte. Acho que Adam não vai nos causar mais problemas. Quanto a Morgan, temos que ficar atentas. Não confio nele.

Alguma coisa.

Alguma coisa que me afasta, e me atrai, como um ímã.

Depois da escola, marcamos nossa reunião semanal. Funciona assim: nos encontramos para jantar cada vez na casa de uma, com quatro pizzas e quatro *kebabs*, e comemos em paz. Depois nos fechamos no quarto e contamos tudo o que está acontecendo conosco, fazemos projetos, analisamos os pedidos de batizados e tentamos dar um sentido ao nosso grupo, antes de mergulhar no sono. Esta semana, vamos dormir na casa de Agatha. É a primeira vez até agora, por causa da saúde da tia.

— Essa noite não vai dar — comunica Agatha sem mais nem menos, de pé ao lado do portão.

— Mas como? — Não gosto de mudanças de planos, sobretudo de última hora.

— Minha tia piorou...

— Sinto muito. Pensei que estivesse melhor.

— Eu também — diz Naomi.

— Pois está mal.

Naomi parece desconfiada.

Também começo a suspeitar de que a doença da tia seja só uma desculpa para nos manter longe daquela casa. Mas por quê?

— Precisa de alguma coisa?

Seline é sempre gentil.

— Não de você.

A língua de Agatha é mais afiada que navalha. Mas quando percebe o olhar decepcionado de Seline acrescenta, não sem esforço:

— Obrigada.

Resolvo não aprofundar e conceder o benefício da dúvida a Agatha.

— Tudo bem. Podemos fazer na minha casa — ofereço.

— De qualquer jeito, não posso ir — insiste Agatha.

— E vocês?

Naquele momento os olhos de Naomi pousam em algo ou alguém que está atrás de mim. Viro e vejo um menino, não muito alto, que nunca tinha notado antes. E tenho certeza disso, porque tem traços orientais pouco comuns e cabelos castanho-claros, lisos e longos, presos num rabo de cavalo muito benfeito.

Um tipo decididamente particular.

— Quem é?

— Se chama Tito.

Naomi começa a lançar olhares na direção do menino.

— Ele não é divino?

Seline olha, mas não reconhece.

— Como o conheceu? — pergunta.

— Um cara do quinto ano me apresentou.

— Nunca vi mais gordo.

— Não é da nossa escola.

— Como?

Naomi dá de ombros.

— Não sei muita coisa sobre ele e seus amigos, a não ser que entrar no grupinho deles é muito difícil.

— Que grupinho é esse?

— Bem... Gente um pouco diferente. Parece que é o próprio Tito quem escolhe os que podem fazer parte do grupo.

— E o que está fazendo aqui, na frente da nossa escola?

— Acho que está esperando o tal amigo do quinto ano.

Repito mentalmente as palavras de Naomi. Não gosto delas, assim como não gosto de grupinhos fechados, nos quais os participantes decidem arbitrariamente quem pode entrar.

— Não está pensando em andar com eles, está?

Ela não responde logo; portanto, está pensando nisso, sim.

— Faça como quiser. Mas fique atenta. Você não sabe nada sobre ele.

10

Quando chego em casa, ela está deserta.

— Jenna? Lina?

Ninguém responde.

Luzes apagadas, nenhum barulho. Todas as peças estão mergulhadas na escuridão, mas iluminadas pela débil lâmpada de baixo consumo colocada na saleta de entrada do vestíbulo.

Tenho uma relação estranha com minha casa, sobretudo quando está vazia. Às vezes, ela me transmite liberdade, outras, uma sensação sutil de angústia, como se eu estivesse prestes a perder tudo o que tenho. E é assim que me sinto agora.

O ar é quente e ainda impregnado do cheiro de frango ao curry, que Jenna faz com frequência, porque é um prato de que todo mundo gosta. Ainda me lembro da primeira vez que o fez: no dia de meu retorno do hospital. Fiquei uma semana internada para uma série de controles médicos de "rotina", depois do acidente em que Dolly e Mareen, duas amigas de infância, perderam a vida. Foi horrível. O carro era de Mareen: seu primeiro carro, seu primeiro passeio com as amigas. Dolly estava sentada a seu lado e quando o carro bateu naquele poste imenso, ela foi lançada a 10 metros de distância. Mareen ficou esmagada no volante, os olhos esbugalhados pelo terror e o rosto arrebentado por uma ferida que nunca poderei esquecer.

Eu, porém, saí praticamente ilesa, à parte uma pequena cicatriz embaixo da orelha direita, que ninguém nota.

Depois do acidente, Jenna insistiu em me inscrever num grupo de terapia, tipo alcoólicos anônimos, veteranos de guerra, sobreviventes de desastres aéreos e de grandes traumas, em que fazem você falar até explodir, finalmente, em lágrimas. Lutei com todas as minhas forças e chegamos, Jenna e eu, a um acordo. Um acordo que atendia pelo nome de dr. Mahl. Era um especialista em traumas de adolescentes, com quem fiz algumas consultas, até que ele entendesse que eu não estava nem um pouco traumatizada. Sentia falta de minhas amigas, claro. E achava absurdo que tivessem morrido daquele jeito. Mas também achava que eu tinha muita sorte de ainda estar viva e, embora fosse o que todos esperavam de mim, não sentia nenhuma culpa por ter saído ilesa daquele monte de ferro.

É incrível como as pessoas têm tendência a ver problemas onde eles não existem. Quem sofre um acidente tem obrigatoriamente que sair ferido. Quem passa por um luto tem que estar arrasado. Não é assim que funciona se você for forte. E eu sou.

Sou forte, embora tenha medo daquelas linhas que escrevi sem saber e daquilo que li nos jornais.

Sou forte, repito comigo mesma. Provavelmente é apenas uma horrível coincidência. Nunca tinha me acontecido nada disso antes do acidente. E espero que nunca mais aconteça.

Tenho certeza de que não acontecerá nunca mais.

Despenco numa poltrona da sala, a mesma em que Gad costuma sentar. Seu cheiro de fritura ficou nas almofadas, nos braços, em toda parte. Mas, em certo sentido, ele me tranquiliza. Fecho os olhos um instante e tento esvaziar a cabeça dos mil pensamentos que me assaltam. É quase impossível. Às vezes tenho a angustiante sensação de que minha mente está conectada a uma fonte que a alimenta continuamente. Não consigo desligá-la nunca.

O som agudo e sibilante da campainha de casa me sacode. Todas as casas já têm uma campainha analógica, com delicados dindons, mas Jenna não quis saber. Diz que só aquele som lhe dá a sensação de estar em casa. Pois qualquer dia desses ele vai acabar me mandando para o manicômio.

Levanto rapidamente, antes que minhas amigas possam pensar que não ouvi. Quando abro a porta elas estão na minha frente: Naomi e Seline. Nada de Agatha, como previsto.

— Entrem.

— Está sozinha?

— Acho que sim.

Pedimos as pizzas. Depois o telefone toca. É Jenna. Ouço os gritos de muitas crinças atrás dela.

— Onde está todo mundo? Ah, certo. Não, não estava preocupada. Pura curiosidade. É, estou aqui com Naomi e Seline. Até mais.

— Sua mãe?

Seline é muito ligada aos pais.

— Mistério resolvido. Jenna e Lina foram à festinha de aniversário de uma amiga da minha irmã.

— E Evan?

— Deve estar tocando com a banda ou saiu com Bi, a namorada.

Só Naomi conhece Bi, mas não conseguiu trocar mais que algumas palavras com ela.

— Um casal bem estranho.

— Pelo menos tem uma namorada.

Além dela e do grupo de rock com quem toca num antigo ginásio, meu irmão não frequenta nenhum ser vivo.

As pizzas chegam, fumegantes e deliciosas.

Corto a minha em tiras, que como com as mãos dobrando levemente as bordas. Naomi parte do centro criando uma espécie de moldura de massa. Seline corta um pedacinho aqui e ali, sem muita convicção.

— Está sem fome?

Seline não levanta os olhos de sua garfada.

— Não muita, hoje.

— Não é só hoje — comenta Naomi.

— O que você tem com isso! Não tenho apetite e pronto!

Em seguida, é sacudida por uma crise de choro. Levanta e se fecha no banheiro.

— O que há com ela?

— Um imbecil lhe disse que tem uns coxões maravilhosos. Ao que tudo indica, o filminho continua girando por aí. Ninguém sabe quanta gente já viu, mas Seline sente mil olhos em cima dela e enfiou na cabeça que está gorda.

— O quê?

— É isso mesmo.

— Por que não me disse?

— Estou dizendo agora. Fiquei sabendo há pouco.

— Maldito Adam!

— Supermaldito!

Bebemos um gole de cerveja, os olhos na porta fechada do banheiro.

— O que vamos fazer? — pergunta Naomi.

— Nada — respondo. — Vamos observar e tentar impedir que faça alguma besteira.

Quando Seline sai do banheiro, sua pizza é um plástico gelado.

— Quer que esquente no forno?

— Não, obrigada, Alma. Meu estômago está fechado. Amanhã eu como.

— Tudo bem. Vamos começar a reunião?

Vamos até meu quarto e sentamos na cama, como sempre: Seline a meu lado e Naomi do outro, perto da janela. Os assuntos da semana não são muitos e cada uma de nós está perdida em pensamentos bem diversos, próprios, que não queremos compartilhar. Percebo, mas finjo indiferença, como as outras. Depois de ter sido distribuída como uma mercadoria qualquer nos celulares de dezenas de meninos da escola, Seline se acha gorda. Naomi, por sua vez, fantasia um novo amor nos braços de um sujeito com olhos amendoados e rabo de cavalo.

E eu, que só penso no meu caderno roxo e nos pesadelos que me atormentam? Só tenho dois temores: que uma das meninas encontre aquele caderno no armário ou que, durante a noite, eu recomece a escrever.

Ou a falar.

Ou a gritar.

Infelizmente, só posso esperar que aconteça o melhor.

Falando em voz baixa, embora não haja ninguém na casa, estabelecemos a nova data para os batismos, acrescentamos uma nova regra (a candidata terá que comer alguma coisa nojenta escolhida por nós), e depois discutimos rapidamente sobre Agatha e sua situação. Mais tarde, Jenna bate na porta para cumprimentar.

— Falem baixo, meninas. Lina está dormindo. Boa noite.

Em seguida, repetimos algumas conversas inúteis que só servem para nos preparar para o sono. Quando desligo a luz, ouço a respiração regular de Seline e Naomi. Vou me entregando ao sono, confiante, embora sinta que os vínculos entre nós estão se afrouxando.

De manhã, quando o despertador toca, abro os olhos sobressaltada. Olho ao redor: não há sinal do caderno roxo que deve estar em seu lugar, no armário, embaixo de tudo aquilo que pudesse escondê-lo.

Não escrevi.

Não falei.

Minhas amigas não descobriram nada. Talvez porque não haja nada para descobrir. À parte uma terrível fatalidade. Uma brincadeira. Uma brincadeira de mau gosto do destino.

Sorrio para Seline, que esfrega o rosto para acordar como se fosse uma gatinha.

Naomi resmunga, a cabeça embaixo do travesseiro.

— Uma brincadeira... — murmuro, hesitante.

E começo realmente a acreditar.

11

Se tem uma coisa que gosto de fazer de manhã é tomar um café fumegante no bar atrás de casa. Não tinha voltado desde que li a notícia do publicitário assassinado. Mas hoje quero tentar exorcizar meu pesadelo e talvez consiga fazer isso junto com Seline e Naomi. No balcão, o rapaz de sempre, que, como sempre, sorri. Fico feliz e retribuo.

— Faz um tempo que não aparece.

— Pois é. Pode me fazer um café?

— É para já. E para vocês?

Naomi pede um café de cevada. Seline, nada. Pago pelas três ao rapaz, mas desta vez nossas mãos não se tocam. Ao sair, dou uma olhada nos exemplares de *free press* largados numa mesinha. A notícia do publicitário assassinado já não está na primeira página. Não verifico se tem alguma coisa no interior, se há novidades. Não quero saber de nada.

— Tudo bem?

Naomi interceptou meu olhar.

— Não poderia estar melhor — minto, erguendo o café.

Descemos do ônibus alguns pontos antes da escola. Nenhuma de nós tem vontade de chegar na hora. É um daqueles raros dias em que o céu está mais azul do que cinza e a chuva não ensopa qualquer desejo de ficar ao ar livre.

Caminhamos ao longo de uma calçada do centro, uma ao lado da outra, batendo papo furado, quando de repente meu olhar cai sobre a vitrine de uma loja ainda fechada. É uma papelaria. A papelaria onde comprei meu caderno roxo.

Diminuo o passo, rememorando aquele dia.

Chovia a cântaros e não se via quase nada entre os jatos d'água dos carros disparados na rua e a torrente que escorria das calhas transbordantes dos edifícios. Mas algo atraiu minha atenção: uma vitrine toda roxa. Havia canetas, lápis, estojos, borrachas, cadernos, pastas, tudo rigorosamente roxo. Minha cor preferida. Meu caderno estava colocado bem no centro da vitrine. Estava aberto e apoiado nas próprias páginas cor de marfim, lisas e de gramatura pesada. A capa parecia de couro. E eu ali, do lado de fora, olhando para ele sob a chuva. Não sei por que motivo, entrei imediatamente para comprá-lo.

O som desafinado de uma velha campainha me recebeu e introduziu ao interior da loja, aonde os rumores do tráfego pareciam não chegar. A loja não era grande, nem bonita. Tinha um não sei quê antigo, com prateleiras de madeira que formavam pequenos e baixos corredores. A luz vinha de velhos globos de vidro que pendiam do teto como ovos enormes.

No interior da papelaria havia um homem totalmente normal, de estatura média e aspecto idem. Tinha a pela clara, os cabelos brancos e os olhos azuis. Ele me fez pensar num velho anjo que vi num velho cartaz teatral. Sua idade era indefinida e olhava para mim de um jeito muito estranho, paciente e ao mesmo tempo curioso. Em sua loja, eu me senti completamente à vontade. E ele me observava, tranquilo.

— Bom dia, mocinha. Posso fazer alguma coisa pela senhorita? — disse ele, apontando para o meu guarda-chuva que gotejava insistentemente sobre o pavimento de madeira escura.

Seu olhar não demonstrava irritação, nem pressa. E, além do mais, tinha me chamado de "senhorita". E isso não me desagradou. Gostaria de conhecer melhor as velhas regras de conversação para poder responder com o mesmo pacato senso de medida, mas as palavras me escapavam. Limitei-me, portanto, ao essencial.

— Queria ver o caderno da vitrine.

— Claro.

Ele, o velho anjo, deslocou um painel para pegar o caderno e, em seguida, colocou-o cuidadosamente no balcão que ficava no fundo da sala.

Acariciei-o, tocando com o dedo o couro roxo que o envolvia.

— Vou levar — decidi sem sequer perguntar o preço.

— Muito bem, senhorita. É um presente? Embrulho ou...

— Não, não — foi o que respondi com uma certa urgência. — É para mim.

— O que está olhando? — pergunta Seline.

— Nada. Por quê?

— Parecia perdida em seus pensamentos.

Lanço um último olhar para a vitrine da papelaria, para as portas de ferro abaixadas, e me pergunto a que horas chegará o velho anjo para abri-las, se é que vai abrir hoje, pois a velha papelaria só abre nos dias de chuva. E só quando passo por ali.

— É melhor nos apressarmos ou vamos nos atrasar — digo, afastando aqueles pensamentos.

— Já é tarde — observa Naomi.

Aceleramos o passo.

Conforme previsto, chegamos à escola atrasadas, mas ninguém nos dá atenção. As portas das salas estão abertas, com os alunos meio dentro, meio fora, como durante o recreio. O ar está impregnado de um forte cheiro de queimado, mas não me lembro de ter notado nenhum incêndio. O que será que aconteceu?

— Que horas são? — pergunto.

Nunca uso relógio. Tem sempre alguém a quem se pode perguntar a hora.

— São oito e meia! Droga! — Naomi olha o relógio, espantada de que já seja tão tarde.

Diante do gabinete do diretor tem um policial examinando todo mundo de cima a baixo, com aquela atitude típica de quem leva a vida à procura de um culpado. Quando seu olhar passa rapidamente por mim, estremeço e digo a mim mesma que é bobagem. Não fiz nada. Não está ali por minha causa.

— Mas o que houve? — pergunto em voz alta.

— Fizeram o maior estrago na sala do Scrooge — ouço um menino dizer às minhas costas.

— Está brincando...

— Não.

— Do Scrooge?

— Hã, hã.

Scrooge é o diretor da escola, um homem seco, solitário, solteiro e interessado apenas no trabalho, que é a única coisa que sabe fazer. Seu nome verdadeiro não é esse, mas desde que os alunos mais velhos lhe deram o nome do insuportável protagonista dos famosos quadrinhos,* ele nunca mais se livrou. Há quem diga que o verdadeiro Scrooge não é ele, mas o antigo diretor, seu antecessor, totalmente igual a ele, só que mais velho.

Peço algumas explicações ao menino que está atrás de mim.

— Parece que alguém entrou na sala ontem à noite e fez um estrago. Sujou as paredes, destruiu uma parte dos arquivos, queimou a escrivaninha.

— Correndo o risco de tocar fogo na escola inteira. — Naomi está horrorizada.

— Os bombeiros acabaram de sair — acrescenta o menino. — Alagaram metade do corredor do primeiro andar.

— Que história mais doida — diz Naomi, abrindo espaço entre os curiosos.

— E não têm ideia de quem foi? — pergunto.

— Um bando, provavelmente.

— E como Scrooge reagiu?

— Do jeito dele.

— Vai nos trancar nas salas até descobrir o culpado?

Ele ri, nervoso.

— Alguma coisa assim, acho.

Naquele momento, chega Agatha. Está com os fones enfiados nos ouvidos, mas dá para ouvir o rock que está escutando. Olha ao redor para entender o que está ocorrendo, me vê e se aproxima. Em seguida, tira um dos fones e pergunta:

— Que bagunça é essa?

— Destruíram o gabinete do Scrooge.

---

* Ebenezer Scrooge é o personagem principal do romance *Um Conto de Natal*, de Charles Dickens. O personagem serviu de inspiração para Carl Barks criar mais tarde o Tio Patinhas. (N. da E.)

— Quem foi?

— Acho que ainda não sabem. Mas a polícia está investigando.

— A polícia?

— Está vendo aquele sujeito lá no fundo? É da polícia.

— Assunto sério, então.

— É o que parece.

Agatha recoloca o fone no ouvido. Não parece muito perturbada com a notícia. A bem dizer, nada parece perturbá-la, nunca.

— Vou subir — informa. — Nos vemos na sala.

— Correu tudo bem na reunião, ontem — digo sem olhar para ela.

Agatha para.

— Ia mesmo perguntar. Alguma novidade?

— Não, nenhuma.

— Ótimo.

— Agatha? — interrompe Seline. — Como vai sua tia?

Agatha a encara com aqueles seus estranhos olhos cinzentos, cujo fundo não se consegue ver, e responde:

— Melhor... obrigada.

Em seguida, liga o MP3, dispara novamente a música a milhões de decibéis e começa a subir a escada, como se nada tivesse acontecido. E como se aquilo não tivesse nada a ver com ela.

— Coitadinha — comenta Seline. — Está com a cabeça longe.

Naomi bota as mãos nos quadris.

— Pode ser... Mas quem sabe onde?

— Vamos embora — digo eu, quando percebo que o policial continua a nos examinar, uma por uma, como se estivesse escolhendo a próxima vítima.

Minhas mãos estão coçando.

Como acontece quando se tem vontade de escrever.

12

Esta manhã a escola parece uma colmeia de boatos, suspeitas e insinuações de todo tipo. Se não conseguiu nada mais, o incêndio no gabinete de Scrooge deu um pouco de vida a meus colegas. O policial caminha para a frente e para trás nos corredores, na esperança de encontrar culpados. Pelo que conseguimos apurar — trancados nas salas de aula, mas com as orelhas em pé em busca de qualquer novidade e um sofisticado esquema de turnos para ir ao banheiro e interrogar os inspetores —, o vândalo ou os vândalos ainda não foram identificados. Às dez chega o primeiro comunicado de Scrooge, lido pelo professor de matemática, uma lagartixa de óculos, perdendo os cabelos, com os olhos vermelhos a maior parte do tempo. O diretor ameaça suspender a escola inteira por uma semana, se o nome do culpado não aparecer.

Não me parece um castigo tão ruim. Se não fosse a chatice dessa cidade, uma semana sem escola seria uma verdadeira maravilha.

No intervalo, a tensão é grande, percebo murmúrios e nomes que se perseguem a meia-voz. Quem foi? Você conhece? O que esse policial vai fazer conosco? Ouvi dizer que aconteceu a mesma coisa em outra cidade. Scrooge ainda não saiu do que restou de seu gabinete. Queimaram todas as suas fotografias.

Scrooge está furioso.

Scrooge vai nos fazer pagar.

Em toda aquela ciranda de vozes, só uma pessoa parece totalmente relaxada. Morgan, encostado diante da porta da minha sala.

— Esperando alguém? — pergunto, aproximando-me com ar indiferente.

— É.

Jamais lhe darei a satisfação de perguntar quem é. Fico em silêncio e espero que ele diga. Mas Morgan olha para o corredor, para os outros meninos, as outras meninas. Depois, sem afastar os olhos da fila de luzes fluorescentes que iluminam o teto, pergunta:

— Gostaria de uma xícara de chocolate quente depois da escola?

— Um chocolate? — debocho. — Ora, um homem à moda antiga...

Na realidade, não acho nada mal.

— Um café, então...

— Obrigada, mas não posso — respondo sem desviar o olhar de seus olhos violeta, magnéticos. Morgan é um menino maravilhoso, mas ainda não confio nele e prefiro não me aproximar.

Ele não parece aborrecido. É como se entendesse por que recusei. Mas não pode ter entendido, porque no fundo nem eu mesma sei.

— Tudo bem — diz ele, afastando-se da parede. Roça levemente meu braço. Sinto apenas o ar que sua mão moveu, cheio de energia.

— Por essa vez, passa... — sorri e vai embora.

Fico olhando suas costas retas cujo movimento acompanha o passo elegante. Parece saído de um romance do século XIX.

— Deixou escapar? — pergunta Naomi, chegando com um suco de fruta de caixinha.

— O que disse?

— Morgan.

— Não veio atrás de mim.

— Ah, não? E de quem, então? Acho que não parou para falar com ninguém.

De fato, Morgan tinha dito que esperava uma pessoa. Depois me convidou para tomar um chocolate.

É possível que...

Com os olhos, procuro por ele novamente, mas não o vejo mais. Não sei para onde foi. Não sei de onde vem.

Não sei nada sobre ele. E talvez não me interesse saber.

No final das aulas, antes de sair da escola, dou uma passadinha no banheiro. Agatha também está lá. Fumando.

— Não sabia que fumava.

— De vez em quando.

Tem todo o jeito de quem não está contente em me ver. A única coisa que me intriga é por que está fumando no banheiro, se não tem ninguém para impedi-la lá fora.

— Quer uma tragada?

— Não, acho cigarro nojento.

Os cigarros deixam o hálito ruim e estragam os dentes. Os de Agatha já são feios, mas gosto muito dos meus. Não tenho nenhuma cárie e me orgulho disso.

Lavo as mãos com muito sabão, como gosto. Agatha olha para fora da janela, envolvida pelas espirais de fumaça, completamente perdida em seus pensamentos. Pego uma toalha de papel do suporte, mas ela acaba caindo no chão de ladrilhos cinzentos incrustados de manchas pretas. Quando me inclino para jogá-la fora, noto que tem uma coisa despontando do zíper aberto da mochila de Agatha. Olho melhor. É uma seringa.

Ela percebe que vi, agarra a mochila, apaga o cigarro na pia e puxa o zíper.

— Não está fazendo alguma besteira, está? — pergunto.

— É para minha tia. Tem que tomar uma injeção toda noite.

Resolvo acreditar, embora Agatha esteja cada vez mais estranha ultimamente.

Saímos juntas da escola. As outras já foram. Agatha desamarra sua velha bicicleta de corrida de um poste e eu me dirijo para o ponto do ônibus.

— Tchau — dizemos antes de nos afastar, cada uma para a sua casa e para os problemas que esconde.

Seguindo a rua até o ponto de ônibus, encontro Morgan de novo. Ele caminha lentamente, metido numa jaqueta de lã pesada azul-marinho, como um rio noturno. Vira para mim, olha e sorri.

Não vejo sua boca, coberta por uma echarpe enrolada no pescoço como uma jiboia, mas seus olhos falam claramente: contato.

Um arrepio percorre minha espinha. Sobe pelas pernas e corre rapidíssimo até a cabeça, onde provoca uma pontada, forte e muito breve. Fecho os olhos de repente para buscar alívio. Quando volto a abri-los,

Morgan ainda está lá, assim como aquele arrepio sob a pele que agora ameaça descer mais fundo.

Ele afasta a echarpe da boca com toda a delicadeza.

— Posso ir andando com você um pouco?

— Vou pegar o ônibus.

Aponta para o ponto a cem passos de nós.

— Posso acompanhá-la até lá.

Não digo que sim, nem que não. Caminhamos.

Não consigo entender por que está sendo tão insistente. Talvez ele também seja um desses caçadores de aventuras que cercam a menina por um tempo e, depois, quando notam que não vão conseguir nada, passam para a próxima vítima.

— Como conseguiu isso?

— Isso o quê?

— Aquela cicatriz, ali, embaixo da orelha. — Indica um ponto quase invisível entre meus cabelos.

Sorrio.

— Por que está sorrindo?

— Porque é estranho.

— O quê?

— Que tenha notado.

— Por quê?

— Porque você foi o único.

Ele afunda o queixo na echarpe. Parece satisfeito com a minha resposta, embora minha intenção não fosse elogiá-lo.

Nossos passos seguem simétricos na calçada.

— Sofreu um acidente?

— Como é que sabe?

— Não sei. Foi uma simples suposição.

Suposição, aliás, que não é nada agradável. Quase me assusta.

— Sim, sofri um acidente. Mas, como pode ver, não houve nada comigo.

Afasto os cabelos de modo que a cicatriz fique mais visível.

— E com os outros?

Morgan se aproxima, estende a mão e toca a cicatriz com um dedo. Queima como gasolina numa ferida.

Olho para ele.

— Os outros morreram — respondo. E em seguida acrescento num fio de voz: — Eram duas amigas minhas de infância.

Ele afasta a echarpe de novo e abre a jaqueta, puxando a gola da suéter para baixo. Sua pele é clara e perfeita, mas também tem uma cicatriz na base do pescoço. Mesmo sem tocá-la, poderia jurar que é lisa e fria, como a minha. Olho a cicatriz e fico sem palavras.

— Também sofri um acidente. Deve ser por isso que tenho bom olho para cicatrizes.

Ri sozinho da própria gracinha.

Depois se cobre novamente e tudo desaparece, oculto pelo azul-noite de sua jaqueta.

13

Fim de semana.

Todos esperam por ele ansiosamente: quem estuda e quem trabalha. Não vejo nada de tão empolgante. Em geral, não acontece nada de especial nos dois dias em que grande parte da humanidade se dedica furiosamente a tudo aquilo que não conseguiu fazer no resto da semana.

Jenna, como acontece tantas vezes aos sábados, está de serviço no hospital. Gad vai aparecer à noite com alguma delícia frita que o deixará de estômago pesado, mas de espírito leve. Evan já foi para seu velho ginásio fedorento, onde vai tocar com a banda até o amanhecer. O local pertence ao tio de Bi, que permite que o use em troca de uma ajuda de vez em quando para descarregar as mercadorias de sua loja de ferragens. Prefiro, ao contrário, ficar em casa com a pequena Lina e seu universo silencioso.

Na medida do possível, arrumo meu quarto. E quando estou pendurando a jaqueta que usava quando armamos a emboscada para Adam, ouço o tilintar de uma sinetinha. De um dos bolsos, retiro o amuleto de Lina. Seguro entre os dedos e sacudo. Produz um sonzinho muito parecido com o de um sino verdadeiro. Jenna contou que quando Lina era pequena, bastava fazê-lo soar perto de seu ouvido para tranquilizá-la. E tem esse efeito sobre ela até hoje. Dizem que os recém-nascidos conservam uma espécie de memória inconsciente do que aconteceu com eles nos primeiros anos de vida, e a sinetinha de Lina é uma prova concreta disso. Não tenho nenhum objeto semelhante. No meu caso, existe apenas a escuridão. Nada que me recorde a infância.

Abro uma gaveta para guardar a sinetinha em algum lugar, quando o telefone toca.

É Naomi.

Está gritando.

— Fique calma, não estou entendendo nada!

Mas Naomi continua a gritar.

— Seline o quê? No hospital? Mas quando? Estou chegando!

Desligo, pego a jaqueta e corro para a sala onde Lina está vendo um desenho animado.

— Preciso sair, Lina. É uma emergência. Trate de se comportar e não saia daí. Volto logo.

Ela me encara com seus grandes olhos escuros, tão densos de pensamentos inexpressos, e sorri. Quem me tranquiliza é ela.

Chego mais perto para ajeitar a manta sobre seus joelhos e só então percebo que o pingente ainda está na minha mão, tilintando. Ela ouve aquele som, feliz porque estou com seu presente. Instintivamente, dá um beijo em meu rosto com aqueles seus lábios macios e delicados. Fico rígida e surpresa, em geral não permito que ninguém me beije. Não gosto de contatos. Um círculo de calor se espalha em minha bochecha e se irradia por todo o rosto, relaxando os músculos da face.

Em seguida, de repente, sinto uma pontada na cabeça. Forte. Sento no sofá, ao lado de Lina, com os olhos fechados.

Ela sacode meu braço.

Vai passar.

Passar.

Passou.

— Já vou indo — digo, abrindo os olhos novamente. — Não foi nada, volto logo.

Se me perguntassem como imagino o inferno, diria que é igual a um pronto-socorro.

Ficamos todos ali, sentados, sofrendo e esperando a nossa vez. Um segura o braço, outro uma gaze vermelha de sangue sobre o rosto. Todos esperam e, enquanto isso, assistem ao desfile de macas tendo a bordo os feridos mais graves que eles, que têm precedência na luta contra o destino. O atendimento não é feito com base na ordem de chegada, mas na gravidade das próprias condições. Quem decide é o enfermeiro da triagem, treinado para dar a cada paciente uma cor-código. Branco:

nenhuma urgência. Verde: nenhuma lesão vital, pode esperar para ser atendido. Amarelo: urgente, comprometimento parcial das funções do paciente, embora não haja risco de morte imediata. E por fim, Vermelho: emergência, pelo menos uma das funções vitais (respiração, batimentos cardíacos etc.) comprometida e risco imediato de morte. Na realidade, existem mais duas cores: Laranja, para paciente contaminados; e Preto, paciente morto.

O pronto-socorro é uma extensão de rostos cansados, pálidos, assustados. Não há diferença entre médicos e pacientes. Reconheço Naomi no meio deles.

— O que houve?

— Finalmente! Seline está mal!

— Explique direito.

— Tínhamos saído, estávamos no BabyBlue tomando uma cerveja quando ela desmaiou e não houve jeito de reanimá-la.

— Tinha tomado alguma coisa?

— Não, nada! Acho que o problema é exatamente esse. Ela não come há dias.

— Se bebeu de estômago vazio, é normal que tenha vertigem.

— Alma... acho que Seline tem um sério problema com comida.

De repente, tudo fica claro. Revejo as caretas de Seline no refeitório, diante da pizza na outra noite, rememoro suas palavras a respeito do tal vídeo e do vexame que passou diante de toda a escola.

— Onde ela está?

— Foi levada para lá — diz Naomi, apontando para um corredor à nossa direita.

— Qual foi a cor que lhe deram?

Naomi sacode a cabeça. Não sabe.

— Vamos esperar, então.

Nesse meio-tempo chegam também os pais de Seline. Ela é uma mulher feinha, com cabelos escuros e curtos, não muito alta. Tem os olhos grandes, levemente bovinos, mas bons. Entre os dois, quem tem um bom trabalho é ela. O pai, ao contrário, é um sujeito elegante e um pouco excêntrico, daqueles que poderiam se insinuar para as colegas de escola da filha. Tem sempre uma historinha divertida para contar e um sorriso impecável, de 32 dentes brancos como a neve. Nenhuma de nós conseguiu descobrir o que faz na vida, mas de todo modo, à parte isso, é um homem alto e esbelto, de cabelos curtos, ondulados, e com o rosto liso de um adolescente. Pelo modo como se move, dá para perceber que se acha o máximo e que não dá a mínima para a mulher.

Parecem preocupados, sobretudo a mãe. Ele me dá uma olhada complacente e depois se dirige a Naomi.

— Como ela está? O que aconteceu?

Naomi explica tudo de novo, deixando de lado os detalhes inconvenientes. A mãe de Seline segura a cabeça entre as mãos, enquanto o pai vai falar com o enfermeiro da triagem para pedir notícias da filha.

— Como pode? — repete a mulher.

A seu lado, tento me manter fria como gelo. Sei que Seline é muito ligada aos pais, que sempre satisfizeram todos os seus caprichos e desejos. Mas é evidente que isso não basta para estabelecer a compreensão e o entendimento entre eles. O que aquele pai sabe do que está acontecendo com a filha? E o que diria a mãe, tão dedicada ao trabalho, mas evidentemente incapaz de administrar o que tem de mais importante na vida, se ficasse sabendo que circula em nossa escola um vídeo em que sua filha aparece seminua?

Olho para os dois juntos, pai e mãe, e vejo apenas uma prisão de convenções e de afetos postiços. Tenho sorte por nunca ter me apaixonado.

Logo em seguida, um médico se aproxima. Tem um olhar muito compenetrado e uma papeleta clínica cheia de números.

— São os pais de Seline?

— Sou o pai. Ela é a mãe. As duas são... colegas de escola.

— Como ela está? — pergunta logo a mãe.

— Melhor agora. Está sob controle.

— Mas como...

— Exagerou no álcool e... bem, sua filha come adequadamente?

Os pais de Seline se olham, espantados. A mãe vacila.

Fico em silêncio e, com os olhos, imponho o mesmo comportamento a Naomi.

— Sim, creio que sim — responde o pai. — Mas por que a pergunta?

Não sabem de nada. Não notaram nada.

— Porque, na verdade, ela está magra demais, e os exames de sangue indicam uma forte anemia.

— O que significa isso?

— Que não come há dias.

O pai se vira abruptamente e me encara.

— Meninas? — pergunta, como se nos acusasse de alguma coisa.

— Não sabemos o que dizer — replico. — Não notamos nada de estranho.

Naomi, pouco convencida, concorda a meu lado. O pai e a mãe de Seline trocam olhares desconfiados.

O médico tosse.

— Em todo caso... tentem prestar mais atenção nela. Às vezes, a recusa de alimento é um modo de os jovens pedirem ajuda.

— Não entendo... — explode o pai, quase irritado. — Seline não precisa de ajuda nenhuma. Já lhe damos tudo aquilo de que precisa.

O médico abaixa os olhos. Tira da papeleta um cartão de visita e passa para a mãe de Seline.

— Se perceber que sua filha continua a não comer, talvez fosse interessante procurar um especialista...

— O que é isso? — pergunta o pai.

— É um centro de apoio para meninas que sofrem de anorexia.

— Minha filha não é anoréxica! — se enfurece o pai.

— Posso vê-la? — pergunta a mãe, mais calma e realmente consciente da gravidade da situação.

— No que me diz respeito, sim. Está sob sedativos — responde o médico com um sorriso enviesado.

— Maluquices — insiste o pai, afastando-se sem sequer se despedir. Naomi e eu ficamos imóveis como dois objetos de decoração no vaivém de macas e feridos mais ou menos graves que se lamentam.

Sentamos num canto. Tem cheiro de desinfetante e de suor.

— Vamos embora? — pergunta Naomi.

— Vamos, é a melhor coisa. Acho que vou visitá-la amanhã em casa, depois que derem alta. Quer ir comigo?

— Não posso. Prometi à minha irmã que iria com ela ao shopping.

Olho com ar de censura.

— Ela tem uma festa importante e quer ajuda para comprar o vestido. Não posso furar com ela.

— Entendi. Vou sozinha.

Talvez seja melhor assim: Seline não precisa de confusão, só de se reencontrar consigo mesma.

Seguimos com o rabo dos olhos os dois que se afastam.

— Parecia que estavam falando de uma estranha, não da própria filha — observa Naomi, um pouco depois.

— Estranhos são eles, os pais.

A mãe de Seline deve estar pensando em todas as horas que roubou da filha para dedicar ao escritório. No salário que precisa ganhar para manter as extravagâncias do marido e suas roupas impecáveis. Em seu caríssimo carro esportivo. E talvez, estou dizendo talvez, esteja se perguntando finalmente se tudo isso faz sentido, pois simplesmente impediu que visse que sua filha não comia havia dias.

Junto a nós, há dezenas de desconhecidos, que somente aquele local de tormentos mais ou menos graves tem o estranho poder de aproximar.

14

Domingo.

Acordo cedo. Quero ir visitar Seline. Quando me vê de pé às nove, Jenna não acredita nos próprios olhos. Se soubesse o quanto tem sido difícil pegar no sono ultimamente...

— Como? Já de pé? — pergunta na cozinha com uma xícara de café fumegante nas mãos. Olho para ela. Sob o roupão azul que chega aos tornozelos, despontam duas pantufas em forma de cachorro, com muita orelha, focinho e olhos. Um presente de Natal meu, de Lina e Evan. Sorrio à lembrança de sua cara de espanto quando abriu o pacote. A pequena Lina parecia tão contente que por um instante tivemos a impressão de ouvir a sua voz novamente.

— Vou visitar Seline.

— Domingo a essa hora!?

— Prometi que íamos estudar juntas.

Jenna parece surpresa. Enquanto isso, faço um café para mim.

— Muito boas meninas — diz ela, desaparecendo na sala.

Com os cotovelos apoiados na mesa, saboreio com calma o néctar escuro e fervente da xícara.

Penso em Seline e na história com Adam. Por que as pessoas se comportam de modo tão mesquinho? Por que tanto desejo de fazer mal?

Seline mora num arranha-céu moderno, o mais alto dos três que foram construídos perto do rio uns dez anos atrás. Todo de vidro e cristal, reflete como um espelho fiel a paisagem circunstante feita de água, verde e mais vidro, sem trair a intimidade dos felizardos que moram lá.

Aperto a campainha nas teclas do interfone, colocado ao lado da entrada. Uma descarga elétrica solta a fechadura do grande portão de vidro. Entro e chamo o elevador. O hall é amplo e revestido de mármore branco, dividido no meio por uma passadeira de carpete preto. Dos dois lados, duas jardineiras retangulares oferecem a quem entra a sua carga de plantas ornamentais, tão viçosas e coloridas que resolvo tocá-las para ver se não são artificiais.

O ar tem um perfume de lavanda e jasmim. Imagino que seja o detergente com que lavam o pavimento.

O elevador chega e escancara suas portas de espelho, negras e brilhantes.

No interior, uma música anônima, mas relaxante, me acompanha até o quinto andar, o último, onde fica a cobertura da família de Seline.

Uma vez perguntei a Seline por que frequentava a nossa escola, tão modesta para as possibilidades econômicas de seus pais. Mas ela respondeu que a mãe insistiu, para que ela vivesse em meio a pessoas "normais", em vez de privilegiados, pois dizia que tudo nessa vida pode mudar de uma hora para outra, e viver num mundo dourado não nos prepara para o pior.

Agora, depois de tudo que aconteceu com a filha, não tenho muita certeza de que estivesse certa.

A porta de entrada está aberta. Seline me espera na soleira, com um macacão rosa-bebê que cai sobre seu corpo cada dia mais magro e anguloso.

— Oi, Alma.

— Oi.

Entramos. Parquê de madeira escura e vidraças ao redor. Luz. Apesar do céu cinzento.

— Venha, vamos para o meu quarto.

— Seus pais não estão?

— Minha mãe está no escritório, trabalhando, e meu pai ainda está dormindo.

Percorremos um corredor de paredes cobertas por quadros de dimensões variadas, iluminado por uma fileira de *spots* embutidos no teto. No chão, um tapete com motivos geométricos vermelhos e brancos, mais comprido que meu apartamento inteiro. Olho ao redor: não é a primeira vez que venho a esta casa, mas sempre me surpreendo com tanto luxo.

A porta do quarto de Seline é a primeira à direita.

É muito grande: uma cama de solteiro extralarga, uma escrivaninha de vidro, uma mesinha, um sofazinho e duas poltronas que dão para uma enorme janela com uma vista de tirar o fôlego.

— Não quer sentar? — pergunta. — Vou pegar alguma coisa para beliscar.

Sento no sofá xadrez rosa e branco e examino o quarto, suas paredes cor-de-rosa, enfeitadas por alguns quadros. Um é o retrato de Seline pequena, com um vestido amarelo de florzinhas e fita no cabelo. Parece uma boneca de porcelana.

Pouco depois, a vejo chegar. Tem as mesmas feições angélicas do retrato, mas seus olhos perderam a luz.

Carrega uma bandeja com dois copos, uma garrafa de suco de frutas fresco, biscoitos e uma fatia de torta de chocolate. Coloca tudo na mesinha e senta numa das poltronas.

— Como se sente? — pergunto, servindo um copo de suco. É muito doce e fresco, uma delícia. Pego um biscoito e coloco entre os dentes.

— Estou bem. Ainda um pouco cansada, mas vai passar.

— Claro que vai passar.

— Obrigada por ontem.

— Não precisa.

Abaixa os olhos. Não toca em nada da bandeja.

— Não vai comer?

— Tomei café da manhã há pouco.

— É mesmo?

— Sim, não se preocupe. Minha mãe ficou comigo na cozinha o tempo todo para controlar.

— E fez muito bem. Você precisa se recuperar.

Nessa altura, resolvo provar a torta de chocolate. Como imaginava, também é divina. Minhas amigas sempre me invejaram por comer as "comidas proibidas" e não engordar um grama sequer.

Os olhos de Seline se fixam na fatia de torta que estou levando à boca. Parece hipnotizada.

— Está tudo bem?

Faz que sim.

Tenho a impressão de que ela esvaziou seu cérebro, como se fosse um quartinho de despejo depois de uma faxina. Minha preocupação é que continue vazio por muito tempo. Tábula rasa.

Resolvo fazer outra tentativa.

— Está mesmo querendo que ele se dê bem?

— O quê?

— Agindo dessa maneira, é como se deixasse Adam levar a melhor. Queria agredir, expor você ao ridículo para se fazer de gostosão com os amigos. Vendo você sofrer desse jeito, vai pensar que conseguiu o que queria.

— Nem penso mais em Adam. Águas passadas. — Seu olhar continua fitando o nada.

— Seline, ouça. Não pode deixar que a vergonha pelo que aconteceu tome conta de você. Quem tem que se envergonhar é ele e não você. E depois, tem um corpo perfeito, que todas as meninas da escola invejam.

— Não é verdade! — rebate ela, subitamente decidida.

Toquei no ponto crucial.

— Claro que é.

— Não. Não está vendo? — diz, esticando com a mão o tecido macio e largo do macacão ao redor da coxa magra.

Levanto e comparo minha coxa com a dela, mais fina.

— Veja você mesma.

— O que estou vendo é que você é mais magra, Alma, mais magra e mais bonita.

— Agora chega! — digo, segurando seus ombros. — Precisa parar de ficar se lamentando e enchendo a cabeça de bobagem. Precisa reagir. É ou não é minha amiga? Naomi, Agatha e eu somos fortes e corajosas. Enfrentamos várias provas e conseguimos superar. E você estava conosco. Juntas, somos invencíveis. Nunca se esqueça disso.

— Talvez eu não seja como vocês. Talvez não seja mais "digna".

— Quando fala assim, me dá vontade de lhe dar uns tapas!

— Talvez eu mereça.

— Pare com isso, Seline. É só um vídeo idiota feito por um cretino. Não pode ficar nesse estado por causa disso. Não pode.

Nenhuma resposta.

Seline fita o pavimento.

Vou até a porta com a intenção de ir embora. Acho que não consigo fazê-la reagir hoje. Precisa de tempo. E talvez precise compreender também que, se continuar desse jeito, além de sua autoestima, vai perder a nossa também.

— Espere.

— O quê? — pergunto virando para ela.

— Vou tentar — promete e pega um biscoito. Leva à boca e morde quase imperceptivelmente.

Já é alguma coisa.

— Isso! Nos vemos na escola amanhã.

Deixo Seline em seu quarto de fábula mordiscando um biscoito como um canarinho com seu biquinho.

15

Segunda-feira. O dia da lua,* quando todos se sentem no direito de ficar nervosos por causa do fim de semana recém-terminado e da nova semana que se inicia, com sua carga de estudo, trabalho, compromissos.

Olho para fora da janela. O cenário é o mesmo de sempre: o rio negro e inchado das chuvas dos dias anteriores; mais além, os aviões aterrissam arrastando as nuvens cinzentas que parecem se desfazer ao redor da esteira branca. Mas entrevejo no céu um azul que me dá até vertigem.

E há mais luz.

O conto escrito no caderno roxo está muito distante de meus pensamentos e de minha vida. Sou de novo Alma. Minhas certezas voltaram a seus lugares, como um monte de soldadinhos obedientes. Fim das dúvidas ou medos. Tudo como antes. Tudo horrível, como deve ser.

— Evan! — ouço Jenna gritar. — Que diabos é isso?

Acho que descobriu o novo *piercing* em sua língua. Na realidade, não vê-lo seria impossível, pois a língua inchada e vermelha o obriga a falar como se tivesse uma batata quente na boca.

Através da porta fechada de meu quarto, só ouço a voz de Jenna. Imagino Evan balbuciando coisas do tipo: "Não se meta comigo! A droga de vida é minha, problema meu", antes de sair de casa deixando minha mãe com os olhos fixos na porta, pensando consigo mesma o que fez de errado para ser tratada desse jeito pelo próprio filho.

---

* Em italiano, Ludenì, que significa também segunda-feira.

Quando saio do quarto, Jenna ainda está no corredor, enfiando o casaco em Lina. Vira para mim, em busca de um olhar de solidariedade.

Finjo que não sei de nada. Não quero me meter nos problemas de minha mãe com meu irmão. Estou cansada de dizer que está gastando saliva à toa tentando fazer com que ele fique apresentável. Ela não entende que quanto mais tenta impor sua opinião, menos ele ouve. Acho, aliás, que Evans agride a si mesmo, mas na verdade só quer atingi-la.

Fora de casa, respiro.

O ar está menos pesado que o habitual, talvez porque sopre um vento, provavelmente por um erro na programação do clima do planeta. Aqui tudo parece estagnado, aprisionado no cinza, tanto que tenho a impressão de que até as folhas têm que fazer esforço para cair das árvores.

Não tenho vontade de pegar o ônibus. Dobro a esquina do edifício e chego ao bicicletário. Pego minha bicicleta, sepultada entre outras mil, pertencentes a pessoas desconhecidas que podem ter desaparecido dezenas de anos atrás. À parte as duas rodas brilhantes e o selim, ela não tem mais nada em bom estado. A cestinha, toda arrebentada, parece um velho ninho abandonado, o farolete soltou e acabou num bueiro num dia de temporal e nem lembro se ela algum dia teve um cavalete. A ferrugem roeu a maior parte da lataria, azul-turquesa no original, transformando-a num ferro-velho que balança a cada pedalada e, a cada buraco, salta mais que uma mula depois de um pontapé no traseiro. Mas é a única bicicleta que tenho e, considerando a situação financeira de minha família, posso apostar que, antes que eu compre uma nova, é ela quem vai me deixar na mão.

Pedalo pelas ruas da cidade, ensurdecedoras de tráfego e vozes. A escola é distante, mas vou devagar, não tenho nenhuma pressa de chegar.

Olho ao redor: até parece que não faço o mesmo caminho todo santo dia, há quatro anos. A diferença está em alguns raios de sol inesperados, pontilhando os rostos das pessoas, que ficam se perguntando o que há de estranho. Alguns levantam os olhos para um céu que se detém espantado, que tenta disfarçar, como se o sol não fosse assunto seu.

Atravesso um grande cruzamento e entro por uma longa avenida arborizada. São 520 árvores. Já contei num dia em que tive que voltar a pé porque algum maluco tinha resolvido colocar uma bomba na estação do metrô.

Foi um caos, todos em pânico, gente que corria para a saída com ar de quem quer disfarçar o próprio terror. Como se o medo fosse uma vergonha. Desde o dia do acidente, fui obrigada a aceitar que a morte pode chegar a qualquer momento, quando menos se espera. Lembro que saí do metrô entre os últimos passageiros, sem pressa, convencida de que ainda não era a minha hora. E não era mesmo.

Mas nunca mais peguei o metrô.

Dobro a esquerda, numa rua de lojas e grandes magazines. Centenas de metros quadrados de vitrines cintilantes como espelhos, nos quais é impossível não se mirar, nem que seja para ajeitar algum detalhe ou, simplesmente, para ter uma ideia de como os outros nos veem.

Enquanto me observo, noto um homem que caminha com passo muito rápido na calçada em frente às vitrines. Está uma dezena de metros atrás de mim, vestido de escuro, não muito elegante, com um par de óculos escuros meio antiquados, chapéu e luvas negras. Parece o clássico agente secreto dos velhos filmes dos anos 1950. Mas tem alguma coisa de esquisito. Parece careca, sob o chapéu.

Não sei por quê, mas ele me inquieta.

Pedalo lentamente seguindo o sentido do trânsito. Viro à direita, depois à esquerda e olho por cima do ombro para verificar. Atravessou e pegou a mesma rua que eu. É incrível como consegue andar rápido. E como minha bicicleta anda devagar. Qual é a chance de que esteja me seguindo? E de que esteja simplesmente fazendo o mesmo caminho?

Continua lá, na calçada, vinte, trinta passos atrás de mim.

— Alma!

Ainda estou virada quando Naomi me chama. Agita os braços na esquina do cruzamento, do outro lado da rua. Encosto a bicicleta e paro. Ouço o rumor dos passos do homem vestido de escuro.

Está se aproximando.

— Alma! Estou aqui!

Faço um sinal para Naomi dizendo que já vi e outro pedindo que se aproxime.

Naomi olha para um lado e outro e atravessa a rua.

O homem vestido de escuro me alcança, me supera e segue reto em seu caminho, sem se virar. Agora posso ver com clareza: não tem cabelos.

— Estava enganada — digo em voz alta.

— Enganada sobre o quê? — pergunta Naomi.

— Nada de importante. Vamos?

Seguimos para a escola, depois da esquina.

Desço da bicicleta e vou empurrando, segurando-a pelo volante. O rangido da lataria parece um punhal enferrujado deslizando em minhas costas nuas.

16

O pátio da escola é o mesmo de todas as manhãs: estudantes com caras mais ou menos conformadas, intercalados com alguns exaltados que ainda pensam que passar por uma porta na frente dos outros é uma forma de poder. Não perceberam que até os cães fazem isso.

Estaciono meu ferro-velho no último lugar vago do bicicletário e observo as outras bicicletas, presas com cadeados enormes, com uma ponta de inveja. A minha não tem cadeado nenhum. Não acredito que alguém se dispusesse a roubá-la.

— Foi ver Seline ontem?

— Fui.

— E como foi?

— A situação é grave. Perdeu completamente o juízo. Está se achando gorda e feia. Nega as evidências.

— Coitadinha, ficou traumatizada.

Lanço um olhar enviesado para Naomi.

— Coitadinha? Naomi, tudo pode acontecer nessa vida. Como é que alguém que desmorona diante de uma coisa dessas vai enfrentar o resto?

— É verdade, mas nem todo mundo reage da mesma maneira. Talvez ela precise de um pouco mais de tempo.

— Veremos.

— Acha que não está à altura?

— De quê?

— À nossa altura.

— Acho que temos que dar toda a ajuda que pudermos, mas só ela pode sair dessa história horrível. De qualquer jeito, há esperanças.

— Em que sentido?

— Ontem, antes que eu saísse, consegui que desse uma mordida num biscoito.

Naomi olha para mim sem comentar. É um pequeno sinal, uma bobagem aos olhos do mundo. Mas para nós representa um ponto de partida, um apoio a partir do qual podemos acreditar que não perderemos nossa amiga.

Naomi e eu caminhamos bem próximas, ombro a ombro, em formação compacta.

Mas não recebemos os costumeiros olhares alusivos, nem as frases de efeito ou os assovios dignos de um estádio. Assim que chegamos ao vestíbulo, percebo que aconteceu alguma coisa. Um grupo compacto de meninos conversa ao pé da escada, mas não consigo entender o que dizem. Tento captar alguma palavra.

... Dragão. Dragão? O que pode ser isso?

Naomi fixa um ponto diante de si com um olhar interrogativo.

Subimos as escadas de mármore branco. Todas as vezes em que piso esses degraus, me pergunto como é que uma escolinha fuleira como essa pode ter uma escadaria de mármore branco. É como um barco de cruzeiro no meio de um deserto. Não tem nada a ver com o resto do edifício e provavelmente nem devia estar aqui. A história da escada é realmente estranha: foi tudo o que sobrou do velho Museu de História Natural, que foi demolido, pois já estava em estado periclitante. Como não sabiam o que fazer com uma escada assim tão majestosa, resolveram transferi-la para cá, para a nossa escola, onde foi colocada sem nenhuma preocupação com o resto do ambiente. Quando precisa tirar fotos, Scrooge sempre escolhe a maldita escada para dar a impressão de que sua escola é melhor do que é.

— Pegaram! — ouço quando estamos quase lá em cima. Apoiando-me no corrimão de ferro, olho para baixo. Vejo um vaivém de alunos e, em seguida, a porta da diretoria se abre com um estrondo e ouço o rugido de Scrooge. Naomi e eu pensamos a mesma coisa: era sobre isso que todos falavam. Ainda a história do incêndio.

Entramos em nossa sala, no segundo andar.

Seline e Agatha estão ao lado da minha carteira. Seline tem uma aparência sofrida e olheiras profundas que sulcam seu rosto e lhe dão dez anos a mais. Mas pelo menos está aqui.

— Como vai? — pergunto.

— Tudo bem. — Depois acrescenta: — Obrigada por ontem...

— Imagine... — respondo.

— Voltou a comer? — pergunta Naomi, colocando a mochila na carteira.

— Descobriram o culpado pelo incêndio na diretoria — diz ela, mudando de assunto.

— É mesmo? E como foi isso? — pergunto.

— O policial encontrou um indício.

— Uau! — exclama Naomi. — Uma investigação com tudo o que tem direito.

— Que tipo de indício?

— Um anel de prata. Com um dragão.

Por isso a palavra — dragão — corria de boca em boca no vestíbulo. O anel me lembra alguma coisa, mas não consigo identificar o quê.

— Essa é a parte interessante — sussurra Agatha.

Olhamos para ela.

Quer nos deixar mais curiosas. E já conseguiu, em parte.

— Tem mais?

— Acredita se disser que sei a quem pertence o tal anel? — pergunta Seline.

— Não.

— Intimaram uma pessoa — valoriza Agatha.

— A-d-a-m — escande Seline. Cospe cada letra como se fosse um dente podre.

— Adam?

Seline faz que sim, lentamente, como se quisesse se convencer de que sua informação é verdadeira.

— Vi esse anel em seu dedo mil vezes. É dele.

— Adam tocou fogo no gabinete do diretor? Mas por quê? — Estou boquiaberta.

Depois a imagem do anel com o dragão atravessa minha mente e me leva de volta à noite no rio. Agora me lembro perfeitamente da mão de Adam iluminada pela luz do lampião.

Agatha sorri.

É como se a justiça divina tivesse resolvido fazer aquele cretino pagar todas as suas culpas.

É justamente isso que me assusta. Por tudo o que sei, os cretinos não costumam pagar suas contas.

17

Dois dias se passaram.

Não sabemos nada de Adam.

E Agatha não veio mais à escola. Nem atende o telefone. Desapareceu. O professor de história comunica que as condições de saúde de sua tia pioraram e que provavelmente não a veremos até a próxima semana.

Não gosto de ficar sabendo desse jeito.

Agatha deveria ser nossa amiga.

— Está mesmo arrasada — comenta Naomi durante o intervalo.

— Estamos todas arrasadas — sussurra Seline.

Fico em silêncio. Não posso dizer que está enganada.

Nós três, Naomi, Seline e eu, estamos com as costas apoiadas no parapeito de uma das janelas do segundo andar, bem na saída de nossa sala. À direita, a escada, onde algumas meninas se sentaram para conversar.

— É uma fase muito ruim — resume Naomi. — E Agatha está se comportando de maneira estranha, isso é tudo.

— Bem, não se pode dizer que ela já foi "normal" — replico. — Supondo que alguém neste mundo seja normal.

— É como se estivesse mais cruel que o normal.

— A palavra certa é *feroz*, Naomi.

— Precisamos entender sua situação — diz Seline. — Se a tia morrer, Agatha vai direto para um orfanato.

— Não é só isso.

— E o que é, então?

É que Agatha às vezes me dá arrepios. Mas não digo nada, me limito a dar de ombros e a observar Seline de novo: realmente, não está nada bem. O médico receitou injeções reconstituintes, mas ela teima em não comer. E os vestidos largos tornam sua magreza ainda mais evidente. Tem o rosto pálido e escavado. Os olhos são tristes e sem luz. Até a voz, antes cristalina e viva, agora é baixa e monocórdia. Acho que não dorme há dias. Como pode ficar nesse estado por causa de um vídeo idiota? E o que fizemos para ajudá-la, a não ser ferrar Adam? Talvez tenha sido muito dura com ela. E talvez o seja também com Agatha.

— Somos péssimas amigas — digo sem rodeios.

Naomi olha para mim.

— Como assim?

— Como assim que Agatha talvez precise de nós. E nós a abandonamos.

— Acha?

— Acho que não sabemos nem onde ela mora exatamente.

— Na Cidade Velha.

— Em que número?

Seline sacode a cabeça.

— Não me lembro.

— Na verdade, ela nunca nos disse — tenta se justificar Naomi. — Sempre que chegava a vez dela fazer a reunião em casa...

— E nós também nunca perguntamos — interrompo.

— O que pretende fazer?

— Ir à casa dela. E oferecer ajuda. Ver como vai a tia.

— É a coisa certa — sussurra Seline, sem se dar conta de que também precisa muito de ajuda.

— Quer vir comigo? — pergunto a Naomi.

— Quando?

— Hoje. Amanhã. Sábado. Não sei.

— Hoje não posso. Nem sábado. — Naomi fica vermelha e abaixa os olhos.

— Seu novo conhecido?

Tito, o menino estranho, de olhos orientais e rabo de cavalo.

— Mais ou menos...

— Não me deve explicações — corto secamente. — Faça como achar melhor.

Finjo que não me importo, mas estou preocupada. Nosso grupo está cada vez menos unido. Cada uma de nós, por motivos diversos e sem falar com as outras, está seguindo o seu caminho. Eu em primeiro lugar. Meus pesadelos, minhas dores de cabeça repentinas, meu conto no caderno roxo transformaram-se num segredo guardado dentro de mim, longe das opiniões de minhas amigas. Pensei que fosse superior à necessidade de me abrir com elas. E ainda penso. Mas ao que tudo indica Naomi e Seline fizeram a mesma escolha. Por fora, fingimos que somos fortes, mas desmoronamos por dentro, pouco a pouco, erguendo cada vez mais barreiras entre nós.

Perdendo-nos no grande e caótico nada que nos circunda.

Deixo meus colegas saírem. As quatro bolsinhas, os dois que inventam times de futebol, os vândalos da primeira fila, minhas amigas. Partem um atrás do outro, deixando a sala impregnada com seu cheiro. Sinto necessidade de abrir uma janela, mas espero.

Lentamente, a escola inteira se esvazia, como uma pia desentupida.

Antes que algum inspetor me descubra, vou para a biblioteca fingir que estou estudando. Na realidade, quero entrar na secretaria, encontrar o endereço de Agatha e sair. Sei que a fechadura ainda está quebrada: Adam ou quem quer que seja o vândalo que ateou fogo no gabinete de Scrooge fez as coisas benfeitas. Vou precisar de um tempinho. Ao longo dos corredores, sigo na contracorrente em relação à massa de meninos e meninas que flui para fora. Desço as escadas. Como depois de uma enxurrada, folhas rabiscadas, algumas canetas, um maço de cigarros amassado, tampas de esferográfica, uma luva de lã sem os dedos estão sobre o pavimento.

Entro na biblioteca e sou acolhida por uma sensação de paz: não tem ninguém. Através dos vidros sujos, o céu parece ainda mais escuro e nublado. Do teto, pendem lâmpadas longas e estreitas que chegam até embaixo, iluminando as mesas de madeira verde, como o pavimento. Desenham retângulos de luz pura que atraem o olhar, expulsando a penumbra que os circunda. Parece uma fila de mesas cirúrgicas.

As prateleiras de ferro laqueado de branco estão cheias de livros semiorganizados numa desordem esparsa que deixa intuir um esforço inútil de catalogá-los. Até pouco tempo atrás, havia uma senhora, velha e ácida, que de alguma forma conseguia nos ajudar a encontrar um título em menos de uma hora. Depois, um dia, ela desapareceu, engolida pela escola, ou pela cidade, e os livros começaram a crescer, a mudar de lugar, a se colocar num caos cada vez maior sobre as prateleiras laqueadas. Perguntamos ao professor de italiano que fim tinha levado a senhora dos livros. Não sabíamos nem como se chamava. O professor nem sabia que ela existia. Nunca tinha entrado na biblioteca.

Na entrada da biblioteca há um cartaz, escrito à mão porque a única impressora, na sala dos professores, é tão velha que seus cartuchos de tinta não existem mais no comércio: avisa que cada aluno deve recolocar no lugar os livros que pegar depois de consultá-los. Pura utopia.

Escolho um lugar ao acaso, de qualquer modo, estão todos livres. Sento e coloco minha mochila na mesa. Levo alguns minutos para retirar cadernos e livros. O ar denso e imóvel parece nebulizado pelo calor da lâmpada.

Finalmente, tenho diante de mim tudo de que preciso para justificar minha presença: um mar de deveres de casa, um grande silêncio e minha mão, sobre a qual apoiar a cabeça pesada de pensamentos.

Muito pesada: sinto meu pescoço tão fraco que poderia quebrar. Ninguém me vê e não vejo ninguém. O tempo corre gotejando. Não faço nada. Estou só, agora. Talvez. Estou livre. Será que estou mesmo? Às vezes tenho a sensação de que não.

Abro um caderno, depois um livro, leio e escrevo, memorizo conceitos na esperança de que um dia tudo isso possa me ser útil, como todos dizem. É o meu tempo. A minha vida. Posso fazer o que quiser. Só que não sei o quê.

As luzes esquentam cada vez mais, como uma estufa. Uma hora se passa. Duas.

Estou cercada de folhas amassadas, como gigantescos insetos de papel. Estou pronta para sair e entrar na secretaria. Recoloco minhas folhas na mochila com o mesmo cuidado metódico com que as retirei. Acredito muito no ritual dos gestos: é fundamental para pensar realmente naquilo que se está fazendo e para fazê-lo da maneira certa, distinguindo-se de todos aqueles que executam suas ações como máquinas.

Não apago nenhuma luz: estavam acesas quando eu cheguei. Continuarão acesas depois que me for. Saio da biblioteca quase sem respirar e percorro o corredor até a escada. É diferente à luz da tarde. As salas de aula estão silenciosas e escuras, as janelas todas fechadas. Meus passos são pequenos gemidos no linóleo. No fundo, da porta semicerrada do laboratório de ciências escapa uma foice de luz cor de âmbar.

À medida que me aproximo, ouço algumas vozes, mal perceptíveis. Mordo o lábio. Saí da biblioteca cedo demais. Continuo a andar, o olhar fixo no corredor. As vozes murmuram. Discutem. Tramam.

Uma delas é do Professor K. Reconheço seu timbre lenhoso, o tom pacato, ritmado. A outra, ao contrário, é só um murmúrio, baixo demais para que possa ouvir. Chego mais perto.

Poderia ir além do laboratório de ciências sem que me descobrissem. No entanto, a curiosidade me segura e me empurra para a porta. Caminho na ponta dos pés para não fazer barulho e tomo cuidado para não me expor demais. Atravesso a fenda da porta, e meus olhos logo encontram o rosto pálido e atemporal do Professor K. Está sentado atrás da mesa das experiências de química. Vejo uma rã num pote de vidro. As presilhas de uma bateria. Um bico de Bunsen ao lado de um forno a álcool. Parece uma criatura proveniente de um mundo distante, à luz amarelada da lâmpada do laboratório. Diante dele, um pouco mais além da fenda que me permite espiar, tem alguém sentado. É a segunda pessoa, que fala em voz baixa. Só consigo ver a ponta de seus sapatos e uma parte dos jeans. Um menino.

O professor parece muito concentrado no que está dizendo, mas também começou a falar baixo demais para que eu possa ouvir. O menino diante dele ouve em silêncio. Depois, quando o professor faz uma pausa, o outro se debruça e reconheço a jaqueta de lã azul-marinho de Morgan. Um arrepio percorre minha espinha. Agora reconheço a voz. Morgan! O que está fazendo a essa hora no laboratório do Professor K? Recuo abruptamente, prendendo a respiração.

Viro: a escada está bem na minha frente. Sinto uma vontade enorme de sair dali, de descer os degraus de mármore com o passo mais rápido que puder e fugir, como quem escapa da cena de um crime. Por quê? Por que a presença de Morgan ali me incomoda tanto? Por que o Professor K e Morgan não podem ter uma conversa? Pensamentos e sensações se acumulam incontroláveis. Tenho perguntas demais. E nenhuma resposta.

A escada. Voltar para casa, entrar debaixo das cobertas e apagar o cérebro. Eis o que deveria fazer.

Na verdade, Agatha pode esperar.

Desço os degraus como um gato em estado de alerta. Assim que chego ao térreo, entro na secretaria pela porta semicerrada. Com a ajuda de um isqueiro, ilumino um pouco. Já entrei outras vezes naquela sala quando era representante de turma, e sei onde estão os fichários. No móvel cinzento à esquerda. Os mais velhos, embaixo. Os dos alunos inscritos nesse ano letivo, no alto. Entreabro o móvel devagar, para evitar rangidos, movo o isqueiro como uma alma inquieta. Encontro a pasta da minha turma, pego, coloco na mesa suja de tinta e abro. Percorro os nomes de meus colegas de turma. Folhas.

Somos apenas folhas plastificadas.

Agatha.

O isqueiro queima meu dedo. Apago e volto a acender.

Leio o endereço da casa de Agatha na Cidade Velha e transcrevo numa folha. No escuro, como uma sonâmbula, recoloco a pasta em seu lugar, fecho a porta do móvel, deslizo para fora da secretaria e de lá vou para a entrada. Rememoro a cena que vi e fico me perguntando se não foi tudo um sonho, se Morgan e o Professor K estavam realmente naquele laboratório.

Sinto que a realidade me escapa entre os dedos. Aperto a folha com o endereço de Agatha e me afasto na ponta dos pés.

Paira no ar um cheiro forte de queimado misturado com alguma coisa que parece gasolina.

E nenhum outro perfume.

18

Não vou à casa de Agatha.

Não consigo.

Dias e noites se alternam. A última particularmente escura, sem sonhos, nem bons, nem ruins. Só o vazio. Não estou cansada, nem descansada. Não tenho dor de cabeça, mas minha cabeça também não está leve. O céu é ainda mais insípido que o meu humor.

Ouço Lina chorando desesperada. Não acontece com frequência. O pranto pelo menos é um som que rompe a casca de seu mundo silencioso. Jogo os lençóis de lado e saio do quarto para ver o que houve.

Jenna já foi embora. Deixou um bilhete para nós na mesinha do corredor. Faz isso sempre que sai cedo. "Faça as compras", diz o bilhete, e não há dúvida sobre quem é o destinatário. Em geral, Jenna deixa longas instruções para mim, precisas e detalhadas, sobre a administração da casa e de Lina durante a sua ausência. Que, normalmente, dura o dia inteiro.

Encontro Lina em seu quarto.

— Por que está chorando?

Ela mostra a sua boneca preferida com o pescoço quebrado. Minha irmã tem o rosto sulcado de lágrimas e os olhos desesperados, como só as crianças são capazes de ter.

— Foi Evan, não foi? — pergunto, mas já sei a resposta.

Saio do quarto e parto para o ataque.

Nunca vou entender como aquele psicopata pode desafogar sua raiva em cima de minha irmã. Não tolero sua insegurança, fraqueza, dificuldade de se comunicar, mas tolero menos ainda aquelas ações de cega e inútil maldade.

— Fazer isso com ela faz você se sentir forte? — berro em cima dele, depois de escancarar a porta de seu quarto. Se estivesse trancada, teria arrombado a pontapés.

O quarto de Evan é pequeno e impregnado de um cheiro estranho, forte e ruim, como uma substância tóxica liberada depois de alguns segundos de inatividade. Aquilo nem é um quarto, mas um depósito, iluminado por uma minúscula janela retangular, tão alta na parede que só permite a visão de um pequeno retalho de céu cinza.

Lá dentro reina a mais completa desordem: a cama está desfeita, provavelmente há meses, e hospeda uma quantidade impressionante de revistas, montes de roupas, quadrinhos e caixas abertas de CD, uma boa parte delas rachada ou quebrada. A pequena escrivaninha jaz sepultada por jaquetas, bolsas, papelada, tanta coisa que quem não sabe que está lá jamais poderia adivinhar sua existência.

A guitarra de Evan é a única que parece ser objeto de algum cuidado. Vermelha como a pele do diabo, ela se ergue em seu pedestal, dona do quarto, junto com os amplificadores apoiados na parede do fundo. Maçarocas de fios elétricos se enrolam pelo chão como serpentes adormecidas. A guitarra consegue dominá-las.

Evan, com fones nos ouvidos e a música a mil, está acabando de se vestir, ou melhor, de cobrir o corpo esquelético com os primeiros trapos que conseguir desenterrar da montanha que cobre sua cama.

— Ei! — digo, batendo com a mão em suas costas.

Ele dá um pulo para trás e se vira com ar furioso. Os cabelos lisos e escuros caem sobre seus olhos apagados.

— Me assustou, porra!

— Tira essa droga do ouvido!

Evan tira um dos fones.

— Qual é?

Mostro a boneca quebrada e nesse meio-tempo percebo que Lina apareceu atrás de mim e observa a cena assustada.

Ele olha para a boneca e lança um olhar de desafio.

— E daí?

— Por que fez isso?

— Estava me enchendo o saco.

— Enchendo seu saco? Sua irmã estava enchendo seu saco e você resolve decapitar a boneca dela? E eu, o que deveria fazer com você agora? — Faço como se fosse puxar o alfinete de segurança espetado em sua bochecha, mas ele desvia. — O que está querendo provar com isso? Você não passa de um fracassado!

Sei que aquela palavra o deixa fora de si. Enfia o fone no ouvido e abaixa os olhos. Depois, num gesto inesperado, pula em cima de mim e me empurra.

— Saia daqui! — berra, expulsando-me do quarto.

E bate a porta na minha cara.

Este é o diálogo com meu irmão Evan.

Estou furiosa, mas não digo nada e fico olhando para a porta, a 2 centímetros da ponta do meu nariz, e pensando. Não são pensamentos bonitos. Desejo tudo de pior. Desejo que continue a ser um fracassado.

Em seguida aperto os punhos, raivosa.

Uma mãozinha toca em minha perna.

— Lina, minha pequena. — Ajoelho. — Vou lhe comprar uma nova, novinha, está certo? Vamos comprar juntas. Quer? — Consolo Lina como posso, mas no final é ela quem me ajuda. Alguns segundos depois, com os olhos ainda banhados de lágrimas, já está sorrindo. Pega a boneca decapitada e aperta ao peito.

— Ah, quer ficar com essa mesmo.

Funga, levantando o nariz.

— E não quer uma nova.

Aponta para o alto com o nariz.

— E não está zangada com Evan.

Lina corre para seu quarto, como se tudo já estivesse resolvido. Nunca vou conseguir entender como faz para perdoar com tamanha simplicidade. Não sou como ela. Nem ela como eu.

Quem errou tem de pagar.

E meu pensamento corre para Agatha: preciso ir.

É um dia frio e nublado. De quando em quando, o céu deixa escapar algumas gotas de chuva gelada que alfinetam o que encontram pela frente, gente, árvores, automóveis. O bairro velho fica bem longe de minha casa e, embora o tempo não seja dos melhores, resolvo ir de bicicleta. Pedalo rapidamente, tanto quanto a corrente balançante me permite, um pouco para esquentar, um pouco para desafogar a raiva que ainda sinto de Evan. O ar gelado me fere a pele. Milhares de alfinetes atingem meus nervos causando um choque que não é fatal. É energia para prosseguir. É vida.

Chego ao Pequeno Parque e continuo na ciclovia que o atravessa como uma dolorosa ferida. Toda a cidade está cheia delas: um pedaço aqui, um pedaço lá, sem solução de continuidade, suturas que parecem obra de cirurgião louco. Junto a mim, a água do rio escorre impetuosa dentro das margens.

Enquanto pedalo, penso em Morgan. Não sei por quê. Os meninos nunca me atraíram muito. São seres previsíveis: ou só pensam em inchar os músculos para ganhar as meninas, ou são magrelos e desajustados, se refugiam em histórias em quadrinhos improváveis ou fritam os olhos diante da tela de um video game. Em geral, os meninos vão logo dizendo tudo o que sabem fazer, que fizeram ou farão. Ele não. Ele dá a impressão de que sobre ele há muito mais a descobrir do que aquilo que mostra.

Depois do parque, há um sinal, cuja luz exausta foi atingida pelas pedradas de algum vândalo.

Enquanto espero o verde, percebo um rumor de passos às minhas costas.

Viro de repente, com a sensação de que alguém está me seguindo: a mesma horrível sensação que tive alguns dias atrás. Mas não há ninguém, ou melhor, não há ninguém que pareça interessado em mim.

Verde.

Pressiono os pedais e sigo adiante.

Subo com dificuldade a espinha da estreita Ponte de Ferro que liga a cidade a seu bairro velho. É estreita e longa, acessível hoje em dia apenas para bicicletas e pedestres. Por entre as traves escurecidas vejo o rio que, daqui, parece ainda maior e mais escuro. A força da corrente envolve os pilares de cimento numa explosão de ondas e espumas. Arrasta consigo troncos, caixas de madeira, garrafas e até uma velha máquina de lavar cuja tampa parece uma escotilha que bate sem parar, como quem pede socorro.

Na outra margem, a fachada de tijolos escuros de uma velha fábrica de automóveis, hoje Museu do Automóvel, é a triste sentinela do bairro industrial, ontem florescente, hoje esquecido. Tudo transpira abandono, penoso reaproveitamento, precariedade. O barracão da cadeia de montagem transformou-se num cinema que só passa filmes em língua original. A torreta da grua do porto fluvial sustenta o letreiro de um bar étnico. A cabine dos guardas é a antecâmara de uma discoteca que só abre de madrugada. Marcearias-fantasma abrem e fecham ao longo da estrada que antes hospedava um vaivém contínuo de caminhões. Ambulantes improvisados vendem bibelôs, livros velhos, discos de vinil, roupas usadas. E, por baixo do pano, qualquer coisa que consigam encontrar. Ao longo do rio, ondulam algumas balsas transformadas em casas. Dizem que toda aquela zona é ocupada agora por artistas de vários tipos, que fazem da pobreza uma fonte de inspiração e do *trash* uma forma de arte. Acho que não há artistas por aqui. Só desesperados.

Além da ponte, escolho a rua que prossegue estreita e tortuosa para em seguida escalar um labirinto serpenteante de vielas. É ladeada por casinhas pequenas e baixas, estreitas e espremidas como dentes na boca de um dinossauro. Os letreiros sobre as portas estão apagados, mas não deixam dúvidas: esta é a rua das casas noturnas, todas rigorosamente fechadas. No chão, algumas garrafas vazias recordam a longa noite que acabou de passar. Ouço o barulho que fazem ao rolar arrastadas pelo vento que vem do rio. À exceção delas e de um grande zumbido que se assemelha ao de máquinas subterrâneas e que é o som constante da cidade, só sinto o silêncio e muito frio. Sei que o BabyBlue, onde Seline se sentiu mal, fica em algum lugar nas redondezas. Quanto tempo transcorreu desde a última vez em que passei uma noitada divertida com amigos? Que noitada? Que divertimento? Que amigos? Seja como for, é tempo demais. Tenho me concentrado apenas em meus problemas, que parecem inchar a cada dia. Primeiro Adam, Seline... não, primeiro os pesadelos, as dores de cabeça e, logo em seguida, Adam, Seline, o conto (na verdade, não: o caderno roxo veio antes de tudo), o assassinato do publicitário (como se chamava? Adam? Alek?), as dores de cabeça...

Pedalo furiosamente.

E ainda tem Morgan, Agatha, Naomi e Tito... eles me absorveram tanto que acabei esquecendo que sou apenas uma menina de 17 anos.

Chego ao coração do bairro velho costeando uma igreja, pequena e descascada como todos os edifícios ao redor e voltada para um pequeno cemitério. Entrevejo algumas lápides, enfiadas na relva como bandeirolas. Cada uma com seu lugar certo e, por favor, não empurrem, nem mesmo no além.

Não há uma alma viva por ali, exceto um homem embrulhado num velho casacão de lã de carneiro cor de petróleo. Puxa um cão pequeno e pelado, que estica a corda da coleira furiosamente. Parece ter mais alegria de viver que o dono.

Um pouco além da igreja, a rua se divide. Pego a da direita e começo uma subida mais íngreme que, depois dos quilômetros já percorridos, exige um esforço maior do que o que eu estaria disposta a fazer. Só espero não estar perdida... Já deveria ter chegado.

Paro a bicicleta e olho em torno: na beira da rua, algumas árvores tristes e nuas levantaram o asfalto salpicado de gelo com suas raízes nodosas e robustas. Um pouco adiante, alguém abandonou um velho sofá de xadrez azul, sobre o qual se enrodilha um enorme gato selvagem. O supérfluo de alguns é a felicidade de outros. Contando que a felicidade exista e que você seja um enorme gato selvagem.

Recoloco o pé no pedal e deslizo a corrente da bicicleta para trás.

Casas velhas com o teto inclinado debruçam-se dos dois lados da rua. A maior parte é cercada por algo que algum dia foi um suntuoso jardim, mas que agora, com a cumplicidade do mau tempo e do descuido dos moradores, reduziu-se a montes de mato e espinheiros, esconderijo provável de animais de rua.

Todas as janelas estão fechadas e as portas barradas. Nenhum sinal de vida.

Olho ao redor em busca de alguma placa com a numeração. A casa de Agatha deveria estar no número 33.

Muitas placas são ilegíveis, mas pelas que sobraram dá para ver que preciso andar mais um pouco. Desço da bicicleta e caminho lentamente.

Um pouco mais adiante, vejo finalmente o número 33 numa placa de metal e não acredito no que meus olhos veem. A casa surge em meio a um jardim de espinheiros, protegido por uma grade de ferro batido que faz com que pareça um cemitério abandonado. A estrutura da construção é semelhante à das outras casas da rua, salvo por um toque de originalidade que a torna diversa e totalmente maluca. É completamente recoberta de conchas, com a argamassa das paredes inscrustada de círculos, retângulos e motivos florais feitos com conchas de dimensões diversas, colocadas uma ao lado da outra.

O resultado é que a casa alta, estreita, um pouco inquietante, parece ter ficado um longo tempo submersa no mar e abrigar ainda uma população de seres abissais.

Por segurança, chego mais perto e verifico o número em cima da campainha: é mesmo a casa de Agatha.

Encosto a bicicleta na grade.

Abro o portão com facilidade, pois a fechadura está quebrada, e acompanho o fechamento com cuidado para que não faça barulho. Estou num estreito caminho de pedras e conchas encastradas no cimento.

Percorro esse caminho até a porta.

Alguém está me observando por trás daquelas janelas negras.

19

A casa tem dois andares. As janelas são longas e estreitas, como a fachada, e impenetráveis à vista, com pesadas cortinas coloridas de caimento imperial por trás dos vidros que o vapor e a falta de manutenção tornam opacos. O teto escuro e muito inclinado alterna telhas que faltam com tufos de mato ressecado pelo frio do inverno. Fico me perguntando como alguém pode viver num lugar como aquele. Só a ideia já me dá arrepios.

De repente, ouço um barulho.

A porta de entrada, de madeira com batente duplo, se ergue no alto de uma velha escadaria de pedra carcomida pelo tempo. As dobradiças rangem num lamento que tem alguma coisa de torturante. Agatha aparece na minha frente, de jeans, suéter e sapatos vermelhos. Tem um olhar que é uma ameaça de morte.

— O que quer aqui?

— Passei para falar com você e saber como vai sua tia.

— Ninguém lhe pediu nada. Suma daqui!

— Mas, Agatha, não pode me mandar embora dessa maneira.

— Não posso? Posso fazer o que bem entender em minha própria casa. Além do mais, ninguém a convidou. Tem que ir embora. Já! — grita ela, fora de si.

Nunca a vi tão furiosa.

De dar medo.

— Tem certeza de que não...

— Estou dizendo pela última vez. Suma daqui!

Vai se aproximando com um ar ameaçador.

Resolvo me afastar. De nada adiantaria ficar, e não vejo jeito de fazê-la raciocinar.

— Tudo bem. Estou indo. Mas isso não vai acabar assim.

E estou falando sério. Agatha está escondendo alguma coisa nessa casa e vou descobrir o que é.

Caminho até o portão, sentindo os olhos afogueados de Agatha cravados em minhas costas. Ela murmura alguma coisa. Em seguida, ouço o ferrolho do pesado portão se fechar como a tampa de um caixão.

Agarro a bicicleta, salto no selim e pedalo, fingindo me afastar. Mas é a última coisa que pretendo fazer. Quando chego ao final da rua, dou meia-volta fora de seu campo de visão, desço da bicicleta e procuro uma rua paralela, voltando rapidamente sobre meus passos. Depois de girar em vão pelas ruazinhas da Cidade Velha, consigo pegar novamente a rua que leva à casa de Agatha, mas chegando pelo lado oposto. Assim que entrevejo a casa de conchas, afasto-me instintivamente do tráfego e busco abrigo do outro lado da rua. Sinto o coração bater veloz, depois abandono a bicicleta atrás de uma enorme caçamba de lixo, que exala seu conteúdo fétido.

Fico ali como uma mendiga e espero.

Observo as janelas altas e estreitas da casa e imagino Agatha ainda imóvel atrás de uma delas, percorrendo a rua em busca de novos inimigos a expulsar. Não me faço muitas perguntas sobre os motivos que a levariam a me tratar daquela maneira. Não é o momento.

Aperto os braços ao redor dos joelhos e escondo o queixo entre as pernas. Os cabelos caem sobre meu rosto e servem de escudo contra o mundo exterior. O cheiro do lixo é doce e enjoativo. Um líquido denso e escuro escorre ao longo da borda da calçada, formando uma poça estagnada da qual emergem, de vez em quando, horríveis criaturas. São vermes ou é apenas a minha imaginação?

Um barulho.

Levanto os olhos e ao mesmo tempo me encolho ainda mais atrás da caçamba. O ruído vem da porta da casa de conchas. Ouvir aquele rangido de novo me faz estremecer. A porta se abre o suficiente para dar passagem a uma figura magra e ágil que, como um gato assustado, desliza para fora, olha ao redor para verificar se a rua está livre e desce rapidamente os degraus.

É Agatha.

Tem as mãos enfiadas nos bolsos da jaqueta militar verde, percorre o breve caminho de pedras e conchas até o portão, se debruça sobre ele e verifica uma última vez se a rua está livre. Escondida atrás da caçamba, ainda sinto arrepios ao longo da espinha.

Fora do portão, Agatha vira à esquerda, na direção de onde cheguei da primeira vez, e prossegue para a cidade a passos largos, sem se voltar.

Espero que desapareça da vista, antes de sair a descoberto. Não sei quanto tempo ficará fora, mas espero ter tempo suficiente para descobrir o que anda aprontando. Agora, seu comportamento se tornou realmente misterioso demais.

Deixo a bicicleta atrás da caçamba e me aproximo da casa, esforçando-me para não olhar as janelas escuras e as cortinas que, como frondosas árvores subaquáticas, protegem segredos obscuros. Abro novamente o portão quebrado e dou uma volta rápida ao redor da casa para controlar a situação. Os espinheiros do jardim chegam a meus joelhos. Picam e arranham, como unhas. A casa permanece imóvel, assentada sobre alguma coisa palpitante e ameaçadora que me cerca e que percebo a cada passo, a cada ramo partido, a cada arbusto que arranha meus pés. Se quiser entrar, não pode ser pela porta da frente, seria muito arriscado. Procuro uma janela semicerrada no térreo. Passo perto de uma varanda do lado esquerdo da casa, mas a porta de vidro e ferro batido não abre. No interior, entrevejo vasos e vasinhos dos quais despontam tufos esverdeados, restos daquilo que deve ter sido uma bela e verdejante estufa.

Um gato cinza-escuro de olhos amarelos me observa de cima de uma pilha de vasos encaixados.

Não sabia que Agatha tinha um gato.

Encostada à parede, vejo sua velha bicicleta de corrida, um esqueleto de ferrugem e engrenagens rangentes.

Continuo minha busca de uma passagem para entrar, mas do lado esquerdo, onde as janelas parecem vedadas por uma camada de petróleo escuro e oleoso, todos os acessos para a casa também estão fechados.

Quanto mais ando, mais me convenço de que tem alguma coisa que não bate. É só uma sensação, mas até agora minhas sensações nunca me enganaram. Quando chego à parte de trás da casa, minhas esperanças renascem. Emboscado no mato alto há um velho trenó abandonado, ou talvez seja uma velha carroça com varais de madeira. Mas bem ao lado da carcaça de madeira, embaixo, quase no nível do chão, abrem-se na parede da casa três pequenas janelinhas retangulares.

— Deve ser o porão — digo em voz baixa.

Aperto a mão delicadamente contra a primeira janela: fechada. Faço o mesmo com a segunda: fechada também. Respiro profundamente e tento a terceira: alguma coisa se move. Sinto uma descarga de adrenalina que vai dos dedos às pontas do cabelos. Com as duas mãos, faço uma leve pressão no vidro empoeirado, que vai abaixando devagarinho até abrir. Enfio a cabeça no interior para verificar. A luz filtrada pelas pequenas janelas é pouca, mas permite que veja que não há ninguém. É um porão.

A passagem para entrar é estreita, mas não tenho problemas para passar. Apoio um pé numa caixa velha e deslizo para dentro. Um forte cheiro de mofo me acolhe, misturado com alguma coisa química que não consigo definir direito. O porão está cheio de frascos de tinta e pesticidas caídos semiabertos no interior de algumas caixas de madeira. Cubro o nariz e a boca com a echarpe e sigo. O cheiro químico é penetrante e me deixa sufocada. Chego até uma escada com os degraus cheios de latas, saquinhos, objetos ou partes de objetos empilhados e esquecidos ali sabe-se lá há quanto tempo.

Abro passagem inserindo um pé aqui, outro ali, onde consigo descobrir um pouco de espaço. Uma vez lá em cima, procuro a maçaneta às apalpadelas. É redonda e gelada. Aperto a mão em torno dela e tento girar.

Ouço um clique baixinho. E estou na casa.

O cheiro aqui também é estranho, uma combinação irritante de remédio com algo que lembra vinagre, mas muito mais forte.

Os tetos são muito altos e marcados cá e lá por manchas de umidade. O corredor em que me encontro é longo e estreito, sufocado por uma quantidade exagerada de quadros nas paredes e móveis cheios de objetos velhos e poeirentos. É como se a vida aqui dentro tivesse parado um dia, numa certa hora, e ninguém tivesse se dado o trabalho de acionar de novo os ponteiros do relógio. O ar é pesado, carregado de um silêncio tão absoluto que tenho medo de rompê-lo até com um simples respiro. Flutuo sobre as espessas tiras verdes de carpete que cobrem o pavimento de mármore e me levam até a entrada, dominada por uma escada de pedra íngreme e imponente. À primeira vista, não parece haver ninguém em casa. Mas a tia de Agatha tem que estar em algum lugar, talvez no andar de cima.

Não sei o que estou procurando exatamente.

Uma resposta.

Um porquê.

Pouco além da escada, o corredor continua, estreitado por uma vistosa estante carregada de livros além de sua capacidade. Livros antigos, com letras douradas e encadernações de marroquim vermelho. Livros de escola. Manuais universitários empilhados no chão. Atlas com pedaços de papéis despontando entre as páginas: viagens impossíveis anotadas no papel. Imagino que pertenceram ao pai de Agatha.

Duas portas fechadas tornam esses poucos metros escuros demais para não serem opressores. Sigo a curva do corredor e finalmente entrevejo uma luz ao fundo. Vem de um quarto com a porta aberta. Vou me aproximando lentamente. É a cozinha. Deserta. Não há utensílios, nem pratos, nem comida. À parte um pacote de pão aberto sobre uma mesa e uma caixa de comida de gato, não há nada que faça pensar que costume ser usada. No balcão de mármore escuro, perto da janela, vejo grandes vidros transparentes, todos hermeticamente fechados e cheios pela metade de líquidos e pós que não saberia identificar. Chego mais perto para ver melhor o que é. Etiquetas adesivas com estranhas fórmulas químicas. K_2O, SIO_2, NaOH, RbOH, NH_3, P.

O que serão?

O Professor K seria muito bem-vindo.

Pense, Alma. Pense.

Passo o dedo pelas etiquetas... P de fósforo, NH_3, amoníaco. E NaOH? Claro, a experiência do vinagre que fizemos com o professor! Hidróxido de sódio.

Acho que nunca vi as outras fórmulas. O que diabos está tramando Agatha?

De repente, o ponteiro do grande relógio de porcelana esbranquiçada pendurado na parede se desloca com um rumor seco e mecânico. Por um instante, penso que vou morrer. Em seguida, recomeço a respirar.

Esquecendo as fórmulas, retorno à escada e começo a subir os degraus que levam ao segundo andar, lentamente.

Muito lentamente.

Observo o jardim de dentro de casa.

Tudo é cinza.

Os vidros são cinza.

Como sudários.

Subo.

Quando chego ao patamar, entre um lance e outro da escada, paro para tomar fôlego. Olho para baixo, depois para o alto. Atrás de mim há um velho sofá de xadrez escocês com cobertas amontoadas em cima e um guarda-chuva apoiado no braço direito. Parece que ninguém arruma faz tempo.

Recomeço a subida. Enquanto o primeiro andar se materializa pouco a pouco diante dos meus olhos, noto uma lâmina de luz artificial proveniente da parte de baixo de uma das quatro portas que dão para o corredor central. Todas fechadas. Quatro portas fechadas.

O ar do primeiro andar é ainda mais pesado e irrita meu nariz.

Apoio-me no corrimão da escada e subo o último degrau.

Cheiro de amoníaco.

O carpete púrpura que recobre o pavimento lembra a cor do sangue. Não sei o que fazer. Gostaria de sair dali o mais rápido possível, mas as quatro portas fechadas diante de mim são como uma isca irresistível.

Dou um passo. Um segundo. Meus sapatos afundam no carpete como num pântano lamacento. Sacudo os arrepios que voltam a percorrer minha espinha como um enxame de insetos.

Vou até a porta de onde provém a luz.

Tenho a impressão de ouvir um zumbido.

A luz.

Elétrica.

Chego mais perto. A porta não está perfeitamente fechada como parecia.

O cheiro de amoníaco é fortíssimo.

Há uma fresta. Um centímetro ou um pouco mais.

Encosto o olho.

Espio.

Um quarto de dormir.

Uma cama gigantesca, como uma medusa. Um dossel e tiras de gaze que pendem de um enorme colchão, inchado como um cogumelo prestes a explodir. Só tenho tempo de ver uma mulher estendida na cama, rígida e imóvel.

Imagino que seja a tia de Agatha.

Em seguida, ouço com clareza angustiante o rumor do portão de ferro batendo contra o muro. Os passos no caminho de cimento e conchas. Agatha está de volta. Sem pensar nem um instante, desço a escada correndo e percorro o corredor do térreo ao inverso até a porta do porão. Agarro a maçaneta e espero com todo o meu coração que abra por dentro também. Gira.

Abre!

Desço a escada num segundo e milagrosamente não esbarro em nenhum dos objetos largados nos degraus.

Olho para a janelinha por onde entrei. Subo nas caixas de madeira, agarro a moldura da janela e deslizo para fora, arranhando as mãos.

Mas não importa.

Dentro em breve estarei no jardim e Agatha nunca saberá de nada sobre aquela visita.

Agarro os varais do velho trenó de madeira, ou seja lá o que for, e aperto com força, fechando os olhos.

A porta da entrada se abre, ouço os passos de Agatha subindo a escada.

Fujo como um ladrão.

Como um fantasma.

Como uma menina de 17 anos aterrorizada pelo que acabou de ver.

Pedalo furiosamente.

A corrente gira. A lataria geme como se fosse se desfazer de um momento a outro.

Chego ao rio.

Abro a boca para respirar um pouco de vento.

Sinto a cabeça pesar, como se tivesse trazido comigo uma parte da enorme quantidade de objetos que enchem aquela casa.

20

O dia seguinte começa sob os signos mais favoráveis: Evan me cumprimenta, Jenna ainda não foi para o hospital, o céu é azul e não tenho grandes trabalhos ou deveres de casa à vista. Parece um milagre. Para comemorar a ocasião, escolho um vestidinho verde bem justo e decotado, com um par de botas de camurça preta de salto alto. Estes detalhes bastam para que me sinta mais forte e tranquila.

Quando chego à escola, todos os meninos viram os olhos para mim. Mas instintivamente, os meus procuram alguém especial. Morgan.

Não está no pátio, nem na escada.

Está na porta de minha sala. Esperando por mim?

Veste uma calça preta ou talvez azul-marinho e um suéter azul bem justo. É a primeira vez que o vejo com alguma coisa clara. Usa uma echarpe, escura como a calça, enrolada ao redor do pescoço como uma serpente protetora. Alguns raios de sol filtrados pela janela o iluminam como se fosse um ator em seu palco. Seus cabelos são pura luz, seus olhos pedras preciosas. Parece um anjo.

Olha para mim como se quisesse me hipnotizar e espera que eu me aproxime.

Segura minha mão sem dizer nada. Depois desaparece na multidão de alunos e me vejo com um bilhete na palma da mão. Aperto o pedacinho de papel por alguns instantes antes de abrir os dedos e ler: “Encontro você no Zebra Bar depois da aula. M.”

Quando entro na sala, meu olhar cruza imediatamente com o de Agatha. Ela voltou. Bom.

— Oi.

Tento manter o tom mais neutro possível. Não tenho medo de que tenha descoberto tudo. Sei que é impossível.

— Oi — responde ela com a costumeira expressão impenetrável.

— Como vai sua tia?

— Como alguém que tem uma doença incurável e tenta resistir de qualquer maneira — responde seca. Acho que é a frase mais longa que já pronunciou desde que a conheço.

— Fico contente.

Ela bufa:

— Ouça, Alma...

Faço um gesto com a mão:

— Deixe isso para lá. Não devia ter ido sem avisar.

— É — diz ela ainda, antes de abaixar os olhos.

Seline e Naomi também chegam. Seline continua desaparecendo de vez em quando, sem que ninguém se preocupe com isso. A pele de seu rosto é pálida e esticada, os olhos são dois sóis apagados, encovados na fossa de duas olheiras profundas. Os cabelos caem dos dois lados do rosto, sem luz, em sintonia com a tristeza que toda a sua expressão transpira.

— Oi — cumprimento.

— Oi.

Naomi também parece mais cansada que o habitual.

— Tudo bem? — pergunto.

— Sim, tudo.

— Parece que não dormiu direito.

— Não dormi muito no fim de semana — admite com um sorrisinho.

Não sorrio.

— Como assim?

— Saímos!

Tito.

Trata de se corrigir em seguida, agitando as mãos.

— Quer dizer... não foi um encontro propriamente dito. Não estávamos sozinhos. Em todo caso... Tito me convidou para uma festa muito exclusiva.

Dou um olhar atravessado. Não gosto desse tipo de coisa, nem desse tipo de gente. E ela sabe disso.

— Quando?

— Pediu que me aprontasse toda noite. Será uma surpresa.

— Não deixe de nos contar — concluo sem dar a menor satisfação a Naomi.

Ela fica mal, pois o pensamento de participar de alguma coisa extremamente "exclusiva" a enchia de orgulho.

— Alma, tem uma coisa que me deixou curiosa.

Olho para ela com uma expressão interrogativa.

— Conhece uma menina chamada Tea?

Sinto o alarme soar em minha nuca.

— Sim, por quê?

— Fui apresentada a ela por Tito. Disse qual era a minha escola, falei de minhas amigas, e quando citei o seu nome...

— Como é que ela frequenta essa turma?

— Pelo mesmo motivo que faz alguém frequentar qualquer turma: gosto. É amiga de Tito. Não falamos muito, para dizer a verdade. Não me pareceu uma pessoa muito sociável.

— É filha do namorado de minha mãe — digo eu.

— Ah, não sabia... — Naomi esfrega as mãos um pouco, como quem decide se deve ou não fazer uma revelação. — Bem, tem uma coisa que você precisa saber.

— O quê?

— Sem querer, fiquei sabendo de uma coisa que não deveria ter ouvido.

Espero que continue.

— Ela pretende roubar dinheiro do pai porque está no vermelho.

— Foi pega roubando no lugar onde trabalha — corrijo.

Olha para mim contrariada:

— Não, tenho certeza: falava em roubar o caixa de um bar.

Agora quem fica mal sou eu, como se uma pedra enorme tivesse caído em minha cabeça.

Repito comigo mesma que não tenho nada a ver com isso, que não devo me meter, pois quem se intromete em coisas que não lhe dizem respeito sempre acaba se dando mal e se metendo em alguma encrenca.

No entanto, a ideia de Gad sendo roubado pela própria filha gela meu sangue.

Sacudo a cabeça. Naomi sorri, como se tivesse acertado as contas.

— E você? — pergunto a Seline.

— Estou me esforçando.

— Notícias de Adam?

— Está na diretoria.

Agatha senta em sua carteira, um pouco distante da minha.

— E Morgan? — pergunta sem olhar para mim.

— Morgan? — respondo fazendo eco.

— Estava falando com ele ainda agora.

Olho as costas de minha amiga e confirmo para as outras.

— Ele me convidou para tomar um café.

— E você vai? — pergunta Naomi.

— Acho que sim.

— Então deve gostar mesmo dele...

Sabem como sou difícil. Dou de ombros.

— Simples curiosidade, nada mais.

A campainha interrompe a conversa.

Vou para o meu lugar.

Tem alguma coisa sob a carteira: um origami, um pequeno animal de papel. Pego e examino à luz da janela. Parece um dragão. Um dragão?

Meu pensamento corre veloz... para o anel de Adam, a emboscada no rio, os atos de vandalismo na diretoria.

Um dragão.

A professora entra.

Enfio o bicho no bolso e me esqueço dele por enquanto.

Adam está imóvel diante da porta da diretoria. A seu lado, o pai, um homem alto e despenteado, com uma jaqueta de veludo marrom. Adam está com os olhos pregados no linóleo verde. Não é por medo de encarar julgamentos e recriminações. A verdade é que seu olhar dá medo. Descubro isso quando desço a escada de mármore e ele, quase como se tivesse percebido minha presença, levanta os olhos ainda avermelhados, fixando-os em cima de mim. É como se quisesse me matar. De susto tropeço nos degraus. Quer se vingar. Como se tivesse incendiado a diretoria por minha culpa. Como se tivesse filmado Seline enquanto se trocava por minha culpa. Faço a concessão de aceitar que esteja furioso pela lição que lhe demos no rio. Quanto ao resto, o único culpado é ele mesmo.

Chego ao térreo, viro para o outro lado com um movimento muito acentuado da cabeça. Meus cabelos são chicotes que gostaria de jogar contra sua cara. Sinto seu olhar queimando minhas costas.

Um olhar de dragão.

Um dragão que despertou. E do qual quero manter distância.

Saio da escola me esforçando para não correr.

Não tenho mais vontade de encontrar com Morgan. Uma angústia incontrolável serpenteia pela minha garganta e desce em seguida até o estômago.

Mas tenho menos vontade ainda de voltar atrás. Nunca voltar atrás, dizia sempre meu pai.

E, pelo menos nisso, ele sempre foi coerente.

21

O Zebra Bar é um local pequeno que fica a poucos quarteirões da escola. Talvez seja por isso que não costumo frequentá-lo. É muito chato encontrar sempre as mesmas caras. Não há intimidade. Todos se vigiam, olham com quem você está e depois partem para a fofoca. As histórias mais incríveis foram inventadas nas mesinhas daquele bar. É impressionante o poder do boca a boca.

Ao longo da rua, uma fila indiana de carros dispara nuvens de gás carbônico como se fossem serpentinas no carnaval. Tem gente que segue rápido, com a cabeça baixa, como um monte de aríetes. Protejo-me na gola de minha jaqueta. Não sinto cheiro algum.

Enfio as mãos, quase congeladas de frio, nos bolsos. Quando faço isso, toco no origami. Tenho a sensação repentina de que ele vibra sozinho. Com certeza, é pura impressão.

O letreiro branco e preto sobre a porta e a enorme zebra de plástico a seu lado me recebem na entrada do bar. Têm alguma coisa de surrealista, sobretudo nesta cidade que não tem sequer um zoológico.

No interior, a saleta está entupida de jovens, vozes e música *lounge* como pano de fundo. Pavimento negro brilhante, mesas e sofazinhos brancos. Balcão com listras oblíquas. Luzes baixas.

Levo menos de um segundo para localizar Morgan; tenho a nítida sensação de que alguém está olhando para mim. Viro e lá estão seus olhos, magnéticos. Está sentado no fundo da sala, numa das mesas, virado para a entrada para controlar quem entra. Não faz nada, nenhum gesto para se identificar. Parece seguro de que seus olhos são suficientes. E são.

Vou chegando lentamente, sem mudar de expressão, sem tirar meus olhos dos dele. Quando chego lá, ele sorri e se levanta.

— Oi — diz com voz calma.

Oferece seu lugar, de onde dominava o ambiente, para mim. Tiro a jaqueta e coloco no sofazinho ao lado. A partir desse momento só nós dois existimos.

— Fico contente que tenha vindo.

— Bem, não gosto muito do Zebra, mas...

— Colegas demais.

— É, exatamente.

Como faz para adivinhar o que penso? Sou um livro tão aberto assim? Ou ele simplesmente vê as coisas da mesma maneira que eu?

Um garçom alto, moreno e bronzeado se aproxima.

— Dois cafés Zebra — diz Morgan.

Olho para ele, mas não protesto. Em geral, gosto de fazer meus próprios pedidos, mas escolheria exatamente um café Zebra, a melhor coisa que servem por aqui.

— Foi para isso que me convidou?

— Claro: para um café Zebra... — sorri ele.

Quando Morgan sorri, seu rosto muda completamente. Suas feições um pouco angulosas se suavizam bruscamente e seu charme misterioso se envolve numa beleza solar, arrebatadora. Não saberia explicar melhor, ele ilumina tudo que está a seu redor, inclusive eu.

— Não vai me dizer a verdade?

— Foi por causa de um dragão.

De todas as respostas que podia esperar, aquela me confunde completamente.

— Um dragão?

— Um dragão.

— Foi você?

Enfio a mão no bolso da jaqueta a meu lado com cuidado, como se tivesse medo de que o origami me mordesse.

Os olhos de Morgan seguem meu movimento.

— Eu o quê?

— De que dragão está falando? — pergunto.

Meu dedos remexem no bolso. Tiro lentamente o origami e coloco na mesa.

Morgan está surpreso. Olha sem dizer nada.

— Bonito — diz em seguida. — Mas não é obra minha.

Naquele momento, o garçom chega com os pedidos. Pousa na mesinha duas xícaras fumegantes de café coroado com uma nuvem de chantilly com listras de chocolate derretido. Entre as xícaras, o pequeno dragão de papel que parece vibrar sob as luzes baixas do local.

— Com certeza ouviu falar do que aconteceu na diretoria.

— Claro, toda a escola ouviu — respondo. — Foi Adam.

— Foi Adam — repete ele. Mas seu tom deixa entender que existe uma versão dos fatos que ignoro.

— Encontraram o anel — acrescento.

— É.

Inspiro o perfume inconfundível do café. Morgan me imita, mas não sei se está zombando de mim.

Com a colher, raspo a tira de chocolate e levo à boca. Depois faço o mesmo com o chantilly. Pela primeira vez, fico tímida, acho que estou com um bigode no canto da boca e não estou relaxada e segura de mim como sempre.

— Isso não é um simples dragão, é um dragão-marinho — diz ele retomando a conversa e apontando o origami.

Fico ouvindo, com o sabor do café na boca e um mar de pensamentos na cabeça.

— O dragão tem uma história que se perde no tempo. Existe desde sempre. Na Mesopotâmia, no Egito, na Grécia, em Roma... nas maiores civilizações antigas do Ocidente. E tem quase sempre um valor negativo. O dragão representa o mal a ser combatido.

Ouço sem perder uma palavra.

— No Oriente, ao contrário, as coisas são bem diferentes: na China, ele é considerado um espírito benéfico, fonte de vida. É sábio. Guarda as tradições. Protege.

— Por que está me contando tudo isso?

— Observe bem — diz ele, aproximando o pequeno origami de mim. Examino com atenção. — Não entende nada de dragões, não é?

Como se fosse normal e comum se interessar por isso!, penso eu.

— Vou explicar... Precisa observar bem as asas.

— São pequenas.

— Justamente. Porque o dragão-marinho não precisa voar.

— Claro, mas...

— Espere. Aqui não dá para ver bem, mas o dragão-marinho também tem as patas palmadas.

Continuo sem entender aonde ele quer chegar.

— Já viu um dragão assim antes, Alma?

Recordo a noite no rio. O dedo de Adam apontado contra mim. Seu anel flamejante à luz do lampião.

— Não sei. Não sei se era exatamente esse tipo de dragão. Mas o anel de Adam...

— Exatamente. Ele tem um dragão-marinho gravado. O dragão é um símbolo. Um símbolo de poder, ou melhor, de pertencer ao poder.

— O que quer dizer com isso? Que Adam faz parte de um grupo?

— Não. Só quero dizer que deve ficar atenta e se proteger.

— Proteger de quê?

— De quem usa esse símbolo.

Sacudo a cabeça.

— Não estou entendendo.

— Acho que está, sim.

— Está me ameaçando?

— Só estou avisando.

— Você não tem um anel desses.

— Não tenho nenhum poder.

Leio algo a mais em seus olhos, algo que ele não diz, mas tenta transmitir. De repente, sinto uma sensação de sufocamento.

— Você é mesmo muito esquisito.

— Às vezes.

Bebemos um gole de café.

— Em geral, os caras não costumam convidar uma menina a um bar para... ficar falando de dragões.

— Tem razão — sorri ele. — Portanto, vou tentar fazer alguma coisa mais normal: vou lhe dar meu telefone. Caso tenha vontade de tomar outro café Zebra ou...

Deixa a frase em suspenso e rabisca um número no rabo do dragão de papel.

Levanto, visto a jaqueta e enfio o origami no bolso.

— Preciso ir.

Ele levanta também.

— Tchau — despede-se.

Tem um monte de gente conhecida no Zebra Bar, mas me sinto como uma estranha que caiu ali por engano, cercada de pessoas enigmáticas e péssima música.

Estou com dor de cabeça.

Quero sair.

22

Os dias seguintes ao meu encontro com Morgan no Zebra Bar passam insossos e insignificantes. Nada acontece, à parte uma forte enxaqueca que não me abandona um instante sequer. Não encontrei mais Morgan na escola e não telefonei, embora não consiga parar de pensar nele. Mas também tenho outra coisa na cabeça: nosso grupo de amigas continua a se desagregar implacavelmente e Naomi se prepara para sua festa *exclusiva* fechada num silêncio cada vez mais impenetrável. Na realidade, tenho a nítida impressão de que é um silêncio forçado, como se não quisesse ou não pudesse me contar uma coisa que sabe que não aprovaria: seu novo amigo Tito. Com certeza, tem alguma coisa a ver com ele.

Seline é um fantasma. Junto com o peso, também perdeu o interesse por tudo o que a cerca. Não faz mais as mil perguntas inúteis que costumava fazer e não fica completamente doida por um par de sapatos novos. Veste mais ou menos o que aparece, suas pernas parecem dois galhos secos e os remédios encovaram o rosto. Os pais a mantém pelo menos sob controle médico.

Agatha é a única que permanece tal como era. Mas talvez seja apenas a impressão que quer passar, pois ninguém nunca sabe exatamente o que se passa em sua cabeça. Continua a odiar todas as pessoas do sexo masculino que se aproximam e a seguir sua receita de completa solidão. Acho que nunca a vi trocar uma palavra com alguém além de nós. E de sua tia, imagino. Falta muito, mas não comenta nada.

Se pergunto como vão as coisas, responde:

— Bem.

Se pergunto sobre a tia, responde:

— Na mesma.

Faço mais de uma tentativa de ajudá-la. Não sei por quê, mas num certo sentido me sinto mais próxima dela que das outras duas. Não é sua culpa, penso comigo mesma, se está nessa situação, mas Seline e Naomi, elas construíram sozinhas os problemas que enfrentam.

Um dia, durante o intervalo, pergunto a Agatha se gostaria que eu ou as meninas fôssemos visitá-la.

Seus olhos se iluminam num lampejo de medo.

— Já disse que não! — responde quase gritando.

— Não estou tentando matá-la, Agatha. Só propus uma visita.

— Minha casa é um nojo, Alma. E você sabe que minha tia está muito mal — explica ela, num tom mais pacato.

É estranho ouvi-la pronunciar meu nome. Em sua boca, há um som agressivo: *Alma... arma...*

Dou de ombros.

— Como quiser. Era só uma ideia.

— Deixe para lá.

— Não vai conseguir, sozinha.

— O quê?

— Disse que não pode continuar assim, sozinha.

— E o que deveria fazer, na sua opinião?

— Se tem algum problema precisa falar conosco, senão...

Agatha olha para mim muito séria.

— Senão a nossa amizade não faz sentido.

— Quer me afastar?

— Não, só estou dizendo que nossa força é permanecermos unidas. E nos ajudarmos mutuamente. Se cada uma seguir seu caminho, é melhor parar de fingir que somos amigas.

Agatha percebe que estou falando sério. Vejo que parou para pensar.

— Não fui eu quem começou — diz.

— Começou o quê?

— A não contar tudo.

— Está falando de quem?

— E não sou a única que tem seus segredos.

— Acha que eu...

— Acho que Naomi não está contando nada a respeito de Tito e seu bando. Acho que você não contou nada do que anda fazendo com Morgan...

— Não faço nada com Morgan! — exclamo.

— Então por que ficou tão mordida?

— Não estou mordida.

Um sorriso enviesado aflora em seu rosto.

— Deve ser isso mesmo... Seja como for, não tenho problema algum. Obrigada por perguntar. — Depois disso, faz meia-volta e se dirige para a porta da sala.

A meu redor, outros meninos e meninas se apressam para entrar antes do som da campainha. Suéteres e moletons coloridos, tênis e botas. No entanto, sinto como se estivesse mergulhada num filme em preto e branco, daqueles a que ninguém mais assiste porque são lentos demais.

Nossa cidade, ao contrário, segue veloz. Nosso mundo corre. Sua pressa é tanta que não se consegue mais vê-lo direito ou, como diz Jenna, se vê tudo desfocado.

As coisas perdem seus contornos e se misturam umas com as outras. Transformam-se numa mancha única na qual tudo se confunde. Até o bem e o mal.

No mesmo dia, Naomi está flertando abertamente com Tito no pátio da escola. Gira a seu redor como uma abelha sobre a flor. Ou como uma mosca sobre uma planta carnívora. Resolvo ignorá-la totalmente e seguir adiante. Sigo pela calçada de cimento escuro, não há sinal do mais mísero fio de grama nem perto do meio-fio. O ônibus está parado na minha frente, como um animal ferido. Aperto o passo para não perdê-lo e dou uma olhada na publicidade estampada na traseira logo acima do cano de escapamento.

Olho bem, é uma montanha-russa.

Reconheço imediatamente, sentindo o sangue gelar em minhas veias.

É a mesma que aparecia no outdoor onde Alek foi crucificado. O publicitário. Acho revoltante: como puderam manter a campanha de lançamento mesmo depois de tudo o que aconteceu?

19 DE FEVEREIRO.

É a inauguração do velho parque de diversões da cidade, que alguém comprou e reformou totalmente. Com os olhos fixos naquela imagem, as palavras de meu conto voltam à mente como pontas de flechas atraídas por um ímã.

Vai acontecer no dia 19 de fevereiro, penso.

Mas o quê?

O que vai acontecer?

Minha cabeça começa a pulsar loucamente.

Preciso parar. Abaixar os olhos. O ônibus fecha as portas e parte.

Dentro de dois dias será 19 de fevereiro.

23

Passei uma noite de pesadelo. O despertador na mesinha de cabeceira diz que já são sete horas. Se não levantar, chegarei atrasada à escola. Tento colocar o travesseiro na cabeça e apertar forte com as duas mãos. Repito que vai passar. Tento me concentrar. Essa dor de cabeça tem de passar.

Aperto mais e quando diminuo a pressão não sinto mais nada.

Não acredito e, portanto, permaneço imóvel com medo de que retorne. Mas não estou enganada, a dor de cabeça sumiu.

Bato as pálpebras, olhando para o teto.

Levanto.

Passou mesmo.

Jenna está no corredor, pronta para ir ao hospital.

— Tchau, tesouro. Está melhor?

Ela me viu ontem à noite. Estava realmente acabada. Não olhei para ninguém e não toquei na comida. Fiquei trancada no quarto, enfiada sob as cobertas esperando que o mundo continuasse a viver a meu redor o mais silenciosamente possível.

— Melhor — respondo.

— Deveria passar no hospital para uma consulta. Tem um especialista que é muito bom.

Fala enquanto se veste, com a frieza típica de quem trabalha todo dia em contato com a dor.

— E por quê? Estou bem, agora.

— Sabe muito bem por quê.

— Não tem nada a ver.

— Você sofreu um acidente grave, não esqueça. As consequências de certos traumas podem se manifestar muito tempo depois. É só um controle. Nada mais.

Talvez não esteja enganada, mas não tenho vontade de fazer uma tomografia computadorizada e ter de me enfiar naquela máquina infernal, onde não há espaço para respirar. Amarrada com correias, para desestimular qualquer desejo de fugir.

— Só estava cansada...

— Você é quem sabe, mas se acontecer de novo, vai fazer uma tomografia.

— Não vai acontecer de novo — digo e me tranco no banheiro antes que Jenna mude de ideia.

Encaro o espelho.

Meu rosto está relaxado, como se tivesse dormido perfeitamente, sem as pontadas lancinantes nas têmporas que me mantiveram acordada a noite inteira. Tive a dor de cabeça mais forte de toda a minha vida, mas agora é como se não tivesse acontecido nada.

Molho a testa e os pulsos com água fria, penteio os cabelos. São tão longos...

Em seguida, saio para ir à escola.

Seline não volta.

Saiu para ir ao banheiro há 15 minutos e ainda não voltou para a sala. Levanto e vou buscá-la.

Ignoro as palavras do professor, que tenta me deter.

Percorro todo o longo corredor até chegar ao banheiro das mulheres.

Antes mesmo de vê-la, posso ouvi-la.

Depois reconheço seus tênis branco e rosa despontando embaixo de uma porta, que escancaro: Seline está inclinada para a frente e segura os cabelos com uma das mãos. A outra está apoiada na parede para manter o equilíbrio.

Está vomitando.

Sem dizer nada, trato de ajudá-la, puxo a descarga, saio junto com ela. Seu rosto tem um colorido que cai bem com o cinza descascado dos banheiros.

— Não estava me sentindo bem... — sussurra quando a crise passa. Fora da janela, ouve-se o barulho monótono do trânsito, como um gigantesco motor sempre ligado. Seline ergue os olhos. — Acho que comi alguma coisa que me fez mal.

Sacudo a cabeça.

— Seline, você está com um problema.

— Não tenho problema nenhum! — grita ela com o pouco de força que lhe resta.

— Isso é bulimia. Você recusa a comida e faz isso por culpa daquele maldito vídeo. Mas agora chega!

Olha para mim com seus grandes olhos verdes e, um instante depois, desata a chorar. Seline não é durona e nunca será. Não consegue conter nem uma migalha de sofrimento. Pobrezinha, penso, arrancando algumas toalhas de papel e estendendo para ela. Ingênua, fraca, consumida. Sua vida, que mudou no prazo de algumas semanas, está lhe apresentando uma conta muito cara. Pela primeira vez, sinto uma espécie de raiva ao olhar para ela. Mas não é contra Adam, contra ela mesma ou contra qualquer outra pessoa em particular. É raiva da vida. Das coisas que acontecem.

Enquanto pego a enésima toalhinha para enxugar suas lágrimas, Seline faz uma coisa que me pega de surpresa. Ela me abraça. Faz isso num impulso, tomada por uma necessidade irrefreável de calor. Um calor que meu corpo não lhe transmite. Fico imóvel, rígida, os músculos tesos, fechada numa couraça que não deixa passar nada.

Sinto seus braços me apertando cada vez menos. Finalmente, ela se afasta de mim, limpa os olhos com o dorso da mão e diz:

— Obrigada.

— Somos amigas.

Voltamos para a sala de aula depois de nos ajeitarmos um pouco.

— Como você é fria, Alma — murmura Seline enquanto nos aproximamos da porta da sala. — Não está se sentindo bem?

— É, não... estou bem — respondo indecisa.

Um dia, quem sabe, vou entender por que um simples abraço me fere mais que uma punhalada.

24

Quando o diretor convoca todos os alunos ao ginásio, nenhum de nós tem dúvidas sobre os motivos de tal assembleia.

Scrooge, de pé sobre um banco para acrescentar alguns centímetros à sua parca estatura, espera que todas as turmas se reúnam no campo de linóleo. Seu microfone assovia.

— Um... dois... testando... Vamos lá, silêncio... Silêncio!

Um murmúrio sobe e volta a descer, como um mar. Ele não parece ter pressa. Esfrega as mãos uma contra a outra insistentemente, irritando as caixas de som. Parece estranhamente satisfeito, satisfação que se adivinha pela leve curvatura dos lábios finos e oliváceos. Se um dia for lembrado, certamente não será por sua simpatia.

Agatha está a meu lado, Seline, do outro lado e, depois dela, Naomi. Espremidas no meio dos outros colegas, esperamos. Procuro Morgan na multidão de alunos e finalmente o vejo, do outro lado do ginásio. Tenho a impressão de que ele também está olhando em minha direção e por um instante, como já tinha acontecido no Zebra Bar, é como se estivéssemos só os dois naquele ginásio. Desvio os olhos rapidamente e trato de cerrar fileiras com minhas amigas. Nesse momento estamos unidas, pelo menos fisicamente.

Longos minutos se passam, nos quais Scrooge espera, com a paciência de um animal à espreita, que reine o mais absoluto silêncio no salão. Seus olhos são duas fissuras que examinam o ambiente como um radar de profundidade. E eu, esmagada pelas paredes brancas e pelo pavimento azul-claro do ginásio-caixa, me sinto como uma das muitas folhas caídas e deixadas apodrecendo no fundo de uma piscina no inverno.

— Convoquei-os aqui, jovens... convoquei-os... para fazer um anúncio importante.

Às costas de Scrooge se abre a porta que leva ao pátio. Duas pessoas entram: a secretária de Scrooge, uma mulherzinha pequena e redonda, com as faces sempre vermelhas e um sorriso beato estampado na cara, e Adam. Os ferimentos em seu rosto quase desapareceram. Mesmo assim, ele mantém os olhos baixos e um ar conformado.

O silêncio reina absoluto.

— Todos vocês já sabem... — grasna Scrooge ao microfone — do que aconteceu em meu gabinete algumas semanas atrás. Pois bem, hoje quero que todos fiquem sabendo que, depois de uma longa e cuidadosa investigação, identificamos o culpado... Avante!

A secretária dá um empurrãozinho nas costas de Adam, como um convite para andar mais rápido. Ele vacila atrás dela, sem erguer os olhos para a multidão compacta de seus colegas, que o encaram como um condenado à morte. Os dois vão até o banco onde o diretor está plantado.

— Chegue mais perto, meu rapaz, bem aqui — grasna mais uma vez Scrooge, indicando o espaço à sua frente.

Adam obedece.

Agora posso vê-lo bem. Usa um moletom preto com uma grande caveira laranja no peito, jeans e tênis com os cadarços desamarrados.

Quando Adam passa diante dele, Scrooge pousa uma mão lenhosa em seu ombro direito. Adam fica bloqueado como se tivesse levado um choque elétrico. Os dedos nodosos afundam no moletom como garras.

— Você errou, Adam — recita ele como um pastor. — Violou as regras desta escola. Entrou em meu gabinete para saqueá-lo como o pior dos vândalos. Traiu minha confiança e a dos professores desta escola. Mas traiu também a confiança de seus colegas.

Em seguida, ergue a voz passando os olhos pela plateia atenta.

— Quero que olhem bem para ele. É isso que acontece com quem não respeita as regras.

Com um leve empurrão, Scrooge afasta Adam de si alguns passos, como um lixo repugnante.

— Adam, você está suspenso das aulas.

Ninguém se surpreende, embora ouvir alguém pronunciar uma sentença tenha um estranho fascínio. Faz bater o coração.

— A suspensão será de três meses. E vai perder o ano. Nem mesmo um estudante-modelo, e você certamente não o é, conseguiria recuperar tantas horas perdidas... Mas isso não é tudo.

Posso ouvir claramente o rumor de dezenas de colegas que engolem em seco nesse momento.

— Em comum acordo com seu pai, chegamos à conclusão de que não poderá ficar em casa vagabundeando diante do video game durante os meses da suspensão. Terá que vir à escola. Terá que ajudar na limpeza.

Comentários e exclamações se erguem em meio ao público, como um banco de névoa sobre nossas cabeças.

Os lábios de Scrooge se fecham numa expressão satisfeita. Seu microfone assovia. A secretária parece um salmão pequeno brilhante e prateado, pronto para ser jogado no óleo fervente. Adam, ao contrário, está imóvel e calado: sem meias palavras, está sofrendo a maior humilhação de toda a sua vida.

Mas em seguida, de repente, levanta os olhos: seus olhos queimam de ódio e correm sobre nossos rostos, como se procurasse alguém. Movem-se rapidamente, sem hesitações.

E param em...

— Podem ir! — ordena o diretor naquele momento, dispensando os alunos. — Vão, respeitem as regras, sigam os nossos ensinamentos e não terão nada a temer!

— Por que Adam olhou para você daquele jeito? — pergunto a Agatha assim que saímos do ginásio.

Ela dá de ombros.

— Não estava olhando para mim.

— Eu vi!

— É mesmo? E viu o quê?

— Que estava procurando você com os olhos.

— Pois eu, ao contrário, achei que estava olhando para você.

Hesito. Por alguns instante, também pensei isso. Já tinha recebido um olhar perfurante de Adam na escada, algum tempo atrás. Mas, dessa vez, senti seus olhos deslizarem sobre meu rosto, ignorando-o, para se fixarem em seguida, como pregos, em Agatha.

— É por causa do spray — comento.

Ela não fala.

— Você disse alguma coisa? — insisto. — Quer dizer, depois de nosso ataque-surpresa.

— A quem, se me faz favor?

— Sei lá, Agatha. A alguém! Falou por acaso com Scrooge?

— Eu não falo em absoluto com Scrooge! Não falo com autoridades, de nenhum tipo. Só me causaram problemas, sempre. Além do mais... — para. — O que pensa que poderia dizer? Olhe, senhor diretor... Adam fez um vídeo de uma amiga nossa seminua e, como vingança, esperamos por ele no rio com um spray de pimenta. Acho que foi ele quem tocou fogo em seu gabinete. Até logo.

Tem razão, de fato. O que falei é estúpido. Agatha não teria nenhum motivo para falar com Scrooge. Não acredita em nenhuma forma de autoridade, nem na polícia, nem nas instituições, que dirá no diretor.

No entanto, alguma coisa está me escapando. Algo que tem a ver com aquele anel. E com Morgan, talvez.

O dragão-marinho.

— Sabe o que é um dragão-marinho? — pergunto.

— O quê?

— Ouvi dizer que o desenho no anel de Adam é um dragão-marinho.

— Podia ser até um dragão de carne e osso, estou pouco me lixando. O que conta é que o encontramos.

Concordo. Tem razão. O que conta é que o encontramos.

— E assim, Seline foi vingada — acrescenta Agatha, alguns passos depois.

— O que Seline tem com isso?

— Estamos falando de Adam, não? — responde Agatha, seca. — Olhe para ela. — Com um gesto da cabeça indica as costas frágeis de Seline, que caminha como se a decisão de Scrooge fosse contra ela e não Adam.

— Acha que ela está satisfeita agora? — pergunto com desprezo.

— Deveria estar!

— Não importa o que aconteça com Adam, ela está arrasada. Simplesmente gostava de Adam.

— Adam é um cretino e teve o que merecia.

— Vai perder o ano.

— Seline também perdeu alguma coisa.

— É verdade, mas...

Agatha para novamente, olhando para mim.

— Pense assim: o coisa-marinho...

— Dragão.

— O dragão-marinho foi como a mão divina.

— O que quer dizer?

— Que talvez exista uma justiça divina, só isso — responde. — E se não existe, pelo menos podemos inventar uma. — E, sem dizer mais nada, começa a subir a escada para voltar à sala de aula.

Deixo os outros desfilarem a meu redor, empurrando-me e falando alto. Olho a sombra negra de Agatha. O espectro de Seline. Naomi, silenciosa.

Procuro por Morgan.

Não o vejo.

Estou pensando nele mais do que gostaria.

25

São cinco e pouco. Está escuro, mas um pouco menos que nos dias anteriores. Os dias estão começando a se alongar.

Estou no ponto, à espera do ônibus que vai trazer Naomi e Seline. Combinamos passar a tarde fazendo compras para levantar um pouco o moral de Seline.

Não disse nada a ninguém sobre o que aconteceu no banheiro. Não quero que Seline se sinta traída. Que ela mesma conte, quando quiser. Enquanto isso, se quero que confie em mim, tenho que ensiná-la a confiar em meu silêncio.

Começa a chover e busco abrigo sob o toldo da uma loja. Viro para olhar ao redor, mas não há nenhum ônibus à vista.

Se tivesse um relógio, poderia ver a hora.

Suspiro: detesto esperar.

Enquanto me encolho na jaqueta, entrevejo a papelaria onde comprei o caderno roxo do outro lado do cruzamento. Vejo a luz filtrada pela vitrine. Será que marquei mesmo um encontro com as outras bem aqui, nesse lugar?

Rever aquela loja, mais uma vez num dia de chuva, causa emoções contrastantes: de um lado, gostaria de me afastar daqui o mais rápido que pudesse, pois a lembrança daquele assassinato que descrevi em meu conto ainda é nítida; por outro, uma curiosidade incomum poderia me levar a atravessar a rua e espiar de novo a vitrine.

Controlo a rua mais uma vez: apenas carros que passam como flechas levantando jatos d'água à sua passagem.

A chuva agora cai pesada e densa. Como da outra vez.

Guiada pelas coincidências, atravesso a rua e chego à papelaria.

* * *

A vitrine hoje é surpreendente, sem dúvida obra de um artista. Exibe uma pequena maquete representando alguns edifícios e áreas da cidade (reconheço o Teatro, o Centro Comercial, o Porto Velho, a Ponte de Ferro que leva à Cidade Velha e assim por diante), inteiramente feita de canetas. Há canetas de todo tipo e para todos os gostos, numa mancha cromática que tem o poder de fazer essa metrópole de mortos parecer alegre.

Sem pensar, empurro levemente a porta de madeira com a grande vidraça central e, assim que ponho o pé do lado de dentro, a velha campainha desafinada anuncia minha chegada. É tudo como da primeira vez. Familiar. E tranquilizador. Fico imóvel, com as roupas pingando na soleira, perguntando a mim mesma se devo prosseguir.

No interior da loja só há uma cliente: uma velha senhora enfiada num casaco de pele que cheira a naftalina e pelos molhados, com um chapéu encimado por uma grande pena multicolorida de um pássaro qualquer. Está comprando três cadernos com a capa azul e alguns lápis de cor.

— Sinto muito, senhora, mas a cola em vidro acabou — está dizendo o homem-anjo, com suas maneiras gentis e seu sorriso calmo. — Se puder retornar amanhã, já terá chegado, com certeza.

A senhora do casaco de pele murmura uma resposta. Depois, começa a extrair de uma bolsinha uma série infinita de minúsculas moedas, que alinha na mesa como fichas de pôquer. Enquanto faz isso, sinto os pingos de chuva caírem dos meus cabelos ensopados sobre o chão. Um a um, como em câmera lenta. A sensação é a mesma da primeira vez: parece que o tempo parou ali dentro. O proprietário, os objetos à venda e mesmo os clientes pertencem a um mundo que não existe mais. Até a cidade reproduzida na vitrine não é mais a mesma. É como entrar num instantâneo de muitos anos atrás, quando, talvez, ainda houvesse alguém vivendo aqui de verdade, pessoas que não estavam de passagem como todos nós. Deixo que a senhora se aproxime de mim e, quando sinto seu cheiro de naftalina, abro a porta para que possa sair.

Ela ergue o rosto alisado pelo tempo e abre um sorriso de pequeno roedor. Usa um batom vermelho vivo, como as estrelas do cinema mudo de antigamente.

— Obrigada, meu anjo — sussurra ela, surpresa com aquela pequena gentileza.

Viro de lado para impedir que sua mão trêmula e coberta de manchas marrons consiga tocar em meu rosto. Depois disso, vou até o homem-anjo.

— Bom dia, senhorita — cumprimenta ele. — Um segundo e já vou atendê-la.

Arranja algumas caixas sob o balcão e depois, conforme prometido, volta toda a sua atenção para mim.

Na verdade, não preciso de nada.

Pelo menos, é o que acho. Digo isso, acrescentando:

— Só estou dando uma olhada.

— Naturalmente. Se precisar de mim, estou aqui.

Sem parar de sorrir um instante, começa a retirar pilhas de grandes cadernos de capa em xadrez escocês de dentro das caixas.

Dou uma olhada através da vidraça para ver se as meninas não chegaram. Uma cortina de chuva embaça tudo. Lentamente, concedo-me uma pequena inspeção nos tesouros da papelaria.

Nas prateleiras de madeira há um pouco de tudo: pastas de papelão, álbuns, cadernos de dimensões variadas, lápis de cera em recipientes separados por cor, num mostruário com tantas divisões quantas são as cores à venda, e uma série infinita de canetas reunidas em potes cilíndricos. Sinto-me atraída por elas, sugestionada, talvez, pela fantasiosa vitrine. Mais à frente, as canetas-tinteiro mais importantes, com longas pontas de lança. Tem para todos os gostos, de madeira, de plástico colorido, com plumas, cobertas de paetês, de couro brilhante. Parecem minúsculas armas de um povo de gnomos. Passo os olhos sobre elas rapidamente, detendo-me na última, no final do mostruário, exposta numa caixinha só sua com fundo roxo e tampa transparente. À primeira vista, lembra um daqueles velhos lápis que precisavam ser apontados com canivete ou faca. Mas na verdade é uma caneta-tinteiro aguçada, toda de metal brilhante e com o corpo triangular. Parece um objeto vindo do espaço.

Meus olhos a acariciam e depois, como não consigo resistir, toco a caixa com os dedos.

— Se gostou, posso fazer um ótimo preço — propõe então o proprietário.

— Para dizer a verdade, não tinha intenção de comprar. Nunca usei uma caneta dessas.

— E aposto que também nunca tinha visto nenhuma tão bonita.

— Não... — respondo, um pouco hesitante. — De fato, não.

— São feitas à mão e numeradas, sabia? — explica o homem-anjo, abrindo a caixa e indicando o pequeno número gravado num dos três lados da caneta: é um 11.

— Imagino que deve ser cara...

— Quanto pretende gastar?

Certa de que está brincando, mostro o que tenho no bolso. Não é muito.

Mas ele parece satisfeito.

— Perfeito. É suficiente.

Olho para ele insegura.

— Tem certeza? Parece pouco para uma caneta desse tipo.

— E é mesmo. Mas... o que faz a diferença é a senhorita.

Aponto para mim mesma, surpresa.

— Eu?

Ele sorri. Com seu jeito tranquilo, recoloca a caneta na caixinha e estende para mim.

— Canetas-tinteiro como essa aqui não têm preço. Devem ser amadas. Quem não sabe usá-las, mesmo que possa comprar, acaba por matá-las.

— Está me assustando — confesso, aceitando a caneta.

— Oh, não! Não precisa se assustar. Não precisa mesmo. Vai ver, essa caneta ainda vai lhe ser muito útil. E se eu estiver enganado... sempre pode me devolver. Posso garantir que darei seu dinheiro de volta.

Enfio a caneta no bolso e, um pouco perturbada, saio da papelaria. Uma vez lá fora, um arrepio me percorre bruscamente, mas não por causa da chuva que cai como chicotadas. Sinto uma estranha energia vibrando no ar.

Examino minha afiada caneta-tinteiro nova.

A número 11.

O número não significa nada para mim.

Um caderno roxo.

Uma caneta sem preço comprada por alguns tostões.

Será que cada coisa que acontece comigo tem um significado oculto ou será que estou ficando paranoica?

Do outro lado da rua surge uma grande sombra escura, cuspindo gasolina em espirais acinzentadas. É o ônibus das meninas. Para mugindo, abre as portas sanfonadas e deixa seus desconsolados passageiros saltarem, como um gigantesco peixe que expulsa suas ovas.

Naomi levanta a mão para me cumprimentar.

Meus dedos estão gelados.

Não costumo amar os objetos, é o que gostaria de dizer ao homem-anjo. Mas a porta da papelaria já está fechada às minhas costas e a campainha desafinada já decretou minha saída daquela lojinha fora do tempo.

Nunca amei nada nem ninguém.

Exceto aquele caderno roxo. Talvez.

E Lina, penso logo em seguida, com uma ponta de vergonha.

Claro. Minha irmãzinha.

A cabeça volta a pulsar, levemente, no ritmo de trovões distantes.

— Está se sentindo bem? Está com uma cara... — pergunta Seline.

— Tudo bem — respondo, quase irritada. Afinal quem está mal é ela, ou não?

— Por onde começamos? — pergunta Naomi. — Sapatos?

— Por que a pressa?

— Preciso de um sapato lindo.

Olho para ela com ar interrogativo.

— Está bem.... talvez tenha um encontro essa noite.

— Com seu novo namorado?

— Não é meu novo namorado.

— Mas é com ele, certo?

— É.

— A famosa e exclusiva festa surpresa?

— Espero que sim. Não disse nada, mas pelo modo como falava com os amigos...

Falo com Seline:

— Sapatos?

Ela sorri sem muito entusiasmo.

— Por mim, tudo bem.

Mesmo porque os sapatos talvez sejam a única coisa que pode experimentar sem mostrar que seu número diminuiu.

— Ninguém merece uma chuva dessas! — exclama Naomi, mexendo no guarda-chuva.

Caminho atrás delas, evitando as poças. Quando passamos pela papelaria, noto que as luzes lá dentro estão apagadas.

26

A grandiosa notícia que me recebe assim que ponho os pés em casa é que passarei a noite no bar de salgadinhos de Gad com Jenna e Lina. Esse tipo de jantar não é muito frequente, felizmente, mas de vez em quando Jenna consegue nos fisgar para agradar Gad.

Coloco a sacola com minhas novas botas lilases no corredor. Lina exibe um belo sorriso que corta seu rosto no meio como uma fatia de maçã. Parece feliz. Não posso fazer nada senão dizer que por mim tudo bem.

— Se é que minha opinião pode interessar — acrescento sarcástica.

— Vista alguma coisa bonita! — grita ela de seu quarto. Vou até lá, encosto no batente da porta e olho para ela. Está só de calcinha e tenho que admitir que, apesar da vida infernal e dos muitos sofrimentos, ainda é uma belíssima mulher.

— E por que deveria usar alguma coisa bonita?

Minha objeção subentende duas conclusões possíveis: "Para deixá-la cheirando a óleo queimado?" ou "Como, se não tenho nada de especial?".

— Porque fica muito mais bonita quando se veste como se deve.

Jenna não costuma me dizer muitas vezes que sou bonita. Na verdade, não costuma me elogiar. E não tenho certeza de que isso é mesmo um elogio.

Conformada com o fato de que terei que sacrificar um vestido àquele cheiro nojento, vou para o meu quarto.

— Ah, estava esquecendo. Tea vai também. Resolveu trabalhar com o pai — acrescenta, tentando fechar a saia.

Dou meia-volta.

— Deixe que eu ajudo.

Ela deixa, curtindo um raro momento de proximidade entre nós. Enquanto puxo o zíper, sinto que prende a respiração para encolher a barriga. Apesar dos pesares, a saia ainda cai às maravilhas e Jenna se olha no espelho do armário com um suspiro de alívio.

— Tea? — pergunto.

— É. Gad estava todo contente.

Nessa altura dos fatos, junto uma coisa com outra e tiro duas conclusões. A primeira é que a pobrezinha não foi convidada para a festa exclusiva de Tito. A segunda é que tem mesmo intenção de roubar o próprio pai.

— Ele contou o que combinaram?

Jenna fecha o sutiã e começa a repassar as camisetas penduradas no armário para escolher uma decente.

— Acho que vão dizer hoje à noite. Parece que Tea colocou a cabeça no lugar e está ajudando Gad a administrar o negócio. E ele está ensinando a ela como lidar com os clientes.

Então é isso que vai fazer: esperar o momento certo, quando tiver ganhado completamente a confiança do pai, para esvaziar o caixa. Ou então tirar um pouquinho a cada dia para cobrir suas loucuras. Que cretina!

Acho que minha expressão trai meus pensamentos, pois Jenna se vira e pergunta o que há comigo.

Sacudo a cabeça.

— Nada. Não gosto muito de Tea, é tudo.

— Sei, mas tente ser gentil, se conseguir.

— Vou tentar.

Volto para pegar as botas novas, que jogo em cima da cama.

Depois me refugio no chuveiro.

Jenna está toda elegante. No final, escolheu um vestido preto que não usava havia anos e que ajudei a amarrar atrás do pescoço. Lina escolheu um conjunto amarelo-canário, combinando com o arquinho de cabelo com dois papagaios na ponta de uma mola. Parece uma bonequinha. E sabe disso, pois olha para mim com um ar sonhador e é toda sorrisos. Eu, ao contrário, resolvi por um conjunto de saia e suéter bem justos com estampa geométrica verde, roxa e preta.

— E Evan? — pergunto por força do hábito.

— Ainda não o vi hoje.

Diante do espelho do banheiro, Jenna vira o vidrinho de perfume, espremendo as últimas gotas.

Lina sacode a cabeça: também não viu nosso irmão.

— Deixe um bilhete.

— Não me parece que saiba ler.

— Alma!

— E ele tem chave. Se quiser voltar, é só entrar.

Minha mãe não insiste. Abre a porta de casa:

— Vou pegar o carro — diz.

Vamos para o térreo e encontramos com ela no portão. Vemos nossa mãe penetrar nas sombras da noite e reemergir logo em seguida a bordo da caminhonete vermelha, compacta como um torpedo e com a capacidade de um triciclo. Lina senta atrás e eu vou na frente, lado a lado com Jenna. O rádio do carro dispara uma cantilena insuportável de sininhos e mugidos de baleia.

— Temos mesmo que ouvir essa porcaria?

— Isso é música relaxante, queridinha. É só se deixar levar.

— Claro, para o hospício.

Ela já não está ouvindo e, contrariando os supostos efeitos da tal lenga-lenga, guia seu calhambeque como se fosse um ás do volante. Mas talvez seja uma questão de automatismo: percorre esse mesmo trajeto todo dia. Fato é que em menos de meia hora estamos na frente do bar.

Um letreiro vermelho e amarelo sobre a porta exibe o nome em letras maiúsculas: GUSTIBUS. Uma palavra latina, culta, típica de Gad. Mas basta levantar os olhos para o resto do edifício e a poesia se desfaz. É alto e moderno, com grandes vidraças e muito cimento, como muitas das construções ao redor. A distância, pulsa o grande H luminoso do hospital. Imagino Gad nos dias em que minha mãe dorme lá, fechando o bar e levando petiscos para ela escolhidos nos guarda-frituras comprados não lembro onde. Depois de dois homens egoístas e imaturos, pelo menos Jenna teve o bom gosto de escolher um sujeito gentil.

Entramos no estabelecimento e somos assaltados por aquele cheiro que já se tornou tão familiar.

O bar de Gad é formado por uma sala de dimensões medianas, com um longo balcão em que são expostas as delícias da casa, como pedras preciosas numa joalheria. Do lado oposto, junto a uma colossal jukebox, ficam algumas mesas amarelas, com as respectivas banquetas com almofadas vermelhas.

No teto, zumbe um ventilador industrial, encastrado numa teia de aranha de tubos de cobre. Uma selva de guirlanda de propagandas de cerveja balança em cada canto, como uma rede de cipós. Assim que nos vê chegar, Gad nos recebe com um grande sorriso por trás do balcão. Parece realmente feliz naquela noite.

— Bem-vindas! Sentem-se ali. Já venho.

Indica a última mesa da fila, a mais tranquila e afastada, na qual impera uma cartela com a palavra RESERVADO sustentada por duas coxas de frango de plástico.

Há um certo movimento no local. Outra família — pai, mãe e duas filhas —, sentada a algumas mesas da nossa, consome asas de frango com a voracidade de quem não come há meses; um casal de meia-idade examina a espuma na caneca de cerveja em busca de algum tema de conversação e dois rapazes evidentemente gays esperam suas porções para viagem diante do balcão.

Tea desponta inesperadamente das cozinhas. Caminha com jeito de dona do pedaço.

— Jenna! — cumprimenta. E em seguida: — Alma! — Então seus olhos descem até Lina: — E minha priminha favorita!

Gad observa a cena sorrindo. Agora, sua felicidade está completa.

Tea quer nos beijar no rosto.

— Oi, meninas, boa noite.

Minha mãe enlaça seus ombros.

— Gad me contou tudo. Fiquei muito orgulhosa...

— Ah, que bom...

— Seu pai precisava de você.

Ela sorri, falsa. Ajoelha-se para beijar Lina, que trata de proteger seu arquinho. Depois chega a minha vez.

Estendo a mão, rígida e indiferente, mantendo a distância:

— Oi, Tea, como vai?

— Muito bem, obrigada, e você? Arranjou um namorado, finalmente?

Encaro-a. O macacão de quadradinhos brancos e vermelhos fica tão bem nela quanto um kilt escocês num beduíno. Os cabelos, ralos, não veem a cor do xampu há semanas. E o esmalte preto das unhas está descascando. Se soubesse que estou a par de seu planinho sujo, certamente não seria tão escrota.

Mas cada coisa a seu tempo.

— Não, nenhum namorado. Tenho mais o que fazer.

— Verdade? O quê?

— Viver.

Jenna lança um olhar atravessado. Tiro o casacão e penduro junto em cima dos outros, onde provavelmente irá absorver mais cheiro de fritura que os demais. Exibo as botas novas e vejo que Tea notou.

— O que posso lhes oferecer de bom? — pergunta Gad do balcão, trovejante como uma divindade grega.

— Sim, claro, o que desejam? — acompanha a filha.

— Frango, frango ou frango? — digo, arremedando.

— Tea, já virou o cartaz? — pergunta Gad. Depois resolve fazer ele mesmo, bufando: vai até a porta e gira o cartaz para o lado que diz: fechado.

— Assim, podemos ficar mais tranquilos — sorri para nós e para os outros clientes.

— E então? O que vamos comer? — repete, dando um beijo em Jenna. — Gostariam de um cabrito sen-sa-cio-nal?

Não gostaria, mas fico calada.

Escolhemos cabritos sensacionais para dois, asas de frango fritas e uma pirâmide de croquetes de batata para Lina. Gad volta para o balcão e começa a fritar cada coisa em sua vasilha de óleo. O cheiro da massa penetra em minha carne como um veneno.

Começamos a comer e o cabrito é realmente muito bom. Quando a outra família, os gays e o casal de zumbis saem, Gad e Tea também sentam conosco, livrando-se dos aventais. Começam assim as infalíveis conversas, anedotas e histórias de sempre. Jenna está radiante em seu vestido preto. Entro no jogo e só fico atenta quando o assunto passa a ser Tea e seu trabalho ali..

— E seu namorado, como reagiu? — pergunta Jenna.

— Bem, eu diria. Não acha nada mal que trabalhe num local onde sempre encontra alguma coisa para comer.

Todo mundo sabe que Michi, o namorado, não dispensa uma boca-livre.

— Por que não o convidou? — pergunta Gad, surpreso. — Podia ter vindo, já que estamos todos reunidos.

Ao que parece, Evan já conseguiu ser excluído da ideia de "família".

— Não — responde Tea. — Quer dizer, convidei, mas ele não podia.

— É mesmo? Por quê? — pergunto maliciosa.

— Foi convidado para uma festa que não podia perder.

Deve ser a mesma de Naomi.

— E por que você não vai?

— Porque agora estou trabalhando. — Olha para o pai em busca de aprovação. — Gosto da ideia de ficar com você, papai. E com elas também, claro.

Que mentirosa! Distribui sorrisos e olhares doces com aqueles seus gélidos olhos amarelados. Não sei por quê, meu pai sempre me dizia para não confiar em pessoas com os olhos amarelos. Talvez tenha sido exatamente uma mulher de olhos amarelos que o afastou de nós. Quem sabe?

— Uma festa a mais, uma a menos, dá na mesma — diz alguém ao redor da mesa.

O relógio em forma de frango que está na parede diante de nós indica que passa um pouco das onze.

— Precisamos ir — diz Jenna. — *Alguém* já deveria estar na cama.

Lina está feliz e satisfeita com seu prato vazio.

Gad levanta para pegar o casaco dela.

— Claro, claro. Tudo bem.

— Precisa de uma ajudinha, Gad? — pergunta Jenna, atravessando o local deserto.

— Não se preocupe, Tea vai me ajudar.

Jenna lhe dá um beijo, mal tocando seus lábios finos.

— Então vamos dar boa-noite e obrigada pelo jantar.

Sorrio.

— Obrigada, Gad, estava tudo ótimo.

Jenna parece aprovar.

— Tea...

— Alma...

Saímos da Gustibus e num instante deslizamos pelas ruas da cidade. Lina, no banco de trás, caiu dormindo, exausta de tanto croquete de batata e frango frito.

— Acho que Tea está fazendo a coisa certa. Gad está muito feliz — comenta Jenna, quando chegamos embaixo de casa.

— Não confio nela.

— Alma... você é muito desconfiada.

— Diga a Gad para verificar o caixa toda noite.

— Alma!

— Trate de avisar, certo?

Sem esperar resposta, desço do carro, abaixo o encosto do banco e me estico para pegar minha irmã. Com ela nos braços, cuido para que não bata na porta ao sair. É leve como um passarinho.

Levanto os olhos para examinar o céu.

Em meio às nuvens, sobre os tetos exaustos dessa cidade, vejo de repente o brilho de uma estrela. Aperto Lina contra o peito, surpresa.

Como milagre, é mais do que se podia esperar por hoje.

27

Não sei que horas são, se é dia ou noite, mas o telefone de casa toca bruscamente e me faz pular da cama.

É noite.

Caminho às apalpadelas, como um escafandrista, e corro para atender sem nem acender a luz. Jenna não ouviu: dorme com tampões nos ouvidos. Evan provavelmente ainda não voltou. Lina talvez esteja de pé no fundo do corredor, mas mesmo que quisesse não poderia atender. O único telefone que temos fica na entrada. Sinto o ar gelado que passa por baixo da porta. Estou descalça sobre os ladrilhos.

Levanto o fone.

— Alô?

Meus olhos doem. Devem ser altas horas da madrugada.

— Alô — repito.

Não ouço nada, à parte um chiado fraco. E depois um raspão, seguido de um fio de voz.

— Alma...

— Quem está falando? Alô!

— É ...n...omi...

— Como?

— N...ao...mi.

Meu coração salta uma batida.

— Naomi? É você? O que houve?

— Ve... vem... me... pegar...

— Onde você está?

— I...grej...ja... ba... ro... velh...lho...

— A igreja do bairro velho?

— Por... fa...vor...

— Estou chegando!

Dou um salto até meu quarto para trocar de roupa. Calça jeans, suéter de gola alta. Olho o despertador: cinco da manhã. Pensei que fosse mais cedo. O que Naomi está fazendo na rua a esta hora?

— A festa — penso comigo mesma.

Procuro os tênis. Calço. Saio do quarto.

O que pode ter acontecido?

Por um instante, considero a possibilidade de acordar Jenna e pedir que me leve de carro, mas logo afasto a ideia. É muito provável que Naomi esteja bêbada, e não posso correr o risco de comprometê-la com a presença da minha mãe. Preciso me virar: não posso ir a pé. Nem de bicicleta. Abro o armário e remexo na primeira gaveta. Reviro tudo. No fundo das meias de náilon estão as minhas economias. Pego um maço de notas.

Tentando não fazer muito barulho, volto para a entrada, pego o catálogo no móvel embaixo do telefone e procuro o número do ponto de táxi.

Murmuro meu endereço.

227 AG, em dois minutos.

Perfeito.

Procuro as chaves, encontro, dou uma olhada para o corredor e faço sinal na direção da sombra que poderia ser Lina pedindo que volte ao seu quarto. Abro a porta lentamente, saio e fecho muito lentamente também.

Dois minutos.

O taxista é um oriental, de rosto oval e inexpressivo. Guia como uma lesma cansada e cada vez que fala parece ter engolido um rádio.

Respondo em monossílabos, mesmo porque entendo mais ou menos um terço do que diz.

— Para a igreja, na Cidade Velha.

Pergunta alguma coisa que não entendo. Abandonada sobre o banco, começo a roer nervosamente as unhas.

O que terá acontecido com Naomi?

Logo terei uma resposta, e acho que não vou gostar.

O céu clareia a oriente e nas ruas o trânsito das primeiras horas da manhã começa a fluir. Passamos ao lado do estádio, um enorme caldeirão oval e apagado. Inútil, sem o seu formigueiro de torcedores.

A ponte do aeroporto está bem na nossa frente. Pulamos em cima dela passando sob os cabos de metal que a mantêm suspensa no ar. Foi projetada por um arquiteto japonês que morreu antes que ficasse pronta e que pediu para ser murada no vão central. Não pôde ser atendido, por motivos legais. Sob a ponte escorre o rio, negro e inchado pelas chuvas dos dias anteriores.

Chegamos à perimetral e ultrapassamos o aeroporto com seu tráfego de voos internacionais. As placas deslizam velozes fora da minha janela: quando chegamos àquela que indica a Cidade Velha, o táxi vira. Imagino como seria rápido chegar, se os carros também pudessem passar pela Ponte de Ferro. Percorremos uma alameda longa e larga, com pelo menos três pistas para cada mão. Olho a hora no relógio digital que brilha em cima do retrovisor: são 5h35.

Espero que Naomi não tenha saído de lá.

Um pouco mais adiante, à esquerda, vejo o perfil do giro da morte de uma montanha-russa despontando por trás de um muro. Um arabesco de ferro negro que se delineia contra o céu. Reprimo um arrepio: é o velho parque de diversões da cidade. Aliás, agora é o novo. Esqueci a inauguração: dia 19 de fevereiro, às 20h30. Um nó de tensão se forma no fundo de minha garganta, e até respirar fica difícil.

É hoje à noite.

Tenho um pressentimento ruim.

Mordo um dedo e fecho os olhos.

O parque de diversões desaparece nas luzes da aurora.

O taxista diz mais alguma coisa que não entendo.

Quando chegamos à velha igreja com seu cemitério, o céu ganhou um colorido leitoso.

Vejo o campanário de pedra bem acima dos tetos das casas.

— Pare aqui — ordeno. — E espere por mim, por favor.

Desço do carro correndo. É aquela hora irreal em que a luz artificial dos lampiões ainda acesos e a luz natural do Sol, quase na hora de nascer, achatam as sombras.

Costeio rapidamente o perímetro da igreja até a escadaria que sobe para as arcadas do pátio. Ali, sob a entrada, está o corpo enrodilhado de Naomi.

Corro para ela.

— Estou aqui, Naomi! Está me ouvindo?

Parece que não. Não se move, parece aturdida, não consegue manter os olhos abertos. Mas não está simplesmente bêbada. Tem uma série de pequenas feridas no rosto, está muito pálida e perde sangue pelo nariz.

— Naomi?

Experimento dar uns tapas para ver se desperta.

— A...juu...da — é só o que consegue sussurrar, sem nunca abrir os olhos.

Agarro seu braço, passo por trás da minha cabeça, consigo levantá-la e, de um modo ou de outro, chego até o táxi.

— Por favor, venha me ajudar! — grito.

Mas ao ver Naomi cambalear agonizante, o oriental se apavora. Acende os faróis, pisa violentamente no acelerador e parte. Mal consigo sair da frente e ele já desapareceu entre as ruas tortas da Cidade Velha, sem esperar nem pelo pagamento.

Naomi vai ficando cada vez mais pesada, tenho praticamente que arrastá-la.

Quando não consigo mais carregá-la, deixo seu corpo deslizar sobre um banco e me abandono, eu também, contra o encosto, com a respiração ainda mais ofegante.

Enfio a mão no bolso em busca de uma moeda para ligar para casa. Mas meus dedos encontram outra coisa: o dragão de papel, que retiro rapidamente. O número marcado na cauda ainda está lá.

Corro para a cabine telefônica mais próxima. Quase todas elas já foram retiradas. Enfio as moedas. Uma, duas, três. Continuam a cair.

Digito o número e Morgan responde ao segundo toque.

Tenho a nítida sensação de que estava esperando minha ligação.

28

Morgan está sentado a meu lado na sala de espera do pronto-socorro. Não diz nada. Nem eu. Recordo nosso encontro, o modo como saiu correndo depois do telefonema e seu olhar preocupado antes de verificar que eu estava bem.

Colocamos Naomi em seu carro e voamos para o hospital, para entregá-la aos cuidados atenciosos dos homens de branco.

São sete da manhã.

— Como se sente?

Tem um olhar doce.

Sinto o contato de seu braço no meu. Irradia uma energia reconfortante. Inclino a cabeça, apoiando-a entre as mãos.

— Quem está mal não sou eu.

— Ela vai se recuperar.

— Faz ideia do que pode ter acontecido?

Morgan tensiona os músculos quase imperceptivelmente.

— Não faço a mínima. Parecia... — suspira, agitando as mãos. — Drogada ou algo parecido.

— Foi o que pensei também.

Aperto os punhos e acrescento à meia-voz:

— Tito.

Ele relaxa o corpo no encosto da cadeira de plástico.

— Quem é esse Tito?

Em geral, prefiro não falar das coisas que dizem respeito às minhas amigas com estranhos, mas trata-se de uma emergência.

— Estava saindo com ele havia pouco tempo.

— Alto, rabo de cavalo, olhos de chinês?

— Conhece?

Morgan sacode a cabeça.

— Não exatamente.

— Pelo visto, não gosta muito dele.

— É. Continue.

Olho para ele.

— Disse que parecia drogada. Pode ser. É possível que tenha sido obrigada a tomar alguma coisa. E depois... os cortes no rosto... Será que foi Tito?

— Como ela estava nesses últimos dias?

— Contente. Fomos todas juntas comprar sapatos com ela.

— Ah... entendo. E daí?

— Não tem muito mais, a não ser que também não fui com a cara do sujeito. Não o conheço, mas conheço uma pessoa que frequenta o mesmo grupo e...

Mas o que estou fazendo, penso comigo mesma, interrompendo-me bruscamente. Morgan anda com Adam, que fez o vídeo de Seline e tocou fogo no gabinete do diretor. E também foram à piscina juntos.

— Por que parou?

Sacudo a cabeça.

— Nada não. Acabei. Não tinha mais nada a dizer.

— Naomi contou que tipo de festa seria essa? Onde? Num bar ou algo assim?

Mordo o lábio, antes de continuar:

— Não, nem ela sabia. Era uma festa-surpresa. Uma festa exclusiva. O exemplo perfeito de coisa que destesto.

Olho para ele:

— Foi ele, não? Acha que foi durante a festa?

Morgan concorda.

— É provável.

— São dois — murmuro. Primeiro Adam com Seline. Agora Tito com Naomi.

— Dois o quê?

— Nada, não. Mas... se foi ele quem fez isso com Naomi, garanto que vai pagar.

— E como pagaria?

Naquele exato momento tenho a impressão de que Morgan sabe da emboscada no rio. Acho que Adam contou. Aquele verme maldito do Adam. No entanto, não vejo nenhum sinal de censura nos olhos de Morgan. Está sério, preocupado, lindamente pálido. Nada mais. Sustento seu olhar o mais que posso, mas somos interrompidos pela chegada do médico de plantão. É um homem alto e corpulento com uma densa barba escura e um rosto de primata. Parece perturbado e fecha os olhos várias vezes, como quem concede a si mesmo alguns segundos de repouso.

— Foram vocês que trouxeram Naomi?

Morgan levanta.

— Fomos.

— E avisaram seus pais?

Fico em silêncio.

— Nossos pais estão fora da cidade, sou seu irmão. Sou maior de idade. — Mente com uma rapidez que me deixa sem palavras. Aponta para mim. — E Alma é minha namorada além de colega de turma de Naomi.

— Certo. Naomi não estava com nenhum documento. Quantos anos tem? Se não for maior, você terá que assinar os documentos de internação.

Morgan fica em silêncio. Não faz ideia se Naomi é maior ou não.

— Fez dezoito anos há pouco — intervenho. Por sorte, penso. — Como ela está?

— Nem mal, nem bem e... devo admitir que hesitei entre chamar ou não a polícia. Dadas as circunstâncias, talvez vocês me sejam mais úteis. Como a encontraram?

Conto ao médico sobre o telefonema de Naomi e como fomos buscá-la.

— Na velha igreja, é? E por acaso não sabe o que sua irmã fez ontem à noite? — pergunta a Morgan.

Respondo pelos dois.

— Não sabemos nada.

— Ela tem namorado?

— Não fala muito sobre isso.

O médico me observa.

— Não — respondo —, não agora.

— Bem... desculpem a pergunta, mas sabem se sua irmã participa de um desses... bandos... ou grupos estranhos de jovens?

— Por que tantas perguntas, doutor?

— Principalmente porque não posso perguntar a ela: está sob efeito de sedativos e dorme um sono profundo. E também pelo que fizeram com ela...

— O que fizeram com ela? — pergunta Morgan com um fio de voz.

— Quando a trouxeram estava num estado de profunda confusão mental. Começou a divagar e a dizer frases sem sentido assim que a colocamos na maca. Sua taxa alcoólica é de 2,35%, não muito elevada, portanto. Mas o pior é que seu corpo apresenta pequenos cortes e queimaduras que ela não lembra como apareceram. E tem estranhas raspagens na cabeça e na zona genital.

— O quê? — exclamo, levando as mãos à boca.

— E os cortes? São profundos?

— Não diria isso. Parecem minúsculas incisões, muito pequenas e muito profundas...

— E as queimaduras?

— Circulares e espalhadas pelo corpo inteiro: cigarro.

Fecho os olhos horrorizada.

— Está dizendo que apagaram cigarros em seu corpo?

O médico faz que sim, com uma cara sombria.

Tenho quase medo de fazer mais perguntas:

— E as raspagens?

— Bastante brutais e imprecisas. Na nuca, em cima da orelha esquerda, na área pubiana.

— Não posso acreditar!

O médico dá de ombros, fechando os olhos, como quem quer se acalmar.

— Apesar disso tudo, sua irmã não corre nenhum perigo. Vai se recuperar fisicamente.

— É possível que tenha sido drogada?

— Se quer minha opinião, senhorita, tenho quase certeza disso. Apresenta pequenos furos de agulha no tornozelo direito. Em todo caso, estamos à espera dos resultados do exame toxicológico. Mas, para dizer a verdade, o que me preocupa é seu equilíbrio psíquico. Não afastaria a possibilidade de que fique em estado de choque, depois que passarem os efeitos dos sedativos. Talvez fosse interessante consultar um especialista.

— Precisa de um psiquiatra?

O médico rabisca alguma coisa numa folha e entrega a Morgan.

— Conheço um psiquiatra que é muito bom nesse tipo de problema. Seu nome é Mahl e seu consultório fica perto da estação ferroviária.

Fico sem palavras. O dr. Mahl, especialista em traumas da adolescência. É o mesmo pisquiatra que Jenna me fez consultar depois do acidente,

Morgan lê a folha e guarda no bolso.

— Obrigado, doutor.

— Se passar bem o dia e a noite, amanhã poderá voltar para casa. Está no quarto 7. Mas atenção... Para ajudá-la o mais importante é tentar entender o que aconteceu e de que modo ela conseguiu... aqueles ferimentos.

— Posso vê-la agora?

— Não enquanto estiver dormindo. É melhor voltar mais tarde. E... — o médico coça a cabeça, pensativo: — Posso lhe fazer um pergunta? Sempre fora dos procedimentos normais...

Morgan concorda.

— Não quero me meter nos hábitos íntimos de sua irmã, mas... é uma menina, mesmo sendo maior e... tem uma outra coisa que me preocupa: teve repetidas relações sexuais. Com diversos homens.

— Não! Naomi, não! — exclamo.

Absurdo. Naomi não é assim. Nunca procurou os meninos só para ir para a cama. Na verdade, sempre acreditou no verdadeiro amor. Aquele mesmo que eu sempre disse que não existe. Imagine se ia aceitar participar de... de uma orgia com tudo isso!

— Quer dizer que foi violentada? — pergunta Morgan.

— Não, não há sinais de violência sexual. É possível que as relações tenham acontecido depois da administração de entorpecentes com efeitos alucinógenos.

O médico olha para o relógio, cansado.

— Se não tiverem mais perguntas, preciso terminar meu turno.

— Não, está tudo muito claro. Obrigado, doutor — responde Morgan pelos dois.

Não consigo falar. Os pensamentos voam tão rápido em minha mente que não consigo agarrá-los para poder me expressar. Meu coração bate forte e tenho dificuldade de respirar.

Nunca precisei do apoio dos outros, mas agora não posso mais dispensá-lo. Tem algo de maligno acontecendo a meu redor. Algo que não consigo compreender, mas que sinto que está me cercando.

Fico feliz que Morgan esteja aqui.

* * *

A manhã já vai adiantada quando chego em casa.

Peguei um táxi, embora Morgan tenha se oferecido para me trazer. Preciso ficar um pouco sozinha. A casa está silenciosa. No móvel da entrada, um bilhete de Jenna avisando que ela e Lina saíram para fazer compras. Com certeza, achou que eu estava dormindo em meu quarto. Não abriu a porta e, portanto, não viu que tinha saído. Caminho pelo corredor como uma marionete cujos fios foram cortados.

Vou para o meu quarto.

Um sol tímido desponta entre o cinza da massa de nuvens e ilumina, pelos vidros ainda marcados de chuva, os grãos de poeira que dançam diante da janela. Flutuam desordenados, num turbilhão no qual gostaria de me perder por um instante. Para ser transportada para bem longe.

A cama ainda está desfeita, como deixei antes de sair. Tenho a impressão de que um dia inteiro se passou depois do toque daquele telefonema. Mas, ao contrário, foram apenas algumas poucas horas.

No chão, tem de tudo: vestidos, jornais, uma escova. Afasto um pouco as coisas e recoloco no armário. O caderno roxo não está mais embaixo do monte de suéteres, tênis e velhos álbuns. Começo a retirar tudo. O fundo do armário aparece liso, claro, sem o menor sinal do caderno.

— Não... — murmuro. — Por favor... não.

Sinto o pânico subir dentro de mim como a água em direção à borda de um vaso. Olho ao redor e dou alguns passos para trás, na direção da escrivaninha. Afasto os livros da escola, mas também não está lá. Inspeciono cada canto do carpete cor de cinza-rato e espirro quando passo na frente da luz do sol. Ajoelho para olhar embaixo da cama. E, finalmente, o encontro. O caderno está lá, perto de um velho coelho de pelúcia esquecido há não sei quanto tempo. Pego e ajeito cuidadosamente sobre meus joelhos. Tenho quase medo de abri-lo. Pelo volume da capa, percebo que uma caneta ficou presa entre as páginas.

Estou suando frio e o sangue corre gelado em minhas veias, enquanto abro lentamente as duas capas roxas.

A primeira coisa que vejo é a caneta-tinteiro que comprei na papelaria à tarde. A caneta com o número 11.

A caneta sem preço.

Depois vejo as linhas traçadas com uma grafia hesitante e inclinada.

A inauguração foi um sucesso. Toda a cidade pôde admirar um trabalho que durou anos, a perfeição do projeto: as montanhas-russas mais altas e mais arrepiantes que alguém já projetou. Satisfeito com a lembrança das honras recebidas, Giulian se demora no escritório pré-fabricado montado no interior do parque de diversões durante os anos de trabalho...

— Não! Não! — grito, jogando longe o caderno e a caneta-tinteiro.

O pesadelo recomeçou.

29

Um dia e uma noite se passaram, longos e densos como a névoa no inverno. Nenhum assassinato. Mas ainda é cedo. Talvez seja só uma questão de tempo. Noite de novo. E de novo dia. O dia em que Naomi terá alta.

Estou aqui, na frente do hospital, com Morgan.

— Quer um café enquanto esperamos a hora de entrar? — propõe ele.

Faltam dez minutos para a uma, quando começa o horário de visitas.

— É tudo que eu queria. Obrigada.

Disse que não precisava me acompanhar para buscar Naomi. Mas ele insistiu e acabei cedendo. No fundo, ele pode continuar a representar o papel de irmão de Naomi. E sua presença me dá segurança.

Caminhamos bem próximos, ao longo do corredor que leva do pronto-socorro à entrada principal do hospital. A cada passo, tenho medo de topar com Jenna, a quem não contei nada. Não sei se já voltou para casa. Espero conseguir evitar as mil perguntas que me faria se me visse ali com um menino que ela não conhece.

Chegamos ao bar sem maiores incidentes.

No balcão há doces e sanduíches de todo tipo, mas pedimos apenas café. Nenhum dos dois parece ter fome.

No canto, há um mostruário com jornais. Vou até lá sem pensar, como se um ímã me atraísse para aqueles títulos em caracteres negros.

— Aonde vai?

— Pegar o jornal.

— Deixe para lá — tenta me dissuadir Morgan —, só falam de desgraça e de gente que se mata.

Gente morta, exatamente. Um aperto no estômago quase não me deixa respirar. Penso nas poucas frases que escrevi naquele maldito caderno e não ouço mais a voz de Morgan.

Pego um exemplar do jornal diário local.

Olho a foto na primeira página, esperando estar enganada. Mas não, lá está ele, o velho parque de diversões. Com aquela maldita montanha-russa e um título que gela meu sangue nas veias: "O último giro da morte de jovem engenheiro."

Já sei como se chama. Já escrevi seu nome: Giulian.

Minhas mãos tremem. Abro o jornal. Na terceira página encontro uma foto que não deixa dúvidas: o corpo de um homem com um corda no pescoço pende da curva mais alta do giro da morte, como o pêndulo de um gigantesco relógio.

É horrível. Ainda mais horrível que o primeiro homicídio. E tem algo de surreal.

Morgan lê o jornal por trás de meu ombro.

— Como é que ele fez isso? — pergunta.

— Fez isso o quê?

— Aquela curva é praticamente inalcançável! Como fez para se enforcar lá em cima?

O publicitário também foi crucificado no alto. E também em seu caso, todos se perguntavam como era possível. Analogia macabra. Fruto de uma mente doente que acredita no terror para espalhar o caos.

— Não se enforcou.

— Mas está escrito: "As razões do suicídio ainda não foram esclarecidas..."

Morgan lê junto comigo sobre o acontecido. Sei lá por quê, parece ter uma teoria sobre a dinâmica daquela morte. Enquanto isso, nossos cafés esfriam no balcão.

Pelo que diz o artigo, a polícia levantou a hipótese de um suicídio porque, num primeiro exame, não foram encontrados indícios de violência no corpo. Mas a mulher do jovem engenheiro, grávida do segundo filho e desesperada, fala do marido como de um homem alegre e feliz, que não se suicidaria por nenhum motivo do mundo.

Não faz sentido, penso eu, que um homem que está para ganhar um filho se suicide, e além do mais na noite em que comemora um grande sucesso profissional. Tem alguma coisa errada. Talvez Morgan tenha razão. Ou talvez seja mais um terrível assassinato que sonhei e descrevi.

— Parece preocupada.

Fecho o jornal tentando dissimular a tensão.

— Primeiro o publicitário, agora esse engenheiro. Tem alguém na cidade que não quer um novo parque de diversões.

— Não é de se espantar tanto assim. Ninguém sabe que interesses estão por trás disso. Política. Propinas. Dinheiro sujo — diz ele, mas não parece muito convencido.

E o meu caderno roxo, o que tem ele com isso?

— Não sei... — murmuro. — Mas é como se...

O que mais posso dizer? Que "pressenti" os dois assassinatos e, de alguma maneira que não sei explicar, à noite, como uma sonâmbula, fui capaz de descrevê-los num caderno roxo comprado numa papelaria do centro? Que o caderno foi vendido por um homem-anjo e que, desde que o comprei, é como se tivesse entrado em contato com um assassino diabólico?

E que tem alguém torturando minhas amigas?

E que, portanto, corro o risco de enlouquecer ou que talvez já tenha enlouquecido?

O que mais posso lhe dizer?

— De qualquer jeito, nunca saberemos o que aconteceu realmente — exclamo. — É o caos.

— É. Um grande caos — comenta Morgan, como quem pensa em voz alta. Depois, acorda de repente: — Vamos. Já está ficando tarde.

Deixa duas moedas no balcão e dirige-se para o corredor.

Agora ele também parece muito tenso.

Nem tocamos em nossos cafés.

Ao longo do corredor do hospital, as portas dos quartos ficam num lado e as janelas do outro, dando para um estacionamento interminável.

Cruzamos com duas silhuetas ondulantes que se arrastam agarradas ao suporte do soro, munido de rodinhas, com os saquinhos transparentes das drenagens cheios de um repulsivo líquido avermelhado. Nunca faria isso, vagar daquela maneira sob os olhos de todos. Preferia me jogar pela janela. Se quisesse, cada um desses pobres infelizes poderia sair de seu quarto e se jogar lá embaixo: seria um jeito mais digno de morrer para aqueles corpos sem esperança.

Morgan está caminhando a meu lado. Não falou mais nada depois que lemos o artigo sobre o enforcado da montanha-russa, e tenho a impressão de que não pretende fazê-lo. Melhor assim, pois eu também esgotei as palavras. Sinto que está distante agora, perdido num mundo longínquo e todo seu, no qual não há lugar para mim. É estranho como Morgan alterna momentos de infinita doçura, cheios de olhares e palavras compartilhadas, com outros de distância intransponível, nos quais um simples contato queimaria mais que fogo.

Chegamos ao quarto número 7. Morgan aponta para ele, mas se detém. Resolveu esperar do lado de fora.

— Não se apresse — diz. — Estarei esperando aqui fora.

Entro.

Naomi está sentada no leito, completamente vestida e com a bolsa na mão. Está pálida como um cadáver e tem o olhar perdido de um cãozinho abandonado.

Estampo um sorriso no rosto.

— Oi! E então, como está se sentindo?

— Não sei... Sinto muito, Alma, eu...

— Não diga nada. Não agora. Só me diga como está.

Ela coloca a bolsa sobre os lençóis.

— É como se não fosse eu fazendo as coisas, falando, mas alguém em meu lugar. E eu estivesse observando de fora.

É a mesma sensação que tenho depois de escrever.

Fico a alguns passos de distância da cama.

— Você sofreu um grande choque. Precisa de repouso.

Naomi não responde, mas olha ao redor em busca de alguma coisa. Talvez um ponto onde se apoiar para sair do abismo em que tinha caído. Tenho, no entanto, a impressão de que não consegue ver nem um ponto nem qualquer outra coisa.

— Trouxe uma base para o rosto e uma tesoura — lhe digo. — Venha comigo.

Vamos ao banheiro. Ela evita se olhar no espelho. Senta num banco e me deixa fazer a maquiagem, com os olhos fechados e imóveis.

Passo os dedos sobre seu rosto. Sobre a pele se forma uma constelação de brilhantes. Meus gestos são rápidos, como os de uma maquiadora experiente. Por sorte, os cortes no rosto não são profundos e deixaram apenas alguns pequenos sinais que camuflo sob uma camada cor de terra de base. No pescoço, ao contrário, há duas grandes queimaduras que parecem marcas de uma doença exantematosa.

— Use isso — digo, estendendo uma echarpe fúcsia.

Naomi arranja a echarpe ao redor do pescoço com indiferença, como se realmente aquele corpo não fosse seu.

Em seguida, pego a tesoura e começo a ajeitar seus cabelos. Tento igualá-los como posso. Em alguns pontos, o couro cabeludo aparece, branco e desarmante. Naomi continua de olhos fechados, me deixando trabalhar.

— Ainda não se lembra de nada? — pergunto, enquanto continuo a cortar.

— Não. Minha cabeça é um vazio absoluto.

— Qual é a última coisa que lembra?

— Entramos num bar. Perto do rio. Não sei dizer nem o nome. Foi só o tempo de descer do carro de Tito e atravessar a rua.

— E depois?

Naomi abre os olhos.

— E depois liguei para você.

— Isso não é normal, sabe disso, não?

— Sei. Se meus pais ficassem sabendo... iam me matar.

— Não dissemos nada a ninguém. Sua mãe acha que foi dormir na minha casa.

— Obrigada.

— Preste atenção para que não descubram essas marcas no pescoço, senão vou me encrencar também.

— Obrigada, Alma.

— Ainda não acabei. Amanhã vamos ligar para um médico.

— Um médico? Para quê? Eu... agora... estou me sentindo bem.

Acabo de ajeitar o cabelo. Parecia saída de um Fashion Center da última moda. E é exatamente isso que vai dizer em casa. *Fashion*. E não esquálido horror metropolitano.

— É o dr. Mahl. Eu conheço.

— Não é nenhum "psi", é?

Faço que sim.

— Não, Alma, por favor...

Está fraca demais para replicar. Aperto seu pulso com força e a obrigo a permanecer sentada.

— Só quero ter certeza de que não está correndo riscos, Naomi. O médico que tratou de você ontem pediu muito que fosse vê-lo. É o que faremos.

— Nós quem? Quem mais estava lá?

— Só Morgan. Foi ele que nos levou para o pronto-socorro.

Ela sacode a cabeça desconsolada.

— Estou bem, Alma. Eles... não sei, talvez tenha bebido demais... dizem que pode acontecer, quando se bebe demais. É só isso. Só apaguei as últimas horas daquela noite da memória.

— Naomi, o médico me disse ontem que encontrou furos de agulha em seu tornozelo direito. Teme que tenha sido drogada.

Naomi me olha com olhos arregalados e perdidos.

— Acha que Tito poderia me fazer um horror desses?

— Se gosta tanto de você, onde ele está agora? Por que não está aqui, ajudando a esconder isso tudo de seus pais e levando você para casa?

Naomi não diz nada.

— Onde se meteu, o seu príncipe encantado?

— Alma, eu...

Tenta levantar, mas impeço novamente.

— Agora tem que fazer exatamente o que estou dizendo, Naomi. Sair daqui comigo e com Morgan e voltar imediatamente para casa. Não ligar para Tito em hipótese alguma. E se ele a procurar, me chame. Entendeu bem?

Silêncio.

— Trate de me chamar — pressiono. — Esconda de seus pais essas queimaduras no pescoço e amanhã marco uma consulta com o dr. Mahl.

— Não quero ir a nenhum médico de maluco.

— Eu fui. Depois do acidente. Fui a esse mesmo médico de maluco: tentei recusar, mas Jenna insistiu. E me ajudou.

Naomi concorda afinal.

— Só algumas vezes, não muitas. Ele é bom. Pode ajudá-la a lembrar.

— E se eu não quiser lembrar?

Olha para mim com olhos irreconhecíveis. A menina corajosa e decidida que conheci foi substituída por uma cópia desbotada.

— Ouça bem, Naomi. É absolutamente normal que não queira recordar agora. Tudo bem. Mas... com calma, com toda a calma do mundo, descobriremos quem lhe fez isso. E quando descobrirmos...

— Faremos o que fizemos com Adam? — sussurra, esmagando com os pés os seus cabelos cortados.

— Se for necessário, sim — respondo. — Você também terá justiça.

— E o que faço com a justiça? Seline parou de comer desde quando teve sua justiça.

— Você não é Seline.

Naomi aperta a cabeça entre as mãos. Reúno seus cabelos perto da cestinha de papel e paro diante do espelho.

— Quero ir para casa — diz ela com voz fraca.

— Só se me prometer que vai ao médico comigo.

— Tudo bem — concorda finalmente. — Eu vou.

— E vai me ligar se Tito aparecer.

30

Naomi mora no sétimo andar de um prédio anônimo perto da estação ferroviária. É um bairro de construção recente. Os edifícios são modernos paralelepípedos, todos da mesma altura e pintados de amarelo pálido, intercalados por pequenas alamedas com fileiras de arbustos de copa arredondada. Aqui, a ciclovia se desfaz e se refaz entre um prédio e outro, mas, seja como for, permanece sempre deserta.

Felizmente, nossa chegada envolve menos problemas que o previsto. Só a irmã e a mãe estão em casa e vêm logo ao nosso encontro. A mãe está com um ar muito preocupado. Algumas rugas na testa e ao redor dos olhos revelam poucas horas de sono e prenunciam o inevitável sermão. Marti, a irmã, espera pacientemente ao lado da mãe, pronta para intervir em socorro de Naomi.

A solidariedade fraterna é uma beleza.

A mulher avança com sua silhueta miúda e seu olhar fixo. Usa cabelos curtos, como Naomi, e parece uma versão reduzida da filha. Marti, por sua vez, é muito diferente: tem longos cabelos castanhos e lisos e olhos cor de avelã, vivos como os de um pequeno cervo.

— Pode-se saber onde esteve? — pergunta a mãe com voz alterada.

Naomi fica em silêncio. Sei que não conseguiria responder nem que quisesse, de modo que respondo por ela.

— Fomos a uma festa e, como ficou muito tarde, Naomi ficou para dormir lá em casa.

— E você? Por que não diz nada? — pressiona ela mais uma vez.

Naomi continua muda. Espero que consiga desempenhar seu papel.

— Francamente, Naomi! Podia pelo menos ter ligado para avisar. Isso não é maneira de se comportar.

— Sentimos muito. Não vai acontecer novamente. Não é, Naomi?

Ela faz que sim e emite um fraco "é".

A mãe olha para ela com ar inquieto.

— Para mim chega! Vai ter que se entender com seu pai hoje à noite. Vá para o seu quarto e fique lá, refletindo sobre seu comportamento.

Exatamente o que precisávamos.

A mulher vira as costas e se afasta em direção à cozinha. Marti fica um instante conosco.

— Pode deixar que dou um jeito nela — diz a Naomi.

Em seguida, vou com ela para o quarto e verifico se está tudo certo.

Naomi olha ao redor, como se estivesse vendo pela primeira vez as paredes, os pôsteres, os móveis e os CDs arrumados numa pequena coluna de madeira e metal.

— Estou me sentido como alguém que acabou de ser atropelada por um trem em alta velocidade — diz ela.

Faço um carinho em seus cabelos curtos. É incrível que a mãe não tenha notado nada. Jenna teria me submetido a um detalhado exame radiográfico.

— Vá para a cama e tente descansar.

Abaixo um pouco a persiana e ajudo Naomi a tirar a jaqueta.

— Pode ir, Alma. Eu me ajeito.

— Tem certeza?

Faz que sim. É tão estranho vê-la assim, fragilizada e indefesa. Ela, que costuma ser uma leoa.

— Então, tchau. Ligo daqui a pouco.

Saio do quarto com um peso no estômago e uma única ideia na cabeça: os desgraçados que fizeram isso têm que pagar.

Ao sair, cumprimento a mãe, ocupada tirando a poeira de um móvel. Ela responde com um meio resmungo. Acha que sou responsável pelo que aconteceu, penso eu. Imagine se soubesse a verdade...

Marti vem falar comigo na entrada.

— Está tudo bem? — pergunta. — Naomi está muito estranha.

Parece preocupada. Acho que, entre festas e encrencas, nunca viu a irmã voltar daquele jeito.

— Espero que sim — respondo.

Saio daquela casa o mais rápido que posso. Só depois lembro que podia ter pedido a Marti mais alguns detalhes sobre o que viu na piscina, quer dizer, sobre Morgan e Adam. Mas não tenho coragem de voltar.

— Como é que foi tudo? — pergunta Morgan quando saio pela porta do prédio.

— Acho foi tudo bem. Só estava a mãe, furiosa porque não avisamos ontem à noite, mas... tudo normal.

— E os cortes?

— Estava tão ocupada reclamando que não notou.

— Não estranhou nem o cabelo?

— Não.

— Melhor assim. Naomi deve estar mal, pobrezinha.

— Pois é — digo.

— Não disse uma palavra no carro.

— Foi a sua presença. Por um lado, está muito agradecida pela ajuda, por outro, sente vergonha.

— Entendo, mas não direi uma palavra a ninguém.

— Nem a Adam?

Não sei por que fui dizer isso, as palavras saíram de minha boca sem que conseguisse impedir.

— Por que está falando de Adam?

— Tive a impressão de que eram amigos.

— É só um conhecido.

Não pergunto mais nada, nem ele dá maiores explicações.

Mãos nos bolsos, caminhamos um ao lado do outro até o carro.

Protegi Naomi do olhar indagador de sua mãe. Seus pais não sabem e não devem saber nada sobre o que aconteceu realmente. O pai é um advogado implacável e deixaria a cidade em polvorosa, com ações legais contra qualquer amigo da filha. Inclusive eu, nesse caso. A mãe, típica dona de casa insatisfeita, pegaria no pé da filha até enlouquecê-la. O resultado seria um deus nos acuda completamente inútil, além do risco de perder de vista os pontos que realmente precisam ser esclarecidos: Tito, ou os amigos de Tito, e tudo o que aconteceu naquela festa ou depois dela.

Vejo rostos deslizando diante de meus olhos, como fotos de identidade.

Estou exausta.

— Posso levá-la para casa? — pergunta Morgan.

Aceito sem hesitar.

Pela primeira vez desde que essa história horrível começou, consigo ficar suficientemente lúcida para examinar o carro de Morgan. É pequeno e esportivo, com uma forma afuselada e agressiva.

— É preto ou azul-marinho? — pergunto.

— Azul-marinho, como a noite.

— Como a escuridão.

— É, como a escuridão.

Quando chegamos diante de meu prédio, Morgan desce do carro e vem abrir a porta para mim. É a primeira vez que alguém me faz um gesto assim. Mas estou agitada demais para apreciar devidamente.

— Está se sentindo bem? — pergunta ele.

— Sim, por quê?

— Não falou nada a viagem inteira.

— É mesmo? Nem reparei.

— Está pensando demais.

— Não consigo evitar. Não posso desligar o cérebro. — Bato com os dedos na cabeça.

— Tudo vai voltar ao normal, não se preocupe.

Esboço um sorriso. Não sei por quê, mas tenho a sensação de que ele entende perfeitamente o que sinto. Dou uma olhada à triste fachada de cimento do meu edifício.

— Tenho que ir agora... Obrigada por tudo.

Morgan se aproxima de mim. Fico imóvel.

Mergulha os olhos dentro dos meus, como se estivesse buscando em mim a confirmação de alguma coisa que lhe passou pela cabeça.

Aproxima seu rosto do meu. Mais do que nunca.

Estou petrificada.

Depois ergue a mão e, com uma delicadeza infinita, sem parar de olhar para mim, percorre com a ponta dos dedos frios um lado de minha testa, na têmpora, deslizando lentamente sobre meu rosto até o queixo. Estremeço.

— Descanse. Parece muito cansada.

Observo o movimento de seu lábios enquanto fala. Sua boca me hipnotiza. Sinto o contato de seus dedos, mas não me incomoda. Consigo suportá-lo. Para dizer a verdade, quero que continue.

— Obrigada, de novo — é só o que consigo dizer, antes de dar meia-volta e entrar pelo portão adentro.

Chamo o elevador, depois me viro.

Através do vidro da porta, vejo que vai até o carro, entra, cumprimenta com a mão uma última vez e desaparece do meu campo de visão.

Sinto que está cada vez mais próximo. E cada vez mais misterioso.

31

Naomi está deitada no divã de tecido verde. Está com os olhos fechados. Parece dormir. O dr. Mahl, 1,70m de altura, dos quais pelo menos 10 centímetros são ocupados por uma massa de cabelos louros e encaracolados, está sentado numa cadeira a seu lado. Tem dedos longos e afilados que se movem no ar, acompanhando sua voz. Fala num tom pacato e monótono, parece recitar uma espécie de mantra. Sua técnica funciona, pois as pálpebras de Naomi começam a vibrar, como se fossem percorridas por descargas elétricas.

Estou sentada numa cadeira, afastada. Em princípio, não deveria nem estar naquela sala, mas depois que expliquei ao dr. Mahl as circunstâncias que nos levaram até ele, sem esquecer minhas suspeitas a respeito de Tito e de sua festa, ele permitiu que assistisse, desde que ficasse em completo silêncio. Diz que é importante que Naomi tenha uma figura de referência com quem possa conversar durante o tratamento. E que essa figura poderia ser eu. Tenho que ficar imóvel, sem um suspiro. O que não é difícil para mim. Dominada, aliás, pelo ritmo de suas palavras, tenho que me esforçar para não adormecer também.

— Naomi, estou segurando sua mão. Está sentindo? — diz o dr. Mahl.

Ela faz que sim com a cabeça, murmurando alguma coisa.

— Estamos indo para algum lugar. Para onde está me levando?

— Vamos à fffesta...

— Festa de quem?

— Te... tem um baaar.

— E com quem você está?

— Com Tito.

— E quem é Tito?
— Um amiiigo meeeu.
— É só amigo mesmo?
Naomi balança a cabeça.
— É seu novo namorado?
Ela balança a cabeça mais violentamente ainda.
— Certo. Vamos então. Vamos passar primeiro no bar.
Naomi estremece.
— Está muito frio hoje à noite, não?
Ela concorda, sem parar de tremer.
— Vista a minha jaqueta. Vai melhorar.
Naomi relaxa e o tremor desaparece.
— Agora, podemos sair do bar... para onde iremos?
— Para a festaaaa.
— Chegamos à festa. Está gostando?
Naomi faz que sim.
— Quer beber alguma coisa?
— Ti...to.
— Tito está trazendo bebidas para você?
Naomi concorda.
— Que bebida?
— Gim-tônica.
— E quantos são?
Naomi abre a palma da mão diante de si.
— Cinco gins-tônicas... Vai beber todas elas?
Naomi balança a cabeça.
— Quantas você bebeu?
Mostra dois dedos da mão.
Muito bem, penso. Não é tão boba quanto pensei.
— São boas? — continua o médico.
Balança novamente.
— Sua cabeça está girando?
Naomi fica séria. Depois começa a se agitar.
— Não! Não! Não! — repete gritando. E recomeça a tremer.
— Está com frio novamente?
— Não! Agulha, não!

— Alguém trouxe uma seringa?

Faz que sim.

— Minhas roooupas.

— O que houve com suas roupas?

— As roupas!

— Alguém está tirando a sua roupa?

— Hum, hum.

— Quem, Naomi?

— Ahhhhhh.

Assisto à cena petrificada.

— Quem são eles?

— Ti...to.

— Está sozinho?

Faz que não com a cabeça.

— Quantos são?

Abre a palma da mão.

— Cinco.

Naomi salta como se evitasse um ataque.

— O que estão fazendo?

Naomi se esquiva de um segundo golpe.

— Estão armados?

Não se mexe.

— Um revólver?

Balança a cabeça.

— Uma faca.

Sacode a cabeça com mais força. Depois se retrai; de repente, abandona a mão do médico e ergue os dois indicadores unidos em cruz diante de seu rosto.

— É um crucifixo?

Confirma novamente, se contorcendo como um peixe na rede.

O que tem um crucifixo com isso tudo?

O dr. Mahl segura sua mão outra vez.

— Uhhhhh!

— O que estão fazendo?

— Está queimaaaando!

— Cigarro? Estão queimando você, Naomi?

Naomi grita. E depois começa a chorar.

Ao vê-la se contorcendo no divã, entendo que está revivendo a mesmíssima dor que sentiu naquela noite. Levanto para dar um basta naquilo.

O dr. Mahl olha para mim com o rabo do olho e faz um sinal com a mão livre para me deter. A outra está sempre com a de Naomi.

Agora ele acaricia sua testa suada.

— Você está sendo tocada por muitas mãos?

Naomi faz que sim.

Eu estremeço.

— Alguém... está abusando... de você?

O corpo de Naomi vibra como uma vela batida pelo vento. Tem as pernas afastadas e os braços abertos. Não abandona a mão do médico nem por um instante.

Sofro em silêncio.

Em seguida, lentamente, Naomi se enrosca sobre o divã.

Como um bebê que ainda vai nascer. Que espera renascer. Estava nessa posição quando a encontrei na frente da igreja. Enrodilhada sobre si mesma.

O dr. Mahl acaricia sua testa.

— Parou de queimar, Naomi. Está sentindo? Viu? Acabou, tudo acabou.

Pouco a pouco, ela parece se acalmar. Em seguida, o médico diz alguma coisa. Começa a recitar seu mantra. É estranho... tem um quê de religioso, mais do que médico.

Tenta afugentar alguma coisa, afastá-la.

— Amanheceu finalmente, é hora de acordar — diz ele com doçura.

Muito devagar, Naomi abre os olhos banhados de lágrimas.

— Onde estou?

— No meu consultório, querida.

O médico sorri para ela.

— Preciso ir ao banheiro.

— Claro. Siga pelo corredor. É a primeira porta à direita.

Quando Naomi sai, o médico me chama mais perto.

— O que o senhor achou?

— Foi tudo bem. Ela vai se lembrar com o tempo.

— Tem certeza?

— Certa mesmo, só a morte, minha cara. Mas estou esperançoso. Gostaria, porém, de conversar sobre uma outra coisa — diz ele em tom grave.

Ouço em silêncio.

— Temo que sua amiga tenha sido vítima de uma seita satanista. O crucifixo, as torturas, a droga, a violência em grupo são sinais importantes, embora não definitivos. O mundo está cheio de imbecis. Mas, por enquanto, é melhor não dizer nada a ninguém. Por favor. Sobretudo a ela. Seria muito danoso para o seu equilíbrio.

Equilíbrio, equilíbrio. Coisa difícil de se manter.

— Uma seita satanista?

O médico confirma.

— Infelizmente, é um fenômeno que vem crescendo na cidade. Sobretudo entre os jovens.

Penso nos assassinatos que descrevi. Na brutal ritualidade com que as pobres vítimas foram mortas.

— Tem uma coisa que gostaria de perguntar.

— Pode falar...

— Na sua opinião, é possível sonhar com alguma coisa que depois acontece de verdade?

— Claro, pode acontecer. São chamados de sonhos premonitórios.

— E como se explica isso?

— Algumas pessoas falam de uma espécie de telepatia.

— Telepatia?

— Sim, uma conexão entre mentes humanas. Muitas vezes, tudo se desencadeia a partir de um evento traumático. Um acidente, por exemplo.

— Um acidente?

— Exatamente. Como o que você sofreu. — O médico olha para mim com ar interrogativo. Não movo um músculo sequer do rosto. Aprendi nas sessões com ele a não deixar escapar nada.

No fim, ele parece rendido.

— Se o assunto a interessa, posso emprestar um livro que expõe uma teoria muito interessante a respeito disso. Não sou especialista no tema, mas encontrei nesse livro algumas observações dignas de nota.

— Ótimo, obrigada.

— É para um trabalho da escola?

— É, um trabalho — minto.

O dr. Mahl se levanta e pega na estante às suas costas um volume marrom com o título em ouro: *Sonhar é Sobreviver*.

Passa o livro para mim.

— Encontrará aqui tudo o que precisa saber.

Coloco o livro na mochila de modo que Naomi não veja.

Ela retorna do banheiro naquele exato instante.

O médico lhe oferece um copo d'água, que ela bebe com avidez. Em seguida, marca a próxima consulta e se despede.

— O que houve? O que eu disse? — pergunta Naomi assim que saímos.

— Foi tudo bem, Naomi. Tudo certo — tranquilizo.

Estou mentindo. De novo.

Sinto um medo horrível. E não paro um instante de pensar no livro dentro de minha mochila.

32

Acompanho Naomi até sua casa. É melhor que não ande sozinha por aí.

Quando saio do prédio amarelo, Morgan me espera perto do portão. Não fico muito surpresa: falei com ele sobre a consulta com o dr. Mahl e imaginei que viria até aqui logo depois. Gosto de revê-lo. Como sempre, está vestido de escuro e, como sempre, é misteriosamente fascinante. Mas preferia me matar a deixar que percebesse isso.

— Oi — diz ele.

— Oi. Não esperava encontrá-lo. — Nem eu sei por que estou mentindo.

— É mesmo?

Trocamos um olhar cúmplice.

— E Naomi, como está?

— Não sei o que dizer. Nem parece ser a mesma pessoa que conheci.

— A consulta com o psiquiatra foi boa?

— Acho que sim. Ele a hipnotizou e fez algumas perguntas.

— E...

Falo alguma coisa a respeito da droga e da confirmação das suspeitas do médico do hospital. Não entro em detalhes sobre o que descobrimos, não falo da violência em grupo que Naomi recordou. Essa dor é só dela.

— O que vai fazer?

— Nada, não posso fazer nada. Preciso pensar.

Morgan não comenta.

— Com certeza, Naomi tem que denunciar a violência que sofreu.

— Mas primeiro tem que se lembrar detalhadamente.

— O dr. Mahl tem certeza de que vai lembrar. E assim que lembrar de tudo, nomes, circunstâncias, locais, vou convencê-la a ir à polícia. Tito tem que pagar.

Morgan concorda sem muita convicção:

— A polícia — murmura. Não parece ter muita confiança nas autoridades. Outro anarquista como Agatha?

De repente, apoia as mãos em meus ombros e me detém. Tem uma pegada firme, quase dura.

— Fique afastada dessa gente, Alma. Promete? — Consigo me soltar e suas mãos caem ao lado do corpo.

— Sei cuidar de mim mesma, não precisa se preocupar.

— Mas se precisar conversar com alguém...

— Não. Não vou precisar.

Por um lado, seu interesse me envaidece, por outro, sinto nele uma curiosidade que ultrapassa o caso de Naomi. Algo que me incomoda. É como se precisasse esconder dele os meus segredos: o caderno, os assassinatos que descrevo, o terror que me assalta quando releio palavras que não me lembro de ter escrito.

Talvez eu também devesse cuidar da cuca. Mas não confio nele o suficiente. Prefiro contar apenas com minhas próprias forças para descobrir as relações entre esses fatos horríveis. Porque, nesse momento, estou achando que essa ligação sou eu. Preciso saber o que está acontecendo, qual é o meu papel nisso tudo. Não posso continuar a ser uma simples marionete do acaso.

Um dor aguda transpassa minha cabeça.

Assim que chego em casa, deslizo silenciosa para o meu quarto e me fecho lá dentro. Pego a mochila e retiro o livro marrom que o médico me deu.

Com a mão direita, acaricio a capa e com o indicador sigo o perfil das letras douradas que compõem o título.

Sonhar é Sobreviver: o que significa isso?

Abro e começo a ler:

"... Sonhar é como respirar, dormir e comer. É uma ação que todo ser humano realiza desde o nascimento, sem que precise ser ensinado.

Se não respirarmos, comermos e dormirmos, estaremos colocando nossa vida em risco. E se não sonharmos?

Estudiosos ilustres tentaram dar uma resposta a esta questão, mas até hoje ninguém descobriu se e como é possível regular os sonhos, controlá-los. Podemos decidir se e quando cumprir cada uma das ações vitais que citamos acima, mas não podemos decidir se e sobretudo o que sonhar. De fato, o sonho está ligado ao inconsciente, ou seja, à parte mais profunda e menos controlável de cada um de nós."

Acho que, se pudesse controlar os sonhos, minha vida estaria resolvida. Continuo a leitura, saltando alguns trechos.

"... de que modo, portanto, os sonhos são importantes para a vida dos seres humanos? Vejamos o caso dos animais, que é um exemplo útil para explicar o quanto os sonhos são fundamentais para a sobrevivência.

... Muitas espécies de animais são capazes de prever, com antecedência de até alguns dias, grandes cataclismas naturais que poderiam afetar sua sobrevivência. Nestes casos, é o instinto que os coloca em contato direto com o mundo geofísico em que vivem. Percebem o perigo através dele, pois disso depende a sua vida ou a sua morte.

No caso dos seres humanos, ao contrário, poderíamos levantar a hipótese de que o vínculo gerador de sinais e alarmes fundamentais para a própria sobrevivência não se estabelece com a natureza, que atualmente as sociedades civilizadas condicionam e governam a seu bel-prazer, mas com os seus semelhantes, pois é das ações de cada indivíduo que depende o bem-estar dos outros. Neste sentido, é possível explicar, pelo menos parcialmente, a telepatia, ou seja, a conexão de pensamentos entre seres humanos. As pessoas entram em contato por um objetivo comum: passar informações úteis à sobrevivência comum."

Interessante, penso eu. Folheio as páginas seguintes e paro no capítulo intitulado *"O que são os sonhos premonitórios?"*

"Os sonhos premonitórios constituem um outro instrumento através do qual o ser humano é avisado de um perigo ou de um evento positivo capaz de influenciar sua existência. Sonhamos com parentes, conhecidos, pessoas vivas ou mortas com as quais a mente entra em contato num nível inconsciente."

É exatamente isso! Visualizo um perigo. Mas o que ele tem a ver comigo? Por que eu?

"... O sonho, ao contrário do pensamento, não exige um estado de vigília. Não se pensa enquanto se dorme, mas está comprovado que se sonha até em estado de coma. Mas, então, onde têm origem os sonhos? Até hoje, ninguém conseguiu dar uma resposta a esta pergunta. Só podemos levantar hipóteses sobre o que seria o sonho premonitório: a capacidade da atividade mental onírica de captar, de modo mais ou menos claro, alguns acontecimentos do futuro próximo que nos dizem respeito."

— Alma! O jantar está na mesa! — chama Jenna.

Fecho o livro com a cabeça cheia de mil pensamentos. Agora sei que os sonhos premonitórios existem, que alguém está estudando o fenômeno da conexão entre as mentes. Mas por que sonho e depois descrevo assassinatos nos quais não estou diretamente envolvida? E com quem está conectado o meu inconsciente, ou a minha mente?

33

São seis da manhã. Ainda é cedo, mas seria o terceiro dia seguido em que Halle renunciaria à sua corrida matinal. Desde que lhe ofereceram o cargo de responsável pela revista, as horas parecem não ser suficientes. Assim, levanta e, ainda cheia de sono, enfia a bermuda. Dá uma olhadela para fora da janela de seu luxuoso apartamento no 34º andar de um dos arranha-céus mais bonitos da cidade, totalmente revestido de vidros espelhados, voltado para o Parque Norte. Um névoa densa envolve todas as coisas abaixo dela. Acima, o céu ainda está escuro.

Pega um par de luvas, um fone e o MP3, enfia os tênis e sai.

A entrada do parque fica a um quarteirão do edifício. Halle corre em ritmo constante: precisa recuperar a forma física. A seu redor, apenas uma parede de névoa, da qual despontam algumas árvores esqueléticas. A cada passo, relembra as paisagens exóticas de sua última viagem com ele. Depois, na volta, a ruptura, a solidão, o silêncio e, enfim, a promoção, o sucesso que salvou sua vida. Halle corre e pensa no passado e no presente. Nunca se preocupa com o futuro. Nunca mais. Olha direto para a frente, concentrando toda a energia no esforço físico. Ouve uma de suas canções preferidas e aumenta o ritmo da passada. Sente-se forte e poderosa. Logo veria o lago artificial que ocupa o centro do parque. As luzes dos postes compõem estranhas figuras que se alongam na névoa úmida e penetrante. Formas vagamente inquietantes, que parecem querer agarrá-la. Entre uma passada e outra, suas costas suadas são percorridas por um arrepio que se cola em sua pele como uma longa serpente gelada.

Em seguida, numa fração de segundo, se vê no chão. Está sem fôlego. Seu coração parece querer explodir no peito. Ralou um dos joelhos. Mais do que qualquer outra coisa, está assustada. Vira para trás tentando ver em que poderia ter tropeçado. Percebe um galho enorme bem no meio da trilha que estava percorrendo. Algum dos jardineiros que trabalham no parque deve ter deixado cair. E ela, totalmente absorta em seus pensamentos, não viu. Sorri de seus temores e levanta. Uma dor surda, pulsante, irradia do joelho. Nada de grave. Mas precisa voltar para se medicar. A névoa é úmida sobre sua pele. A música nos ouvidos se torna mais invasiva. A respiração sai de sua boca como o vapor ácido de uma chaminé. Halle levanta e tenta descarregar seu peso sobre o joelho. Não tem medo. Pode continuar. Mas, naquele momento, uma mão enluvada desponta da névoa atrás dela. Agarra o pescoço delicado de Halle. E sua respiração para de fluir.

34

Está escuro. Massageio meu pescoço. Ainda sinto as mãos me apertando. O cheiro das luvas de couro. A umidade da névoa. Meu joelho dói e não consigo respirar.

Estou em minha cama. Enrolada nas cobertas, como um faraó em seu sarcófago. Felizmente, foi apenas um sonho, embora parecesse tão verdadeiro.

Acendo o abajur e olho a hora no despertador: vinte para as seis. Dormi dez horas seguidas, mas me sinto arrasada. Deixo que a lembrança de meu último pesadelo se dissolva pouco a pouco, continuo a massagear o pescoço e o joelho, respiro mais calmamente e aproveito o calor da cama. A luz do abajur projeta um grande círculo no teto que me ajuda a relaxar.

Sim, era somente um pesadelo. Talvez sugestionado por minhas leituras.

Em seguida, um mau pressentimento toma conta de mim.

Tenho medo, mas afinal encontro coragem suficiente para afastar as cobertas e sair da cama. De fato, lá está ele, exatamente onde imaginei, aberto de cabeça para baixo no chão. O caderno roxo está bem ali.

Volto a me enrodilhar sob as cobertas, apavorada. As cantigas de ninar que Jenna canta para Lina dormir me vêm à mente. Dizem que enquanto estiver dormindo em sua caminha, ninguém poderá tocá-la, ninguém poderá feri-la. Lina acredita e dorme, como se os lençóis fossem a mais poderosa das armaduras. Jenna nunca cantou para mim. Ou se o fez, não lembro. Minha armadura, tenho que construí-la sozinha.

Fixo o círculo de luz no teto até os olhos lacrimejarem, depois vejo que não tenho escolha: tenho que enfrentar meus medos, mesmo os piores. Minha mão treme, mas consigo pegar o caderno e abri-lo. A caneta-tinteiro de aço também está lá, entre as folhas. Folheio as páginas cor de madrepérola. Pronto: novas letras, novas palavras, novas linhas. Começo a ler. Dessa vez é uma mulher. Halle. Sigo sua corrida no parque com atenção, palavra por palavra. O pescoço. A mão enluvada que o aperta.

Minha respiração fica bloqueada na garganta.

Por quê?, pergunto desesperada. Por que isso está acontecendo comigo? E antes de tudo, o que é... *isso*?

Quem é Halle? O que faz? Por que escrevi sobre ela? Por que estava me sentindo... ela? Será que estou em contato mental com um assassino? O assassino do publicitário Alek, do engenheiro Giulian e de... Halle?

Talvez seja isso.

Estou na mente do assassino.

Sou a mente do assassino.

Sonho com ele.

Tem luvas de pelica.

E...

Engulo em seco, sem saliva. Minha garganta parece de vidro. A cabeça lança apelos distantes, como de uma dor louca que já passou. Não sei o que fazer. O único pensamento de que isso que acabei de ler no caderno aconteceu ou esteja para acontecer ou venha a acontecer gela o sangue em minhas veias.

Alek. Giulian. Halle.

A montanha-russa.

O que Halle tem a ver com a montanha-russa?

Queria gritar, fugir, não existir. Por que eu?, continuo a repetir comigo mesma. O que estão fazendo comigo?

E quem é... que fala... em minha cabeça?

Fecho o caderno e o examino. Rememoro o dia em que o comprei, a necessidade repentina e injustificada que senti de possuí-lo. Que papel tem esse caderno nisso tudo? E o homem-anjo?

Escondo o caderno sob os lençóis e vou para o banheiro. Preciso de uma chuveirada. Sob o jato d'água me vejo chorando, como nunca chorei antes em minha vida. Alma não chora. Eu, sim. Mas quem sou eu? As lágrimas derretem minha couraça, como vinagre sobre o calcário. O vapor embaça os vidros do box. Não me reconheço mais: onde foi parar minha segurança, minha agressividade na hora de enfrentar os problemas? Sempre superei as dificuldades, mas agora estou diante de algo que é maior que eu, algo que é imenso, que pode me esmagar.

Depois de ter escrito o primeiro conto, iludi-me que se tratasse de um horrível engano, de uma obscura coincidência do destino, de uma brincadeira cruel do meu sonambulismo. Mas agora não posso mais fingir que não é nada. Alguém ou alguma coisa está me atraindo para sua armadilha de horrores. Sinto como se fosse uma marionete em suas mãos de morte.

Existe um senhor dos sonhos? Ou dos pesadelos?

Uma criatura que controla os sonâmbulos?

Relaxo embaixo da cascata de água. Seu jato quente me acalma, clareia meus pensamentos, lava a crosta de medo e me deixa apenas com uma terrível certeza: preciso enfrentar essa situação, seja ela o que for. E o único modo de fazê-lo que me vem à cabeça é ir ao local do crime.

Preciso senti-lo a meu redor.

35

Saio de casa alguns minutos depois das sete.

Chove. Não há névoa. Portanto, talvez ainda tenha tempo. Talvez não tenha acontecido.

Halle.

Levanto o capuz da jaqueta e caminho rapidamente ao longo da rua arborizada, até o ponto do ônibus.

As lojas estão fechadas. Chego no barzinho de sempre. Está aberto e entro. Os jornais ainda não chegaram e, de qualquer maneira, não teriam tido tempo de noticiar um eventual homicídio. Olho para a grande tela plana de uma televisão pendurada na parede ao lado do balcão, em que nunca tinha reparado antes no meio da multidão de gente que enche o bar para o café da manhã. Mas agora, no silêncio, ouço as primeiras notícias. Não falam de assassinatos. Talvez realmente não tenha acontecido nada. Peço um simples leite quente e já no primeiro gole sinto uma agradável moleza se espalhar por todo o meu corpo.

Atrás do balcão, há um homem de meia-idade com olhos, pele e cabelos escuros, que nunca tinha visto. O rapazinho de sempre não está lá essa manhã.

— Que horas são? — pergunto.

— Sete e vinte — responde ele sem parar de carregar a pequena máquina de lavar pratos colocada atrás do balcão. Vira de costas e nem me olha nos olhos.

É cedo demais para ir para a escola, portanto resolvo pegar um ônibus e pensar no que fazer no caminho.

Uma vez a bordo, minha mente vagueia pela paisagem impregnada de água fora da janela. Talvez eu realmente possua uma espécie de...

vidência. Talvez meus sonhos antecipem a realidade. Talvez tenha um dom... e precise aprender a usá-lo. Poderia tê-lo recebido depois do acidente de carro do qual escapei praticamente ilesa, como diz o dr. Mahl. Em lugar do choque, do trauma, agora tenho... isso.

Escrevo sobre assassinatos distantes, enquanto eles estão acontecendo. Ou pouco antes disso.

Oh, não.

Não quero pensar que seja isso. Não posso acreditar. Certa vez, comecei a ler um livro que falava de um pintor sem um braço que pintava coisas que em seguida aconteciam. Nem me lembro do título, pois me pareceu uma história ridícula. E nunca acabei de ler.

Desço num ponto no centro e resolvo ir à papelaria. Sei que ainda estará fechada, mas quero dar uma olhada. Talvez tenha perdido algum detalhe importante. Levanto o capuz da jaqueta sobre a cabeça e rumo para lá. Quando chego à vitrine, as luzes estão apagadas e dou de cara com a porta de ferro abaixada, cobrindo a entrada.

Vista assim, a loja poderia vender qualquer coisa.

— Claro — repito para mim mesma em voz alta —, são apenas as minhas fantasias idiotas. — O que um homem tão gentil como aquele poderia ter a ver com os assassinatos? O fato de ter comprado dele o caderno e a caneta só pode ser uma coincidência banal. É só uma papelaria, como tantas outras.

Dou meia-volta em direção ao ponto de ônibus. Mas uma sensação estranha me assalta de repente, como se atrás da vitrine escura da papelaria alguém estivesse me espreitando. Viro rapidamente e, através da cortina de chuva, tenho a impressão de vislumbrar um movimento.

Volto para lá correndo. Gotas compactas e rápidas como projéteis pontilham as poças d'água.

Quando chego perto, tento espiar o interior. A sala está mergulhada na penumbra. Tudo parece imóvel e deserto.

Mas é como se ainda pudessem reabrir.

É pura coincidência, penso comigo mesma, caminhando novamente para o ponto de ônibus.

Enquanto espero, procuro abrigo sob a marquise metálica de uma loja. De tanto em tanto, dou uma olhadinha na papelaria, mas não noto mais nenhum movimento. Acabo me convencendo de que era só imaginação minha. Talvez tenha imaginado coisas que nunca acontecerão. Talvez dessa vez não ocorra nenhum assassinato.

Meu conto se interrompe no momento em que a mão enluvada agarra o pescoço da moça. Quem sabe não conseguirá fugir? Talvez o assassino não quisesse matar dessa vez.

Tenho certeza de que Halle sai de casa às seis da manhã. Um homem se coloca a meu lado, também à espera do ônibus. Pergunto a hora. Responde que são oito. Depois noto que tem um jornal debaixo do braço. Não, repito comigo mesma, sacudindo a cabeça, é cedo demais para que a notícia já tenha saído no jornal. Os jornais são impressos à noite por gigantescas rotativas que trabalham na escuridão. Os jornais viajam de noite, em estradas silenciosas. Chegam às bancas ao amanhecer, com as páginas fumegantes de chumbo.

Às seis.

Se aconteceu hoje, ela já poderia ter sido encontrada.

Do contrário, pode ser que só aconteça amanhã.

Quem é Halle?

Os únicos pormenores que sei estavam em minha própria história: mora num quarteirão do Parque Norte.

Penso um segundo. Claro. Halle mora no luxuoso bairro residencial dos arranha-céus altíssimos, só vidro e cristais, que dá para o parque.

Só há um modo de descobrir se meu pesadelo é real: ir ao Parque Norte. Mas não agora: seria tarde demais se o crime já tivesse acontecido e cedo demais se o dia marcado fosse amanhã.

Vou para a escola. É a única coisa que posso fazer.

36

Naomi não está na escola. Ligo para sua casa no intervalo. Sua mãe atende:

— Naomi está gripada — diz ela. — Ainda está dormindo.

Sei que não é verdade. Sei que a terapia do dr. Mahl é pesada e difícil. Não fui mais com ela depois da primeira sessão. O médico acha que Naomi já pode fazer isso sozinha, que precisa dispensar minha presença, mas ela me mantém atualizada sobre seus progressos. Infelizmente, porém, eles são lentos, enquanto todo o resto voa muito rápido: os assassinatos, por exemplo.

Quando desligo o telefone, me sinto sufocar. Tenho a sensação de que a história de Naomi não vai demorar para explodir em nossas mãos. E não serei capaz de administrar mais essa. Não sozinha. Preciso de ajuda. Atravesso os corredores à procura de Morgan. Térreo. Primeiro andar. Laboratório de ciências. Ali encontro finalmente alguém com quem posso conversar.

— Professor K?

Ele se vira, apontando para mim suas lentes escuras. Veste um jaleco branco e um longo avental, luvas e máscara. É evidente que está trabalhando com substâncias tóxicas.

— Bom dia, senhorita Alma. Não se aproxime, por favor — diz ele com a voz abafada pela máscara.

Fico na porta.

— O que posso fazer por você?

— Encontrou com Morgan, por acaso? Sabe onde ele está?

O Professor K dá alguns passos em minha direção e abaixa a máscara até o pescoço. Apesar da lentidão de seus gestos, trai um certo espanto.

— Imagino que esteja na aula.

— Estamos no intervalo, professor.

— Então deve estar pelos corredores ou lá fora, tomando um pouco de ar.

Fala de Morgan como se não o conhecesse muito bem.

— Certo, vou tentar no pátio. Obrigada.

— Até mais ver, senhorita Alma.

E assim, sigo para a saída. Os rostos de meus colegas de escola desfilam a meu redor como se fossem figurinhas. Droga! Todas as vezes em que não esperava encontrá-lo, Morgan aparecia de não sei onde atrás de mim, me olhando. Agora...

O intervalo já está quase terminando quando chego ao pátio e o vejo. Está de costas, apoiado no portão. Está falando com uma menina que nunca tinha visto antes. Não é da nossa escola. É alta e decididamente bonita, com cabelos escuros e encaracolados. Sinto uma leve pontada de ciúme. Paro na soleira da porta. Estou longe demais para ouvir o que dizem. O som da campainha leva todos nós de volta aos seus deveres. A menina vai embora e Morgan caminha em minha direção.

Enfio as mãos nos bolsos e dou dois passos para trás.

— Ei, aonde vai? Está fugindo de mim?

Se ele soubesse de quantas coisas queria fugir...

— Deveria?

— Eu diria que não. Estava procurando por mim?

— Não, só tomando um pouco de ar.

— Dia pesado?

— É.

Não quero perguntar quem era a misteriosa menina com quem falava. Não devo.

— Venho muito ao pátio quando quero ficar tranquilo. Posso lhe mostrar uma coisa?

Estou vendo que hoje está mais alegre que o normal. Mérito da nova amiga?

Sacudo a cabeça.

— Não é o momento.

— Aconteceu alguma coisa? Naomi?

— Não veio à escola hoje.

— Espero que não tenha acontecido nada...

— Se não segurar a barra, os pais vão perceber. E se descobrirem alguma coisa, todos nós corremos o risco de acabar encrencados...

— O problema não somos nós, Alma. O problema é ela. Sua sáude.

Olho para ele. Sinto-me quase perturbada diante daqueles olhos indagadores, cuja cor violeta parece ainda mais intensa.

— Eu sei... Não é isso que queria dizer. — Estou me sentindo uma idiota por ter vindo procurá-lo.

Por sorte, não faz mais perguntas. Talvez tenha entendido o sentido de minhas palavras. Talvez estejamos outra vez em sintonia.

Não há mais ninguém a nosso redor. Todos retornaram às salas de aula.

— É melhor irmos. Tenho educação física, e você?

— História. Tenho que me apressar — respondo.

Na entrada, nos separamos. Subo a escada rapidamente, ele vira à direita em direção ao ginásio.

Mas ao passar diante da porta do laboratório de ciências, noto uma coisa estranha: Agatha, na entrada, com um frasco de vidro na mão. Quando me vê, disfarça e esconde o vidrinho dentro da mochila. A seringa que vi em sua casa algum tempo atrás volta à minha mente.

O modo de agir de Agatha tem um quê de conspiratório. Não me agrada. Talvez esteja ficando paranoica, mas tenho realmente um mau pressentimento.

Chega junto de mim.

— Oi.

Não diz nada. Apressamos o passo até o andar de cima, até a sala de aula.

— O que estava fazendo no laboratório?

Ajeita a mochila.

— Nada, conferindo uma fórmula para a pesquisa.

— Que pesquisa?

— A pesquisa que o Professor K me pediu.

— E o frasco?

— Ele que me deu. Mas por que tantas perguntas?

— Pura curiosidade. O professor ainda estava no laboratório?

— Estava, por quê?

— Preciso lhe perguntar uma coisa. Pode ir que vou depois.

Quero saber que tipo de pesquisa o professor pediu a Agatha e por que só a ela.

— Não, Alma...

Ainda tenta me deter, mas já estou descendo para o primeiro andar.

Enfio a cabeça no laboratório: deserto. Agatha está mentindo. Por quê?

Sei que é completamente inútil pedir explicações. Não vai dizer nada. Portanto, quando volto para a sala deixo o assunto morrer.

A verdade é que ambas escondemos coisas uma da outra. Mas ela não tem como saber disso — ainda.

37

— Alma?

A voz de Jenna chamando do corredor penetra em meu quarto apesar do som no volume máximo. Acabei de voltar da escola e só queria algumas horas de tranquilidade.

— Alma?

— O quê?

Abaixo o volume quando ela já entrou, abrindo a porta com a violência de um tufão.

— Aconteceu uma coisa horrível.

— Que coisa?

— Com Gad.

— O que foi?

— Roubaram o caixa do bar.

A notícia não me surpreende, mas finjo espanto.

— Não?! Quando foi?

— Ontem à noite. Tea estava fechando o restaurante, quando foi agredida na porta e obrigada a entregar as chaves do caixa.

— E como ela está? Ficou ferida?

— Só uma contusão leve. Nada de grave. Mas os desgraçados roubaram a receita de um mês inteiro.

— Coitado do Gad.

— Pois é. Tempos atrás, você veio falar comigo sobre uma história de roubo. Achava que Tea poderia roubar...

Avisei, é verdade. Mas ainda não é hora de desmascarar Tea. Primeiro tenho que tentar usar o que sei a meu favor.

— Falei só por falar. Sabe que não gosto muito de Tea. Sinto muito que tenha acontecido.

— É, não pode ter sido ela. Não ia encenar tudo aquilo.

Mordo a língua para não falar.

— Bem, Gad já denunciou à polícia. Talvez descubram os responsáveis.

— Ah, era mais de um?

— Segundo Tea, eram dois.

Com certeza, dois de seus amiguinhos pouco recomendáveis. Talvez o próprio Tito. Tea deixou que a atingissem para poder encenar uma agressão e, mais tarde, foi se encontrar com os dois desgraçados para comemorar o golpe.

Enfio sapatos e jaqueta e corro para a porta.

— Aonde vai?

— Tenho um encontro, desculpe. Volto logo.

Vou embora e deixo Jenna olhando a porta que se fecha às minhas costas.

Ao que parece, o bar Gustibus continua suas atividades apesar da tragédia que se abateu sobre ele. Pelas vidraças, vejo Gad com seu enorme avental, empenhado em servir alimentos fritos e fumegantes em grandes recipientes forrados de papel absorvente. Pouco depois, Tea aparece atrás do balcão com a maçã do rosto inchada e o lábio superior partido.

Levou as coisas até o fim. Muito bem.

Continua a trabalhar no local depois do furto para não levantar suspeitas. Imagino que ficará mais um pouco antes de abandonar definitivamente o pai ao trabalho e às dívidas.

Entro, deixando os dois de queixo caído: Gad, que só me viu entrar ali arrastada por Jenna, e Tea, que, mesmo que se esforce, não consegue identificar um único motivo para aquela visita a não ser arrumar confusão.

— Alma! Que surpresa...

Apesar dos pesares, Gad me recebe com um sorriso.

— Estava passando por aqui e pensei: por que não aproveitar?

Tea me encara, desconfiada.

— Muito bem. E o que posso lhe oferecer?

— Uns croquetes seria ótimo. E uma água com gás. Obrigada, Gad.

— Sente-se naquela mesa. Tea vai levar o que pediu.

Ela não parece muito entusiasmada.

Poucos minutos depois, os croquetes estão prontos. Tea chega com um prato fumegante e o copo d'água.

— Obrigada. — Meu tom é cortante.

— De nada — responde à altura. Depois faz que vai embora.

— Posso lhe perguntar uma coisa?

Ela para, hesitante, já na defensiva.

— Não tenho muito tempo.

— Só um minuto... Como vai o seu amigo Tito?

— Conhece Tito?

— Não, mas ele conhece uma amiga minha e essa minha amiga no momento não está nada satisfeita por tê-lo conhecido. Tenho a impressão de que Tito andou se comportando muito mal com ela. E posso apostar que você sabe do que estou falando.

Agora o tom é ameaçador.

— E daí?

— Daí que me ensinaram que quem se comporta mal deve ser castigado.

— Chega de história! — Vira as costas, mas agarro seu pulso, obrigando-a a ficar.

— Talvez, se preferir, deva falar do roubo que organizou contra seu próprio pai.

Ela se liberta de minha mão e me lança um olhar carregado de ódio. Sinto sua raiva crescer, misturada ao medo de ser descoberta que talvez nunca a tenha abandonado.

— Não tenho a menor ideia do que você está falando. Não organizei porcaria nenhuma.

Por mais que tente parecer segura de si, percebo a angústia que vibra em sua pele e enrouquece sua voz.

Começo a falar em voz baixa para obrigá-la a se aproximar.

— Você encenou um belo roubo. Parabéns! Todo mundo acreditou, menos eu... Conheço a verdade e sei do que os cretinos dos seus amigos são capazes.

— Não sabe droga nenhuma e se conhecesse mesmo os meus amigos não ia querer se meter conosco.

— Senão? O que poderiam fazer comigo? Me drogar e apagar seus cigarros em mim?

Diante dessas palavras, Tea fica ainda mais tensa, soltando sua raiva como um gás tóxico até que, vazia e esgotada, desaba no banco diante de mim como uma bola sem ar.

— O que quer que eu faça?

— Quero saber onde posso encontrar Tito.

— Não sei mesmo.

— Não é seu amigo?

— É, mas muito pouca gente sabe onde ele mora. Não confia em ninguém.

— Era de se esperar... Ouça — continuo —, por culpa dele uma amiga minha foi parar no hospital e não tem forças nem para aparecer na escola. Passa as tardes entre as paredes de seu quarto e no divã de um "psi".

— Sinto muito.

Não me interessa saber se é sincera.

— Também sinto muito, mas sinto ainda mais que Tito continue fazendo o que bem entende. É um crimonoso e não sei o que mais poderia aprontar ou já andou aprontando.

— Está falando de quê?

— Tea, seus amigos são um bando de desequilibrados que se divertem torturando meninas de bem e arruinando suas vidas para sempre.

Ela inclina a cabeça.

— Sei disso.

— Sabe? E não faz nada?

Ela morde o lábio e continua evitando meu olhar.

— Você é pior que eles.

— Não sabe como as coisas aconteceram — confia ela. — Tito foi a única pessoa que me ajudou quando eu não tinha um tostão e saí de casa.

— Claro. E comprou sua fidelidade.

— Pode ser, mas não tive outra escolha.

— Mas agora tem: tem seu pai e também pode me ajudar a entregá-lo para a polícia antes que ataque novamente. Nunca pensou que

Tito... ou seus amigos... poderiam estar envolvidos nos assassinatos das últimas semanas?

Olha para mim surpresa.

— Acha mesmo que Tito tem algo a ver com isso?

— Por que não? O publicitário foi crucificado e também escolheram um crucifixo para ferir minha amiga.

— Isso não prova nada.

— Talvez, mas não quero descobrir a verdade quando já for tarde demais.

Tea parece refletir, conformada com a ideia de que meus argumentos são melhores que os dela.

— Está bem. Vou fazer o que pede. Mas não pode dizer meu nome e também não pode dizer uma palavra a meu pai. Entendeu? Senão estarei morta.

— Prometo.

— Vamos nos encontrar daqui a uma semana exatamente. — Tea começa a levantar, mas depois crava em mim o seu olhar gélido. — Não brinque comigo.

— Não brinque você.

Com um simples sinal de cabeça, nós nos despedimos.

Olho para meus croquetes, já frios.

Sem que ninguém perceba, enrolo tudo num guardanapo e enfio na mochila.

Tenho certeza de que os bichinhos do parque vão adorar.

38

É estranha a percepção que temos do tempo.

Às vezes, parece infinito, outras não parece suficiente. Mas sobretudo, corre muito rápido justamente quando queremos que um certo momento não chegue nunca.

Passo o dia diante da televisão, mas não há qualquer notícia sobre novos assassinatos.

Cai a noite. E a noite passa.

Quando o despertador toca, dou um pulo da cama. Sinto uma pontada na cabeça, mas tento não dar importância. Visto as roupas que deixei prontas numa cadeira: jeans preto, suéter cinza e minha jaqueta preta. Num dos bolsos, enfio a sinetinha-talismã de Lina. No outro estão o origami em forma de dragão e a caneta-tinteiro. Sempre tive muito orgulho de não ser supersticiosa e não colecionar manias idiotas, mas hoje parece que acredito no poder que certos objetos concentram.

Nosso apartamento está mergulhado num silêncio denso e pesado como um cobertor de inverno. São cinco da manhã. É cedo até para Jenna. Por um instante, me deixo embalar pela calma e penso que seria ótimo se o mundo fosse sempre assim. No fundo, entendo a decisão de Lina de parar de contribuir para a poluição do ar com mais palavras inúteis.

Enquanto reúno coragem para sair, relembro os últimos dias e tenho a sensação de que quase não vivi: não vi nem falei com ninguém de minha família, entrei e saí de casa como uma gata, sem ser vista, sem fazer barulho. Vivendo como Evan: por baixo dos panos. Não aguento mais ter medo. E tenho coisas demais a esconder, incertezas demais para uma cabeça só e um só coração.

Furtivamente, abro a porta de casa, fechada com duas voltas de chave, e saio. Assim que abro a porta do elevador, fico paralisada.

A chuva deu lugar a uma névoa densa.

Sento na última fila do ônibus número 3.

Não consigo mais suportar nem a ideia de ter alguém atrás de mim. Faz frio no ônibus e paira um cheiro de loção pós-barba vencida. Poucos passageiros, todos mergulhados em casacões pesados e também em pensamentos ainda empastados de sono. Há uma mulher, não muito jovem, cujas mãos me chamam atenção, rachadas e cortadas pelo frio e pelo excesso de trabalho. Um pouco mais adiante, um homem de óculos lê com tédio um jornal *free press* deixado por alguém no banco a seu lado. E há uma menina cheia de *piercings* no rosto. De vez em quando, vira e olha na minha direção, como se quisesse puxar conversa. Não é bonita nem feia. Tem algo de estranho, quase ameaçador, no olhar. Para evitar equívocos, enfio os fones nos ouvidos e ligo a música do meu MP3.

O relógio digital acima da cabine do motorista marca 5h45. Passou-se meia hora desde que o ônibus partiu. Dentro de 15 minutos, segundo o que está escrito em meu conto, Halle deve estar saindo de casa. Falta muito pouco. Sinto a tensão subir lenta e implacavelmente, como a seção de sopros da música que estou ouvindo. Aperto um botão e passo para outra música e para a seguinte, em busca de uma melodia suave.

Pouco depois, o nome da próxima parada aparece na tela embaixo do horário: Parque Norte.

Cheguei.

As portas se abrem com um sopro estridente. Fora do ônibus, uma névoa densa e fria, que nas proximidades das árvores parece impenetrável, espera por mim. Tento me orientar como posso, mas não é fácil. Nunca venho a essa parte da cidade, embora fique a menos de dez quarteirões do hospital onde Jenna trabalha e a cerca de 15 da minha escola. O arranha-céu de Halle deve ficar ao sul, onde estou, mas com todo esse nevoeiro não consigo nem vê-lo.

Percorro algumas dezenas de metros e me deparo com ele. As vidraças, o parque em frente... tudo como no conto. Identifico o portão por onde Halle deve sair e espero. Como sempre, não tenho relógio e como sempre, me arrependo. Só espero que tudo termine o mais rápido possível..

O frio úmido penetra em meus ossos, acentuado pelo medo de ter me metido numa encrenca das grossas.

Tento contar os segundos que passam, ouvindo os batimentos de meu coração. Nada acontece. Estou quase me consolando com a esperança de que tudo aquilo não passe de uma maluquice, de uma trágica coincidência que logo cairá no esquecimento.

Em seguida, de repente, ouço um barulho. Uma figura surge em meio à névoa: é uma mulher de bermudas e moletom.

Halle.

Meu coração para.

O mundo para.

Movendo-me como um autômato, trato de me esconder na esquina do prédio e observo a mulher que começa a correr. Está indo para o parque.

Resolvo segui-la, embora minhas pernas vacilem sob meu peso, como se fossem de manteiga.

Também começo a correr. Sinto a respiração ficar mais acelerada e difícil. Abro a jaqueta apesar do frio. Tenho um nó na garganta que não consigo dissolver. Respiro névoa. Uma placa à direita indica o lago. Ouço os passos distantes da mulher na neblina branca e compacta. Tento segui-la, mas meu ritmo diminui. O medo está me paralisando. Faço um esforço para continuar, mas minha cabeça começa a doer e meu corpo deixa de responder. Instintivamente, coloco as mãos nas têmporas, que pulsam como se um martelo pneumático tentasse perfurá-las.

Não posso parar. Em seguida, viro para trás, obedecendo à minha cabeça lancinante e ao instinto de dar meia-volta. Resisto. Preciso... preciso avisá-la!

Dou um passo. Um segundo.

E depois, de repente, ouço o som de um grito destroçado na névoa.

— Não! — grito.

Mas o pavor é grande demais e todas as minhas energias me obrigam a correr dali, para longe, o mais rápido possível. À medida que me afasto do parque e daquele grito, a dor de cabeça e o medo ficam mais suportáveis e o passo mais leve. Agora, quase consigo pensar enquanto corro. Enquanto fujo.

Chego à rua e entro no primeiro ônibus que vejo passar. Não sei para onde estou indo.

Basta que seja longe daqui.

A edição vespertina é como uma condenação. Ela foi encontrada no Parque Norte, esta manhã. Seu corpo pendia do galho de uma árvore: o pescoço estrangulado por uma grossa corda. A polícia, na pessoa do responsável pelas investigações, o tenente Sarl, acredita num ritual assassino.

Mais uma vez, cordas; mais uma vez, um corpo suspenso. Todos começam a falar de uma mesma mão por trás desses homicídios aparentemente diversos. Rumores vindos dos bastidores do Departamento de Polícia levantam até mesmo a hipótese de que a morte do engenheiro não seja suicídio.

Mil pontas de agulha queimam sob minha pele. Estava a um passo do assassino. Se tivesse conseguido chamá-la, se tivesse conseguido detê-la...

Sabia que seria morta.

E não fiz nada para impedir.

As forças me faltam.

É como se minha existência estivesse se desfazendo pouco a pouco num rio de sangue. Minhas amigas se separam, minhas certezas vacilam, meu dia a dia miserável transformou-se em algo que dá medo. Só caos e morte. Sem motivo algum.

Não consigo. É demais para mim. Preciso começar a compreender. Deve haver uma explicação em algum lugar.

Naomi.

Naomi e Tito.

O crucifixo.

Ritual assassino.

Será essa a conexão?

Naomi não quer registrar queixa na polícia, pelo menos por ora. Mas agora tenho a esperança de que Tea possa me ajudar a localizar

Tito. A ideia de que faz parte de um grupo de loucos me parece mais plausível a cada dia que passa. Alguns detalhes me levam a acreditar nisso: estava escrevendo o segundo conto quando Naomi telefonou, interrompendo o fluxo de consciência que é minha comunicação com o assassino. Fui socorrer Naomi não muito longe do Parque de Jogos, local em que aconteceu o homicídio. A montanha-russa, o cartaz publicitário, a árvore do Parque Norte. Sempre lugares altos.

Qual a ligação que pode existir entre Halle e o parque de diversões?

Leio a matéria do jornal e um nome se destaca: tenente Sarl.

Se há uma coisa que estou aprendendo às minhas próprias custas é que as concidências não existem.

Tenente Sarl.

39

Convencer Jenna a fazer alguma coisa para mim sem explicar o motivo é como persuadir um militar a desobedecer às ordens recebidas. Bem cansativo.

Antes mesmo de fazê-lo, as consequências do pedido que farei estão bem claras em minha mente. E sei que a única possibilidade que tenho de obter alguma coisa é bajular Jenna com comportamentos que aumentem minha cotação a seus olhos, tipo arrumar meu quarto, voltar para casa no horário estabelecido e não responder sempre rosnando. Não é fácil, mas já avaliei todas as alternativas: ir à delegacia de polícia e perguntar pelo tenente Sarl, responsável pelas investigações, como uma simples mocinha de 17 anos que, em busca de emoções fortes, coleciona informações sobre uma série de crimes bárbaros; renunciar às notícias de primeira mão e confiar no que dizem os jornais, ou ainda vencer meus medos e investigar sozinha o local do próximo assassinato, levando sempre em conta que não posso saber se, quando e como vai acontecer.

Não tenho alternativas.

Exceto a enésima coincidência: Jenna e o tenente Sarl se conhecem. Ficaram amigos por ocasião do suicídio do pai de Lina e Evan.

Na época, Sarl era um simples policial que se mostrou particularmente gentil com Jenna, ajudando-a num dos momentos mais negros de sua "vida desgraçada", como gostava de dizer. Costumava ligar com uma certa frequência para casa, só para saber como ela estava. Com o tempo, os telefonemas começaram a rarear, mas nunca despareceram completamente. Naquela época, pensei que estivesse apaixonado por Jenna, e talvez não estivesse errada, considerando as atenções que lhe dedicava, mas ela estava muito ocupada lambendo as feridas de seu último fracasso para ver o homem que se escondia embaixo daquele uniforme.

Nos anos que se seguiram à morte do pai de Lina e Evan, a relação de Sarl e Jenna se transformou numa amizade tranquila, cultivada com telefonemas de aniversário, raros convites para jantar e promessas sem substância.

Mas, seja como for, era e ainda é um vínculo. Uma corda que posso tentar puxar. Um salva-vidas no mar de incertezas em que estou naufragando.

O relógio da cozinha aponta as cinco. Jenna cantarola em seu quarto, gozando seu merecidíssimo dia de repouso. Ótimo, penso, está de bom humor.

Com calma, tiro a jaqueta e penduro na entrada. Passo na frente do quarto de Evan: fechado. Aproximo a orelha e não ouço nenhum ruído. Certamente está fora.

Passo a sala, à esquerda, o banheiro, à direita, e paro diante do quarto de Lina. Através da porta entreaberta posso vê-la brincar com suas bonecas no tapete. Invejo sua serenidade. Às vezes, olhando para ela, tenho a impressão de que, em algum lugar daquele silêncio, ela guarda o porquê do suicídio do pai e trata de protegê-lo como um segredo só seu.

No que me diz respeito, não sinto falta alguma de meu pai. Muito pelo contrário, vivo aniversários e datas importantes com receio de um telefonema dele, estéril como um relatório médico, ou, pior ainda, de algum presente patético, tão inadequado que se torna apenas profundamente irritante.

Chego no quarto de Jenna. Minha mãe está de costas para mim, inclinada sobre as gavetas do armário, abertas embaixo dela como bocas a alimentar.

Uma pilha de suéteres e vários pares de calças estão estacionados na cama, à espera de serem colocados no lugar.

— Não é muito cedo para guardar as roupas de inverno?

Ela vira e sorri.

— Oi, tesouro. Chegou cedo hoje!

O corte chanel de seus cabelos castanhos se move com ela, dando-lhe uma aparência de frescor que já perdeu há anos.

— Tenho uns deveres para fazer.

Jenna me lança um olhar duvidoso, mas resolve não aprofundar a coisa. Talvez esteja sendo um dia agradável para ela e não queria estragá-lo por motivo algum, especialmente os fúteis.

Penso em perguntar se quer uma mãozinha, mas desisto. Preciso ser gentil, mas não levá-la a duvidar de minha sanidade mental.

— Sabe alguma coisa de seu irmão?

— Não.

— E na escola, como foi?

Ótima pergunta.

— Tudo bem. E tenho uma novidade.

— É mesmo? De que se trata?

— O professor de literatura, responsável pelo jornalzinho da escola, aceitou minha candidatura a cronista.

— Que maravilha! Mas... desde quando gosta de escrever?

Na verdade, desde nunca, gostaria de responder.

— Faz um tempo. Mas não disse nada para não criar falsas expectativas. Não tinha certeza de que seria aceita.

Jenna se imobiliza com um suéter na mão. Tem o mesmo olhar preocupado e sonhador de um presidiário que acaba de sair da prisão.

— E desde quando tem todo esse cuidado comigo?

Sorrio embaraçada: ela está certa.

— Para resumir, o que está querendo?

— Eu? Nada.

— Ora, Alma, conheço esse olhar. Tem alguma coisa nessa cabecinha e tenho a impressão de que essa coisa passa diretamente por mim. Acertei?

— Acertou.

— Então pode abrir o bico, como dizem vocês, jovens.

Jenna tem uma percepção toda sua do mundo dos adolescentes, que ainda se baseia no tempo em que ela mesma fazia parte desse mundo e dizia coisas desse tipo.

— Tem falado com aquele seu amigo... o tenente Sarl?

Olha para mim surpresa. Acho que esperava algo completamente diferente.

— Sim... de vez em quando. Mas por que quer saber?

— Para o jornal. Queria escrever um artigo e gostaria de entrevistá-lo.

— Um artigo sobre o quê?

Deixa o suéter cair na gaveta.

— Sobre alguns crimes.

— Crimes? Que tipo de crimes?

— Homicídios, ora.

Pronto. Falei.

Os olhos de Jenna parece que vão sair das órbitas como enormes ovos descascados.

— Está me dizendo que o jornalzinho de vocês publica esse tipo de coisa?

— Claro, chama-se "atualidades". E não se fala de outra coisa na cidade...

— Não sei se é o caso, Alma.

— Pois eu acho que sim. Seria um tremendo furo para o meu primeiro artigo. Ninguém vai acreditar que cheguei tão alto. Preciso ser convincente, senão vão me dispensar na velocidade da luz.

Ela suspira.

— Pode ser uma grande oportunidade para mim. Por favor...

Acho que não lhe pedi nada daquele jeito nos últimos dez anos.

— Mas por que os assassinatos? Você é apenas uma menina.

Conto até dez para não perder a calma.

— Pois então faça você mesma um acordo com o tenente Sarl. Você sempre disse que ele é uma boa pessoa. Peça que me dê as informações de que preciso, mas que não se aprofunde nos detalhes mais sórdidos.

Jenna relaxa os ombros e a expressão de seu rosto fica mais serena.

— Está bem! Vou ligar.

— Obrigada!

Abraço Jenna e eu mesma fico perturbada. Dura um segundo, não mais que isso. Espero que pelo menos ela tenha gostado.

O importante é que poderei falar com o policial que está conduzindo as investigações. Se estiver com sorte, revelará alguma coisa que desconheço e me ajudará a entender. Sem demora, espero, antes que mergulhe no abismo que está se abrindo a meus pés.

40

Às oito da manhã, a delegacia do nono distrito policial, na Cidade Velha, parece um mercado de periferia. Tem gente gritando para tentar se fazer ouvir, tem gente que não quer nem saber de abrir a boca. Segurando o braço ensanguentado, um homem é conduzido até a saída por um policial. Duas mulheres brigam um pouco mais adiante, numa língua incompreensível. Um bebê chora desesperado no colo da mãe, vestida com um terço do pano que seria necessário para cobri-la. Um grupo de jornalistas espera num canto com blocos e máquinas fotográficas empunhadas como espadas antes de um duelo.

Vou até o guichê de informações. Do outro lado, encontro uma mulher enorme embrulhada num uniforme que faz com que pareça um balão aerostático pronto para decolar.

— Sim — diz ela, sem nem se dar o trabalho de levantar a cabeça para olhar para mim.

— Estou aqui para ver o tenente Sarl.

— Não deveria estar na escola numa hora dessas? — rebate a policial, pousando em mim os olhos claros e vazios como os de uma vaca. Tenho a nítida impressão de que não vai ser nada fácil.

A plaqueta pendurada em seu peito diz: "Lilia." Mas aquela mulher não tem nada a ver com uma flor.

Acho que ela não tem nada a ver com isso, mas quero ser gentil e me encho de paciência antes de responder:

— Marquei uma entrevista, meu nome é Alma.

Lilia olha para mim com seu olhar indagador: tem certeza de que estou mentindo. Não abaixo o meu, certa de que ela vai acabar cedendo. De fato, em pouco tempo pega o fone com ar de tédio.

— Bom dia, tenente. É Lilia. Está aqui uma... menina, dizendo que tem hora marcada com o senhor...

— Alma, meu nome é Alma!

— ... e que se chama Alma. Está bem.

Evidentemente irritada, levanta com grande esforço da cadeira onde seu corpo enorme estava encalacrado.

— Venha comigo — diz, seguindo pelo corredor com passo bamboleante. Observo-a enquanto caminha à minha frente, uma enorme massa de carne que avança movendo o ar e ocupando o espaço disponível com prepotência.

Atravessamos uma porta que leva a outro corredor, muito longo, que dá acesso a vários gabinetes. Muitos estão com as portas abertas: vejo agentes gesticulando ao telefone, outros discutindo diante de uma xícara fumegante, outros ainda imersos em pilhas de papel, que traduzem perfeitamente o que significa estar "atolado de trabalho".

Tudo parece impregnado por um véu sutil de ansiedade, como se cada um deles estivesse implacavelmente atrasado em relação a alguma coisa. A sensação de impotência que se respira aqui dentro é densa e penetrante.

E é a mesma que sinto.

Mais ou menos na metade do corredor, a policial Lilia para e bate numa porta com uma plaquinha: TENENTE SARL.

Bate na madeira com a graça de um búfalo enfurecido.

— Entre — é a resposta de uma voz calma, mas profunda e muito masculina que, sob alguns aspectos, lembra a de meu pai, com seus vinte cigarros por dia e sua aversão ao ar livre.

Lilia resolve ser gentil ou talvez seja apenas o protocolo da farda: gira a maçaneta e segura a porta aberta, convidando-me a entrar no gabinete.

Depois disso, cumprimenta, fecha a porta e vai embora.

O tenente Sarl não é muito diferente da lembrança que tinha dele. Alguns fios brancos intrometeram-se na massa abundante de seus cabelos escuros, bem-penteados, como sempre, e em sua barba curta e bem-cuidada. Os olhos, ao contrário, não sentiram a passagem do tempo: ainda são negros e brilhantes como a carapaça de um besouro.

Assim que me vê, levanta de seu lugar atrás de uma escrivaninha de madeira e vem a meu encontro sorrindo. Veste uma camisa azul e um suéter cinza-escuro, jeans e botas pretas. Não sei por que as coisas com Jenna não andaram bem. Esse homem é muito mais atraente que Gad.

— Olá, Alma, é um prazer revê-la. Sente-se.

— Bom dia, tenente.

Sentamos. Um na frente do outro. Entre nós, apenas a escrivaninha cheia de pastas e folhas dispostas em pilhas ordenadas. Um cachimbo já apagado espera num cinzeiro de aço.

Olho ao redor: as paredes estão cobertas de certificados e artigos de jornais emoldurados. À direita, um velho sofá de couro verde-escuro, gasto em vários pontos, revela quantas horas o tenente ficou sentado ali em busca de seus mil culpados. Entre o sofá e a porta, um cabide de madeira comido pelos cupins oferece seus ramos nus à única jaqueta que já vi Sarl usar: de couro preto, longa até os quadris, com dois bolsos na frente.

Às costas do tenente e diante de mim, abre-se uma grande janela com uma cortina fina, amarelo-âmbar, que vela a sala com uma confusa luz dourada. O ar cheira a papel velho, café e tabaco.

— Devo admitir que o telefonema de sua mãe me surpreendeu um pouco. Não nos falávamos havia um bom tempo. Ela contou do jornalzinho e de seu interesse por nossas investigações. Como posso ajudá-la?

— Gostaria de obter informações sobre alguns casos que está investigando.

— Quais?

— Alek, o publicitário, o engenheiro Giulian e... Halle.

Seu olhar se divide entre incredulidade e hesitação.

— Está brincando?

— Não, de modo algum.

— E por que uma menina como você ia querer escrever sobre assassinatos?

— Como expliquei a Jenna, é para o jornal da escola.

Sarl me examina com ar desconfiado. É um homem inteligente e é claro que percebeu alguma coisa estranha naquela história.

— Acho estranho que um jornalzinho trate de certas coisas. Não são temas adequados aos jovens.

Agora, ao contrário, me parece ingênuo. Não posso acreditar que esteja mesmo convencido de que o conceito de violência não existe entre os jovens! Ofereço a mesma versão com que derrotei os argumentos de Jenna, esperando conseguir convencê-lo.

— A atualidade tem um papel cada vez mais importante na escola. Nossos professores nos estimulam a ler jornais e consideram que o jornalzinho deve tratar das notícias mais importantes, mesmo que se refiram a crimes bárbaros. O mundo não é só flores...

Considero que esta última é a frase típica de um adolescente que Sarl espera que eu pronuncie. Tipo o "abrir o bico" de minha mãe.

O tenente penteia os bigodes com o indicador da mão esquerda. Em seguida, indicador e polegar percorrem o rosto e alisam os pelos da barba, brilhantes como os de uma foca.

— E o que quer saber precisamente?

Bom, penso. Vai me ajudar. Tiro um caderno da mochila para tomar notas e procuro uma caneta. Num dos bolsos da jaqueta, toco o dragão de papel com o número de Morgan na cauda. No outro, meus dedos encontram a caneta-tinteiro de aço. Está gelada. Espero que ainda tenha tinta no cartucho.

Tento fazer um sinal qualquer no papel. Por sorte, escreve. Tem uma tinta escura, mais para o cinza do que para o preto. Traça as letras com a fluidez de um pincel.

— Gostaria de saber se acha que os três homicídios estão ligados de alguma forma.

— Ainda não sabemos.

— Eram de classe alta, com trabalhos de prestígio.

— Como milhares de outras pessoas. Não há nenhuma ligação, pelo que sabemos.

— Nem o parque de diversões? O publicitário foi encontrado... no outdoor... e o engenheiro se enforcou no ponto mais alto da montanha-russa.

— Coincidência macabra, não acha? É uma pista que estamos seguindo. Mas entre os dois e a mulher assassinada no parque não há nenhum ponto de contato.

— Descobriram alguma coisa sobre ela? Em que trabalhava, se tinha namorado...

Sarl olha para mim, divertido.

— Você daria uma ótima detetive, sabia? De todo modo, Halle era redatora-chefe de uma revista de moda. Era jovem, ambiciosa e solteira. Aparentemente, nenhum inimigo.

— E o que pensa do modo como foram mortos?

— O que quer dizer?

— Cordas. Pregos. E todos os três pendurados em lugares bem altos. O primeiro foi até crucificado.

Enquanto falo, sinto minha pele toda arrepiada.

O tenente Sarl se inclina em minha direção.

— Está muito bem informada. Dá para ver que pretende mesmo ser jornalista.

Sorrio. Se ele soubesse o que escrevo....

Ela pigarreia e continua:

— De qualquer modo, não, as semelhanças entre os assassinatos podem ter várias explicações. Não há uma ligação direta e é quase certo que não foram mortos pela mesma mão. Estamos praticamente convencidos de que foram pessoas diversas. Imitadores, talvez.

— Assassinos que imitam outros assassinos por puro prazer?

— Exatamente. A criminologia já catalogou inúmeros casos.

— Imagino que estejam fazendo análises...

— Quem trata disso é a perícia.

— E...

— São informações sigilosas, Alma.

Faço que sim. Estou num beco sem saída. Não sei se devo falar de minhas suspeitas sobre Tito e seu grupo exclusivista de doidos, muito provavelmente satanistas. Não queria me expor demais. Mas, ao mesmo tempo, não queria perder a oportunidade de deixar uma pulga atrás da orelha do tenente. Talvez minha intuição indique o caminho certo. Preciso entender o que está acontecendo o mais rápido possível.

— Pensaram na hipótese de que um grupo de pessoas esteja por trás disso? Uma seita satânica, por exemplo?

— Seita satânica?

Sarl parece muito intrigado com a pergunta, mas não penso que lhe tenha dito algo de novo.

— E o que sabe sobre seitas satânicas?

— Nada, mas ouvi dizer...

Recordo o crucifixo com que feriram Naomi.

O tenente está refletindo. Emite resmungos profundos e guturais, escandindo a evolução de seu pensamentos.

— Ouça bem, Alma... não sei que boatos estão correndo por aí, mas estamos tratando de coisas muito perigosas, sobretudo para uma menina jovem e bonita como você.

Será que ninguém é capaz de me dizer nada além disso?

— Eu sei, tenente. Só queria conhecer a opinião da polícia.

— Minha opinião é que levarei a sua observação em consideração.

Relaxo a expressão de meu rosto. Ele também faz o mesmo.

— Acha que eu poderia voltar em alguns dias para fazer mais algumas perguntas?

— Sempre para o jornal?

Noto uma insinuação sutil no tom de sua voz, como se acreditasse que os motivos de meu interesse pelas investigações fossem outros. Talvez seja melhor detetive do que parece.

— Claro, e para que mais?

Sorrio pela primeira vez desde que entrei naquele gabinete.

— Certo, tentarei lhe passar algumas informações atualizadas.

— Agradeço muito por seu tempo — respondo, embora saiba perfeitamente que está zombando de mim.

Levanto, guardo o caderno na mochila e enfio a caneta no bolso da jaqueta.

— Por nada, Alma. Obrigado pela visita. E dê lembranças à sua mãe de minha parte.

— Farei isso.

Chego à porta.

— Alma?

— Tenente Sarl?

— Cuidado. E se ouvir esses boatos novamente... — abre os braços. — Talvez nos seja útil saber de onde vêm e também quem está espalhando essas histórias.

— Entendi.

Quando saio da sala, não consigo dizer se foi proveitoso ou não. Não fiquei sabendo de quase nada, mas pelo menos estabeleci um contato.

Vou voltar.

41

Na saída da delegacia, sou recebida por uma chuva torrencial, que um vento ardiloso e enganador manobra segundo seus próprios caprichos para não deixar nenhuma alternativa para os pedestres.

Localizo um pequeno bar do outro lado da rua, o que é muita sorte, pois na zona da delegacia não existe muita coisa, à parte algumas casas decadentes de paredes descascadas e um magro comércio de lojas iluminadas por luzes fracas e com ar de miséria. A distância, por trás do prédio onde fica o bar, desponta o campanário da velha igreja onde encontrei Naomi.

Puxo o capuz sobre a cabeça e pego o caminho tentando evitar as enormes poças d'água ao longo da rua de pedras desconjuntadas. É um mar de lama e água marrom por todo lado. Água e mais água. Sempre e em toda parte. Essa Cidade transpira água, se nutre de água. A umidade do ar é tão densa que posso mordê-la. Engulo um bocado, que volta à garganta misturado com uma raiva repentina, antiga, que não sei controlar. É a raiva da impotência que me liga, todo dia, toda noite, a um papel que não é o meu, a fatos horríveis que não quero conhecer, nem pelos jornais. Raiva de não poder me abrir com ninguém: nem com minha família, nem com minhas amigas, nem com Morgan. Sou e sinto-me sozinha para enfrentar um monstro invisível, que pode me atacar de surpresa, a qualquer momento. Abrigada sob o toldo de plástico do bar, observo a chuva que bate sobre o chão martirizado.

Em seguida, entro no bar. É pequeno e velho, com mesinhas minúsculas, uma diferente da outra e dispostas de modo totalmente irregular. O balcão na frente da entrada é preto, de um material brilhante que parece madeira. Está apinhado de gente. Um garçom magro e ossudo se agita para servir todo mundo com gestos rápidos e precisos. Às suas costas, uma série de prateleiras montadas sobre um fundo espelhado exibe uma selva de garrafas coloridas. Sinto um perfume reconfortante de croissants e café. Sento numa das mesinhas e também peço um café a uma mulher nos seus 50 anos, com o olhar apagado e lábios grossos. Não me olha e não fala comigo. Limita-se a anotar meu pedido e desaparecer atrás do balcão.

Diante da xícara fumegante, tento encontrar a lucidez necessária para reconstruir os fatos. Escrevo o conto sobre Alek e o primeiro assassinato acontece na noite seguinte; o segundo conto, Giulian, é interrompido pelo telefonema de Naomi, e também nesse caso o homicídio acontece na noite seguinte; terceiro conto, Halle: o assassinato acontece dois dias depois. Há uma progressão, como se meus contos conseguissem prever com antecedência cada vez maior o momento do crime, que não descrevo, pois chego sempre e somente ao ponto em que a vítima é atacada. O que tudo isso quer dizer? Que virei médium ou algo do gênero? Será que realmente posso "sentir" um perigo iminente, como li no livro que o dr. Mahl me emprestou?

Queria saber quando tudo isso começou: os pesadelos, as dores de cabeça... Sempre tive dor de cabeça, sempre tive pesadelos, desde o dia daquele maldito acidente. Como se depois daquela batida, em que, única entre três, escapei ilesa, alguma coisa na minha cabeça tivesse se modificado.

O resultado é que tenho visões. Mas uma única peça sempre falta em meus contos: o assassino. Não consigo vê-lo e continuo a pensar em Tito e seu bando.

Talvez devesse ter dado seu nome ao tenente Sarl.

Talvez ainda o faça.

Perdida em minhas considerações, não vejo o tempo passar. O grande relógio na parede atrás do balcão, redondo e branco, com um enorme grão de café no meio, marca quase onze horas. Um grupo de pessoas sai da delegacia, entre as quais reconheço alguns jornalistas que vi algumas horas antes na entrada do prédio. Dois deles, um homem e uma mulher, vêm na direção do bar. O resto do grupinho se dispersa sob a chuva.

Espero.

Assim que os jornalistas entram no bar, se livram de suas bolsas a tiracolo e sentam numa mesinha não muito distante da minha. Consigo captar uma e outra palavra da conversa.

— ... Todos profissionais.

— Sem motivo aparente...

— Mas é a mesma encenação...

— ... Quem não quer perder o trem...

— O furo é nosso, Roth... Vamos deixar todo mundo de boca aberta!

Roth? De onde conheço esse nome? Claro! Li no jornal do outro dia. Tiro o exemplar amarrotado da minha mochila e verifico. Roth. O jornalista que assinou o artigo sobre o enforcado do parque de diversões.

Vejamos que cara tem um verdadeiro jornalista. Não preciso nem fazer o esforço de virar para acompanhar melhor a cena: um enorme espelho à minha esquerda permite uma visão perfeita. Ele tem cabelos pretos e lisos, meios despenteados, o suficiente para perceber que foi de propósito, olhos claros, talvez azuis, e uma barba de alguns dias, também intencional, posso apostar. É o tipo clássico do "eu me amo tanto que não me interesso pelos outros". Sua colega não fica devendo nada: loura, cabelos curtos e olhos cor de avelã. Entra na categoria das bonitinhas. Mas tem um olhar decidido, que deixa perceber um comportamento típico de mulher de carreira.

Pedem dois cafés. Roth não coloca açúcar. Nem ela.

— Sei disso, Eva, deixe comigo...

— Para que ponha tudo a perder?! Ouça a minha proposta...

Abaixam o tom de voz, demais para que eu possa ouvir. Depois, ela se levanta, estala um beijo em seu rosto e vai embora. Ele a observa sair com ar satisfeito e pega a bolsa verde-escuro pousada na cadeira ao lado. Tira um bloquinho de notas com capa de couro preto e uma caneta completamente anônima. Começa a escrever alguma coisa. De vez em quando, deixa a caneta de lado para bebericar o café.

Chegou minha hora de entrar em cena.

— Desculpe? Poderia me emprestar a caneta um instantinho? A minha não funciona mais — digo, exibindo a caneta-tinteiro de aço.

Ele me examina da cabeça aos pés. Pela expressão poderia dizer que o resultado não o desagradou. Conheço o efeito que causo sobre os homens, e ele não é exceção.

— Com muito prazer — rebate, estendendo a esferográfica. Cada um segura um lado da caneta, que fica suspensa entre nós dois.

— Preta? — pergunto.

— Rigorosamente!

— Melhor. Também prefiro escrever com tinta preta.

— Preto é preto. Já temos azul demais.

Concordo. Nunca fiz uma coisa dessas. Em geral, acontece o contrário. A bem dizer, se alguns dias atrás alguém me dissesse que estaria investigando uma série de homicídios, provavelmente riria em sua cara.

— É escritor? — pergunto olhando para o bloco.

— Não, jornalista.

— Então é um daqueles que escrevem notícias chatas temperadas com um mar de gracinhas na esperança de que fiquem interessantes?

Olha para mim, divertido.

— Na verdade, conto notícias interessantes que ficam chatas com as minhas gracinhas...

Limito-me a encará-lo.

— Era uma piada — diz Roth. — Não sorri nunca?

— Se puder evitar... Não gosto de rugas de expressão.

Ri.

— E você? O que faz, além da escola, claro?

Ignoro sua farpa e me concentro em meu objetivo: obter informações sobre os assassinatos.

— Também sou jornalista.

— É mesmo? — Parece surpreso.

— Escrevo para o jornal da escola.

— Ah, entendi... E escreve o quê? Histórias cor-de-rosa?

Muito engraçado.

— Negras, como a tinta. — Levanto a caneta e, finalmente, consigo surpreendê-lo de verdade.

— Não sabia que os jornaizinhos escolares falavam dessas coisas.

Posso imaginar a cara de Scrooge lendo no jornalzinho da sua escola um artigo intitulado *ONDA DE VIOLÊNCIA NA CIDADE: TRÊS HOMICÍDIOS SEM SOLUÇÃO*.

— É uma novidade. E digo mais, não é a única. Posso lhe dar uma provinha: a morte é parte da vida.

Ri novamente.

Olho para ele o mais séria que posso.

— E então, brincadeiras à parte... o que escreve?

— Estou escrevendo uma matéria sobre o assassinato do Parque Norte.

— O quê?

— O assassinato no Parque Norte.

— É mesmo, a sério? Nesse caso, posso lhe dar uma mãozinha.

Exatamente o que eu queria.

— Pode? Seria maravilhoso... mas não queria incomodar.

— Imagine... É um prazer.

Reprimo o nojo.

— Nesse caso, muito obrigada.

— Infelizmente, não tenho muito tempo agora, mas esse é meu telefone — diz ele, pegando minha mão e retirando sua caneta dos meus dedos.

Não posso acreditar: está escrevendo seu telefone na minha mão! Como se permite uma coisa dessas? Seus dedos são muito quentes. Ou talvez os meus estejam muito frios.

Olho os números negros que se destacam em minha pele branca.

— Em geral, prefiro um post-it.

— Obrigado pela sugestão.

Pego a caneta de volta.

— A propósito, meu nome é Roth — diz ele sorrindo. Levanta. É alto, observo. Magro, com ombros largos e pernas longas. Noto pequenas rugas em seu rosto, mal esboçadas na pele clara da testa. Deve ter uns 25 anos.

— Alma — respondo, apertando sua mão. Em seguida, volto para minha mesa, satisfeita. Assim que me sento, sinto uma nova fisgada na cabeça. Aperto os indicadores contra as têmporas. Poucos segundos e passa.

Tiro da mochila o caderno em que anotei a conversa com Sarl, só para levar minha encenação adiante. E escrevo pensamentos em ordem dispersa, lâminas afiadas de uma vida que até pouco tempo atrás me espelhava e que agora espalha reflexos desconexos. Um espelho quebrado, sete anos de azar.

Anoto perguntas, dúvidas, qualquer coisa.

Com o rabo do olho vejo que Roth está vestindo seu casaco de veludo marrom, comprido até a metade da perna. Sabe que estou olhando, pois completa seus gestos com estudada lentidão.

Antes de sair, ergue a mão em sinal de adeus. Seu rosto sorridente desponta de uma enorme echarpe listrada enrolada no pecoço.

Com menos convicção, retribuo o sorriso através do espelho.

Aquele, pelo menos, está intacto.

42

Manhã.

Para a maioria das pessoas, inclusive minha família e meus colegas de escola, um dia segue o outro como os elos de uma corrente. Quanto a mim, tenho a impressão de que muitos desses elos estão faltando, cada vez mais. Mas caminho para o ponto de ônibus como se nada tivesse acontecido.

Resolvo ouvir música na esperança de me distrair, mas as notas só fazem amplificar as sensações, trazendo-as para a superfície como algas que um mar muito violento arrancou das profundezas.

Quando o ônibus chega, vou me enfiando rapidamente entre as pessoas que descem, merecendo alguns olhares de reprovação e alguns insultos para, enfim, conseguir fincar minha bandeira num banco livre, bem perto das portas.

Lá dentro, encontro um calor carregado de suor. Olho ao redor, como sempre faço: estudantes com suas mochilas nos ombros e o sono à flor das pálpebras, trabalhadores de olhos cansativos, cada um seguindo seus próprios pensamentos de solidão, de filhos problemáticos, de maridos ausentes ou mulheres asfixiantes. Nenhum parece feliz.

Eu mais que todos.

No fundo, perto da máquina que fura os bilhetes, há um homem todo vestido de escuro. Apesar do chapéu enterrado na cabeça, escondendo grande parte do rosto, consigo captar um detalhe: parece que não tem cabelos. Está de pé e se segura na barra de metal acima de sua cabeça com a mão enluvada.

Um choque percorre meu corpo. Penso na mão enluvada que brota da névoa para agarrar Halle. Depois, no sujeito estranho que me seguiu quase até a escola há algumas semanas. Aquele que parecia correr atrás da minha bicicleta.

É muito parecido. Ou será ele mesmo?

Não, não pode ser. O da bicicleta era mais baixo e atarracado.

Talvez esse homem também esteja me seguindo.

Temo que logo descobrirei: falta pouco para o meu ponto. Observo o homem um instante, tranquilizada pela presença de tanta gente. Ele olha para baixo, não vira a cabeça nem uma vez. Fica na mesma posição durante todo o trajeto. Em seguida, um pouco antes do ponto do ônibus, levanto e vou até a saída. Ele não se mexe.

Desço para a calçada e viro para trás. Não está ali.

Dou um suspiro de alívio e sigo na direção da escola. Dou alguns passos e viro de novo — um simples cuidado. Não posso acreditar, o homem está atrás de mim! Encara a ponta dos sapatos com o ar de quem não está nem aí.

Acelero o passo. Ele também. Pego uma travessa à direita. Ele também. Então, começo a correr. Um dos fones sai do meu ouvido e começa a balançar no ritmo da minha corrida e do meu coração aflito.

Viro novamente à esquerda. Ele não me larga, ao contrário: parece mais próximo. Mas quem é? Por que está me seguindo? O que quer? Me assustar? Me sequestrar? Me matar?

Corro o mais rápido que posso. A escola está perto. Preciso chegar lá para ficar a salvo. Preciso!

Tac. Tac. Tac. Tac.

Ouço os passos do homem atrás de mim, cada vez mais próximos. Está quase me alcançando. Preciso correr mais rápido, repito comigo mesmo, enquanto minha respiração fica mais curta e o coração parece que vai explodir dentro do peito.

Depois, finalmente a vejo. A entrada da escola nunca pareceu tão acolhedora. É meu único refúgio. Só preciso chegar a tempo...

Sem olhar para o sinal vermelho, atravesso. Tenho a desagradável sensação de que seria melhor acabar debaixo de um carro do que nas mãos do meu perseguidor e me atiro no meio dos carros.

Buzinas histéricas e motoristas furiosos.

Chego à outra calçada e viro mais uma vez, esperando que o homem tenha desistido. Não está atrás de mim. Olho ao redor.

Em seguida, o vejo. Minha respiração para novamente. O homem atravessou a rua a alguns metros de onde estou e estamos na mesma calçada. Pela primeira vez, noto que usa óculos escuros. Como o outro misterioso perseguidor. Está parado e olha para mim, como se dissesse: "Posso pegar você a hora que quiser."

Fico indecisa um instante, conto até cinco, depois parto como uma flecha em direção à escola, cerca de 50 metros depois.

Rápido, o mais rápido que posso.

Não me importa o que ele está fazendo, nem se está mais próximo. Concentro toda as forças em minha meta. Penetro como um raio no portão e bato imediatamente em alguma coisa ou alguém. Algo ou alguém me segura.

— NÃO! — grito.

— Alma? O que houve? — diz uma voz.

Levanto os olhos. É Morgan. Morgan me aperta em seus braços. Como estou feliz de vê-lo!

Olho ao redor, assustada. O homem parece ter desaparecido.

— Alma?

— Tinha alguém me seguindo.

— Tem certeza?

— Tenho... e não é a primeira vez.

Morgan vai até a rua. Olha para a direita, depois para a esquerda. Volta para onde estou, com uma expressão séria demais para não ser alarmante.

— Viu quem era? — pergunta.

— Um... homem. — Ainda estou ofegante pela corrida e é difícil falar.

— Que aparência tinha?

— Não sei dizer... alto, todo vestido de escuro.

— Disse que não foi a primeira vez.

— É, não foi. Um outro homem me seguiu quase até a escola algum tempo atrás.

— Não era o mesmo homem?

— Não.

— Tem certeza?

Faço que sim.

— E não tinham nada em comum?

— Tinham... Os dois usavam luvas, chapéu e óculos escuros. E tenho quase certeza de que, por baixo do chapéu, os dois eram carecas...

Ele fica em silêncio, pensativo.

— Maldição! — exclama em seguida.

— Tem ideia de quem pode ser?

— Não. Mas precisa tomar cuidado, Alma. Fique longe desses homens.

— Mas..

— Faça o que digo. Vestido de escuro, luvas, chapéu e óculos escuros. E careca. Cada vez que topar com um... fuja. E agora, vá para a aula.

— Aonde você vai?

Não responde e vai na direção do portão.

Estou muito cansada para tentar adivinhar o que vai fazer.

Cada vez que topar com um... fuja.

No intervalo, converso com Agatha. Tem os olhos cansados e avermelhados. Não parece ter dormido muito.

— Como vai a sua tia?

— Melhor, obrigada.

— E você? Está com uma cara...

— Estudei até tarde.

— Para quê? Não tínhamos nenhum dever.

— Estou acabando minha pesquisa de química — lembra ela, de um jeito dissimulado.

Lembro o dia em que a vi saindo do laboratório com um frasco de vidro. Estava mentindo então, assim como mente agora.

— Humm, trabalho extra para o Professor K...

— Pois é, espero que valha a pena.

— Na verdade, ele é ótimo.

Agatha concorda.

— E química é a única coisa que me interessa nessa porcaria de lugar.

Como dizer que está errada?

— E como é? O professor.

Lança um olhar atravessado. Estou chegando muito perto de seu território particular. E ela não gosta disso.

— Como todos eles.

— Pois acho que é meio estranho, não concorda?

Faz uma careta como quem diz que minha observação não é digna de nota. É sempre muito difícil conversar com Agatha.

Resolvo mudar de assunto:

— Tem visto o Adam? Andei pensando nele.

— Limpando os banheiros.

— E não disse nada?

— Não.

— Não consigo esquecer o modo como olhou para nós, quando Scrooge anunciou sua punição...

— Essa história de novo!

— Estou dizendo que estava olhando para nós, Agatha. E com raiva! Tinha os olhos carregados de ódio, como se tudo fosse culpa nossa. Por quê, na sua opinião?

Por um segundo, tenho a impressão de perceber alguma coisa em seu olhar, que logo volta a ser duro e impenetrável.

— Adam pode pensar o que quiser. Não vai mais nos incomodar.

— Tem certeza?

— A escolha é dele. Se tentar fazer alguma coisa, sabe o que vai enfrentar.

— O quê?

— A mim.

Sua resposta me paralisa com a força de um veneno. Quem é Agatha, na realidade?

É o que fico me perguntando enquanto ela se afasta com a mochila nas costas, envolta em sua nuvem de ódio e solidão.

Em seguida, a imagem do Professor K me vem à cabeça.

Com seus óculos escuros.

Cada vez que topar com um... fuja!

43

Passo os olhos do telefone à minha frente para o número escrito no dorso de minha mão há pelo menos cinco minutos. Pego o fone e digito o número, mas desligo em seguida. Estou no vestíbulo. Não tem ninguém em casa.

Finalmente, tomo uma decisão: ligo.

Poucos toques e uma voz responde.

— Oi, é Alma.

— Alma!

Parece contente de ouvir minha voz.

— Que surpresa. Como vai?

Não poderia estar pior.

— Bem. Pensei em perguntar se teria um tempinho para me ajudar com meu artigo.

Silêncio.

— Sim, claro. Se quiser, pode passar aqui hoje.

— Certo.

— Sabe onde fica a redação do jornal?

— Claro.

Na verdade, não sei, mas não quero passar a ideia de uma menininha que precisa que lhe expliquem tudo. Não terei que me esforçar muito para encontrar o endereço.

— Espero você às seis, certo?

— Perfeito. Obrigada.

— Imagine, é um prazer.

Não duvido nada.

Antes de sair, vou até meu quarto, fecho a porta às minhas costas, pego o caderno roxo no armário e examino sem abri-lo. A capa é lisa e macia, de um roxo intenso que lembra a cor dos paramentos sacerdotais. Passo a mão nela, de olhos fechados. Consigo sentir as palavras escritas no interior, que queimam a pele de meus dedos. Tiro a mão e recoloco o caderno em seu lugar.

Preciso ir.

Os edifícios que dão para o Velho Porto são grandes prédios de tijolos com janelas enormes. Antigamente as mercadorias eram estocadas aqui e toda essa área devia fervilhar de vida. Agora que o porto está desativado, uma parte da zona foi incluída num projeto de"revitalização", como se diz agora. Existem muitos deles na cidade, mas o único resultado foi a instalação de canteiros de obras barulhentos onde enormes insetos mecânicos escavam, abatem, reconstroem, fazendo brotar edifícios idênticos, quase clonados, em vários pontos da cidade onde antes se viam casas, jardins, fábricas.

Sem pressa, percorro a plataforma de cimento que acompanha os velhos depósitos. É iluminada por alguns poucos lampiões remanescentes, com postes de ferro decorados com âncoras já enferrujadas pelo tempo. A luz invade fatias de escuridão, mostrando só uma parte da desolação que me cerca.

Um vento frio e úmido com cheiro de pântano me envolve, se enfia pelas minhas narinas, desce pela garganta e invade meu estômago. Tusso e cubro a boca com a echarpe. À minha esquerda, o rio desliza ameaçador. Do outro lado, armazéns abandonados parecem contemplar a água escura através dos vidros partidos das gigantescas janelas, no interior das quais gaviões buscam abrigo durante a noite, gritando no vento como crianças desesperadas. Portões de madeira barrados por tábuas pregadas proíbem o acesso a um passado, do qual apenas algumas caixas velhas e solitárias abandonadas contra as paredes vermelhas são testemunhas.

Ergo os olhos para o céu, escuro e apagado. Continuo a andar com as mãos nos bolsos.

Sinto meus cabelos voarem para longe das costas, quase como se alguém tentasse arrancá-los. Um pouco mais adiante, a plataforma se abre num espaço dominado por uma fileira de árvores bem-ordenadas como sentinelas. Atrás das árvores se ergue um depósito, igual a todos os outros, mas completamente restaurado: as janelas exibem amplas vidraças emolduradas por esquadrias verdes. A grande porta de entrada, também laqueada de verde, está aberta. Na parede, uma discreta placa branca indica o nome do jornal em letras pretas.

Dois vasos de cerâmica, com suas plantas de haste longa e folhas brilhantes, ladeiam a entrada.

Refletores de teatro iluminam a cenografia, levando adiante a ficção de que tudo o que se vê ao redor dali não existe.

Avanço decididamente em direção a uma porta corrediça de vidro que se abre à minha passagem com um chiado imperceptível.

A extraordinária altura do pé-direito me impressiona imediatamente, com o teto pintado de um branco mais alvo que a neve.

A entrada da redação é pequena e bem-arrumada. Sofás de tecido verde e revistas de um lado, máquinas de bebidas e lanches de outro. Na minha frente, uma moça bonita e sorridente está pronta para me ajudar, sentada atrás de um balcão de madeira clara como o pavimento. Às suas costas, uma imensa parede de vidro oferece uma visão completa da redação, dividida em dois planos de frenética atividade, com luzes e telas de computador, pilhas de livros e jornais por todo lado.

Vou até lá.

— Boa tarde. O que posso fazer pela senhorita?

Fico perguntando se as pessoas já nascem recepcionistas. Como fazem para sorrir dez horas por dia, não importa quem esteja em sua frente?

— Estou procurando um jornalista... Só sei o sobrenome, Roth.

— E a quem devo anunciar?

— Alma.

— Um momento, por favor.

Vejo que começa a apertar um série de botões no teclado de um telefone cheio de acessórios.

— Roth, tem um moça procurando por você... Alma... Certo. — Fala através de um microfone. — Se quiser se sentar, logo poderá vê-lo. — Sem parar de sorrir, indica um dos sofás encostados na parede da entrada.

Antes que eu tenha tempo de sentar, Roth aparece na porta por trás da moça.

— Oi, seja bem-vinda.

— Obrigada.

— Venha comigo que vou lhe mostrar a redação.

Abre caminho para mim num enorme salão ocupado por centenas de escrivaninhas brancas, ligadas umas às outras como letras de palavras cruzadas. Divisórias de madeira clara delimitam cada área singular, formando os lados de uma infinidade de caixinhas. Um surdo e persistente burburinho de fundo lembra o zumbido de uma colmeia. Levanto os olhos e noto que o teto é revestido de um estranho material branco ondulado que parece plástico e que reflete a luz com a mesma reverberação gerada pelo sol por trás de um céu nebuloso. Pisco os olhos, incomodada. A meu redor, algumas pessoas falam ao telefone, outras discutem entre si, mas é impossível ouvir o que dizem: tudo é abafado, quase fechado no interior do perímetro restrito que cada um ocupa. Sinto-me levemente aturdida.

— Gostou?

— Bonito...

— Depois de um tempo, você se habitua.

Roth deve ter intuído o que penso realmente.

— A quê?

— A trabalhar aqui. Acredito que possa parecer estranho, no início, mas depois é divertido trabalhar todo mundo junto.

— Apaixonadamente.

— Isso... Ali é o meu lugar. — Indica uma escrivaninha em frente, cheia de jornais, livros, agendas, pacotes abertos de biscoito, latinhas: tudo empilhado numa montanha tão alta que não dá para ver se há uma cadeira atrás dela.

— Desculpe a bagunça... Vou ajeitar um pouco, assim podemos nos sentar.

Tiro a jaqueta e ajudo a transferir algumas pilhas de papel para o chão ao lado do painel, onde, aliás, já estão uma impressora, pastas enormes, cheias como grossos sanduíches, e algumas caixas com o nome de Roth escrito com hidrocor vermelho.

Enquanto tentamos dar um jeito naquele caos primitivo, somos interrompidos por alguém que, na falta de portas, desponta no espaço entre as duas divisórias.

— Roth, pode me enviar o artigo sobre a pancadaria de ontem?

É Eva. Recordo seu nome do dia em que conheci Roth no bar. Quando me vê, fica um instante calada e olha para mim.

— Não sabia que estava acompanhado.

Percebo um leve toque de ironia em sua voz e não gosto nada disso. Apoiada na divisória, muito segura de si, fica esperando por uma explicação.

— Oi, meu nome é Alma.

Fica espantada com minha rapidez.

— O meu é Eva.

Depois, como se eu tivesse deixado de existir, dirige-se novamente a Roth, que, nesse meio-tempo, reaparece debaixo da escrivaninha.

— Então, estou esperando o artigo. Quando puder, claro....

— Tudo bem, vou mandar já.

Eva vai embora, dando as costas, altiva como uma modelo na passarela.

— Acho que a área já está liberada. — Roth estampa aquele que considera um de seus melhores sorrisos e aponta para sua cadeira.

Aceito e me acomodo, colocando a mochila no colo.

Em seguida, ele pega uma segunda cadeira que estava enterrada sob um monte de casacos e papéis e senta a meu lado.

— Trouxe o texto em que está trabalhando?

— Trouxe.

Do bolso dianteiro da mochila, tiro o caderno onde expus a sequência dos acontecimentos. Passo para ele, que começa a ler.

Um pouco depois, ergue os olhos.

— Tem uma caligrafia interessante.

Ninguém nunca tinha me dito isso antes. Não dou muita importância, como costumo fazer com os elogios. Olho as palavras escritas no papel, penso no caderno roxo, nos meus contos, no modo como minha caligrafia muda de acordo com o que escrevo. Aqui é mais arredondada, feminina, enquanto nos pesadelos se inclina, mais angulosa, com um traço grosso e pesado como se quisesse imprimir os caracteres a fogo, para sempre.

Sinto uma leve pontada na cabeça, mas tento não dar atenção. Preciso obter alguma informação. Com certeza, Roth sabe mais do que diz.

— O que achou? Quer dizer, do texto?

— É um resumo do que foi publicado na imprensa. Se quiser posso ajudar a dar um jeito na forma.

Chego mais perto e olho diretamente em seus olhos:

— Acredito que precisa de mais alguns detalhes, para não ficar muito banal. O que acha?

— Quero mesmo ajudá-la, Alma, mas algumas informações são sigilosas...

— Um bom jornalista nunca revela suas fontes, certo?

Ele ri.

— Imagino que deve ser difícil fazê-la mudar de ideia quando mete alguma coisa na cabeça, não?

— É bem difícil, sim.

— Ouça — diz Roth abaixando o tom de voz —, não sei muito mais que você. O tenente Sarl, responsável pelas investigações, não tem muita coisa a dizer, eles estão avançando no escuro. Mas de uma coisa eles estão certos.

— O quê?

— Do fato de que não se trata de um único criminoso. Parece que os resultados das primeiras análises da perícia são bem claros.

Sarl já tinha me dito que tinha quase certeza de que eram vários assassinos. Mesmo assim, um arrepio percorre minha espinha, como se tivessem enfiado mil serpentes minúsculas, geladas e escorregadias dentro do meu suéter.

— Está se sentindo bem?

— Sim, tudo bem.

Devo falar das seitas, de Tito? Não, ainda não dá para confiar nele.

O telefone de Roth toca.

— Alô? Certo... Estou chegando.

Pousa o fone.

— Desculpe, Alma, mas terei que me despedir. Infelizmente, tenho mais uma terrível reunião de redação.

— A essa hora?

— É a dura vida de um jornalista. Gostaria de convidá-la para comer alguma coisa, mas...

— Não se preocupe. Obrigada.

Poderia tentar descobrir mais alguma coisa. Por exemplo, a que tipo de resultado a perícia chegou, mas tento me contentar. Em breve, vou procurar Sarl para fazer novas perguntas.

— Foi um prazer. Deixe seu número de telefone. Se eu descobrir alguma informação interessante, saberei como encontrá-la...

Muito esperto, penso. E espero que útil também.

Escrevo o telefone num pedaço de papel.

— Vou fazer bom uso dele — diz.

— Não tem outra escolha — respondo.

Ele se despede com um leve beijo em meu rosto.

Não sinto nada além do desejo de sair finalmente daqui.

44

Quando saio da redação do jornal, a escuridão lá fora é ainda mais intensa.

Fico em dúvida se não seria mais seguro atravessar o Porto Velho, um percurso mais longo, do que refazer o caminho da vinda. Só a ideia de passar novamente diante dos armazéns abandonados e de caminhar sobre a plataforma cortada por lâminas de luz amarelada me dá calafrios. Vou para o porto, mas logo percebo que não foi a melhor escolha. Aqui, os velhos lampiões são escassos e agonizantes. Alguns lampejam intermitentemente, reproduzindo a cena do interior de um bar de periferia na hora de fechar.

O vento diminuiu um pouco, mas é sempre gelado e cortante. Trato de me enrolar na jaqueta.

Sigo adiante pensando que cada passo é um a menos no caminho até o ponto de ônibus. Fico me perguntando por que ninguém pensou em construir uma passagem logo atrás do prédio da redação e como os jornalistas fazem para pegar um ônibus sem enfrentar a cada vez o pavor de serem atacados por algum desconhecido. Depois sou obrigada a concluir que talvez eles não sejam seguidos por indivíduos estranhos de chapéu, luvas e óculos escuros.

Uma forte rajada de vento me pega pelas costas e me empurra para a frente. Não faz sentido, mas sinto um pavor mortal, como se aquele vento fosse o hálito de alguém às minhas costas. Começo a correr. Percorro todo o velho cais e os escritórios abandonados com a horrível sensação de estar sendo seguida novamente.

Viro e não vejo ninguém. Não ouço nada, exceto minha respiração ofegante.

Chego às velhas docas dos barcos, onde esqueletos de metal enferrujado e cascos de madeira apodrecida jazem empilhados, como numa vala comum.

Avanço entre os restos o mais rápido que posso, mal distinguindo onde meto os pés. De repente, sinto uma coisa prender minha perna. Paro bruscamente e vejo que um gancho de metal, talvez a ponta de um velho arpão de pesca, se enfiou em minha calça, na altura da panturrilha. Pegou só o tecido, por sorte, mas meu coração parece que vai explodir. Respiro profundamente, inclinando-me para retirá-lo.

Naquele exato momento, uma sombra encobre a luz fraca dos lampiões. Uma mão se aproxima. Quero escapar, mas meu corpo não responde. Estou paralisada. *Cada vez que topar com um...*

— Sou eu, Alma — sussurra Morgan.

Levanto os olhos e, assim que o reconheço, um pranto repentino e inconsolável brota de dentro de mim como um rio que ficou represado tempo demais.

Nunca tinha chorado na frente de ninguém.

Ele se ajoelha à minha frente:

— O que houve? Estou aqui agora. Fique tranquila.

— Minha cabeça está explodindo — consigo dizer.

Ele me abraça e me ajuda a levantar. Tem uma pegada forte e segura. Faz com que me sinta protegida. Não pergunto como fez para aparecer aqui, nem por que, toda vez que preciso, ele surge diante de mim. Basta que esteja aqui.

— Vamos embora — murmuro.

Ele faz que sim. Caminhamos rapidamente, um abraçado ao outro.

Morgan lança olhares profundos ao redor, atento e vigilante, como se esperasse que alguma coisa acontecesse de um momento para outro. Enxugo as lágrimas dos olhos. Estamos quase no final da zona portuária. Consigo ver a rua a distância e reconheço o carro de Morgan. Dou um suspiro de alívio.

— Apresse o passo, Alma.

— Por quê? O que...

— Faça o que digo.

Seu tom não deixa espaço para réplicas.

Obedeço, mas sinto a angústia subir de novo na boca do estômago. Tento olhar para trás, mas ele me impede.

— Corra, vamos!

A rua à nossa frente agora parece uma miragem inatingível. O abraço de Morgan se desfaz.

— Corra para o meu carro o mais rápido que puder! Encontro você lá!

— O que está acontecendo?

— Não tenho tempo de explicar. Corra!

Corro o mais rápido que posso. Não paro, pois se o fizesse não seria mais capaz de me mexer. O medo me envolve como um manto escuro e pesado demais. Vejo as luzes da rua diante de mim.

Viro, e meu coração bate no peito como uma bomba enlouquecida. A cabeça pulsa sob os golpes de uma dor incessante.

Entrevejo duas figuras que se recortam no feixe de luz da um lampião. Estão empenhadas numa luta violenta, como num jogo de sombras. Então é verdade. Alguém estava me seguindo. De novo.

— Morgan!

Queria fazer alguma coisa, mas a luta dura uma fração de segundo. Uma das duas figuras some da luz e a outra começa a correr na minha direção. Estupidamente, tento me esconder atrás do carro de Morgan, indecisa sobre o que fazer, enquanto tento descobrir se é ele.

A figura se aproxima com passo incerto. Espero.

Os faróis de um carro que passa açoitam a escuridão e encontram dois olhos intensos, luminosos.

São dele.

É Morgan.

Ele me alcança e me ultrapassa. Entra no carro e faz sinal para que o siga. Parece exausto.

Sento no banco a seu lado.

Morgan respira com dificuldade e segura a cabeça entre as mãos, os cotovelos apoiados nos joelhos.

— O que houve? — pergunto.

— Tudo certo.

Fala em voz baixa. Não tenho certeza de ter entendido bem.

— Quer me contar o que aconteceu?

— Gente ruim, Alma.

— E o que têm contra nós?

— Não sei... Mas... só o que importa é que agora acabou.

— O que fez com ele?

Morgan olha para mim em silêncio. Consigo sentir o peso de seus pensamentos que giram em torno de nós como uma tela, uma barreira de proteção contra o mundo.

— Não vai mais incomodá-la. Consegui jogá-lo na água. Foi arrastado pela corrente.

Estremeço à ideia de cair no rio, sobretudo nessa estação.

— Ele vai voltar?

— Ele não.

— E você, tudo bem?

— Estou bem. Não se preocupe.

— Sim, mas... o que você estava fazendo ali? Também estava me seguindo?

Ele examina a rua a nosso redor.

— Confie em mim e tome cuidado.

— Mas...

— Não pode andar pelo porto sozinha a essa hora! Não pode fazer isso nunca mais! Fui claro?

Agora parece quase furioso. Agarra meu pulso, apertando-o. Seus olhos parecem ferozes, as pupilas dilatadas e vibrantes. Ele me assusta.

— Prometa que não vai ficar andando por aí no escuro. É perigoso. Entendeu?

— Não tenho medo do escuro.

— Não é do escuro que deve ter medo. Mas de seus habitantes.

— Não acredito em fantasmas. Nem em criaturas da noite.

Morgan não responde. Sacode a cabeça.

— Não tem consciência dos riscos que corre. A cidade não é segura.

Ao contrário, tenho consciência, sim. Infelizmente.

— Não sou nenhuma menininha. E de todo modo não é você quem decide o que faço da minha vida.

Nesse momento, seu olhar parece ganhar vários tons de azul e fica mais luminoso que nunca no meio da noite.

Lentamente, aproximo minha mão de seu rosto. Não está suado nem quente. Roçando de leve, sinto sua pele macia na ponta dos meus dedos. Ele olha para mim e me deixa continuar. Depois acaricia minha mão. Está fria. Ele a aperta, afastando-a do rosto e levando-a aos lábios. Não vou detê-lo e fico à espera. Quando sinto seus lábios na palma de minha mão, fecho os olhos vencida por uma sensação que nunca senti antes. É gelo que queima, aquece e se perde em minhas profundezas.

É como se me sentisse viva pela primeira vez.

45

Durmo um sono pesado que, de manhã, me deixa tão tonta que pareço anestesiada. Mesmo antes de abrir os olhos, as imagens da noite passada se recompõem caoticamente em minha mente.

Com grande dificuldade, levanto e, sem olhar para fora, entro no banheiro. A casa está silenciosa. Talvez todos já tenham saído. Usufruo aquela paz e faço cada gesto com extrema lentidão. Tenho medo de que o tempo corra rápido demais e que logo algo terrível aconteça.

Dou umas voltas pela casa. Apesar das cortinas fechadas, uma luz viva e intensa consegue se infiltrar. Chego à janela da sala e olho para fora. A distância, vejo dois aviões se alternarem na pista de aterrissagem do aeroporto. O rio parece deslizar mais calmo. Há um sol alegre que promete a chegada da primavera. Sua luz me dá força. Assim, tenho a impressão de que será um dia menos duro que o previsto.

Pela primeira vez depois de não sei quanto tempo, resolvo vestir alguma coisa bonita. É um vestido curto, de malha verde, decotado e bem justo. Combino com minhas botas de camurça e um vistoso colar de pedras negras e verdes que Jenna me deu de presente depois do acidente.

Coloco um casaco mais leve, mas antes de sair pego a caneta de aço e o pequeno dragão de papel com o número de Morgan.

Lá fora o ar ainda é gelado, mas agradável. Percebo uma certa euforia. Não vejo o gás tóxico dos carros, nem ouço desabafos raivosos entre motoristas ou pedestres.

Tudo parece estar em harmonia com tudo.

No vestíbulo da escola tenho uma surpresa agradável.

Naomi voltou às aulas. Assim que me vê chegar, deixa Seline, com quem estava conversando, e vem a meu encontro. Seu rosto parece mais relaxado. Abrimos caminho na multidão de gente que espera o som da campainha.

— Oi, você voltou!

— Oi, Alma.

— Que bom vê-la de novo aqui.

— Também acho. O dr. Mahl me aconselhou a fazer o que tinha vontade, e eu estava cansada de ficar o dia inteiro em casa — diz em voz baixa.

— Muito bem, fez muito bem.

Está mais magra e menos vital que antes, mas parece estar reagindo bem. As marcas em seu rosto desapareceram e seus olhos negros voltaram a ter um pouco de luz.

— E seus pais?

— Ah, estão convencidos de que estou deprimida por causa da escola.

— Fez algum progresso nas sessões?

— Acho que sim — abaixa os olhos. — Lembrei quase tudo. Mas ainda é muito difícil falar nisso.

— Entendo. Tudo tem seu tempo certo. Então poderá denunciar esses animais.

— Alma, não tenho intenção de fazer isso. Se fizesse, meus pais ficariam sabendo e seria o fim, entende?

— Naomi, você não pode...

— Viu, Alma? — interrompe Seline. — Saíram as datas dos passeios da escola.

Ela parece um graveto.

— É, estão lá embaixo. — Naomi aponta um mural na parede entre o gabinete de Scrooge e a sala dos professores, na frente dos banheiros.

Vou até lá para dar uma olhada. O passeio é um dos poucos momentos realmente divertidos da vida estudantil. A meu lado, um menino comemora, fazendo projetos para as noites que passará pulando de um quarto a outro do modesto hotel onde ficaremos hospedados. Remexo nos bolsos e pego minha caneta-tinteiro de aço. Como sempre, é gelada, mas a sensação de empunhá-la é muito boa. É como se fosse uma varinha mágica ou uma arma: transmite poder.

Enquanto transcrevo as datas para minha agenda, alguém se aproxima às minhas costas.

Viro, imaginando que encontraria Morgan, mas estou enganada. É Adam. Ao contrário da última vez, tem um olhar calmo que, vindo dele, é quase inquietante. Faz pensar na calmaria antes da tempestade. Está de jeans e moletom e com as luvas de borracha que usa para limpar os banheiros.

— Deixou cair isso aqui.

Estende o origami: deve ter caído do meu bolso quando peguei a caneta.

— Obrigada.

Tento manter um tom neutro para não reacender velhos rancores.

— De nada. Assim, pode devolver para sua amiga Agatha.

— E por que deveria devolver?

— Porque é dela.

— Não, está enganado. É meu, encontrei embaixo da minha carteira.

— Não é possível. Quem colocou fui eu. E era para ela.

— Então errou de carteira.

Adam sorri de modo estranho, quase sinistro.

— E por que ia dar isso a ela?

— Pergunte à sua amiga. Ela tem muito mais respostas do que eu.

— O que quer dizer?

— Nada que você não saiba. Só que alguns dias antes do incêndio na diretoria, alguém arrombou meu armário enquanto eu estava na ginástica e roubou meu anel de dragão.

— Está mentindo.

— E por que mentiria?

— Encontraram o anel do dragão no gabinete de Scrooge.

— Exatamente, mas não estava no meu dedo na noite em que pegou fogo.

— E por que não disse isso a Scrooge?

— Acha que não tentei? Não acreditou em mim. A escola precisava de um culpado e eu era o culpado perfeito. Só por causa daquele anel idiota.

— Pensei que fosse importante para você, esse anel.

— Para mim? — Adam suspira. — É só um negócio que achei e me trouxe mais problemas do que qualquer outra coisa.

— Onde... onde foi que o encontrou?

— O que você tem com isso?

— Diga onde o encontrou, Adam.

— Perto do lago.

— Que lago?

— O lago do Parque Norte. Onde sempre vou correr. Alguém deve ter perdido e eu peguei. Não é crime.

O lago do Parque Norte.

O medo me paralisa. Não, não pode ser.

— Espere... espere... está me dizendo que não foi você quem destruiu o gabinete de Scrooge?

— Cuidado... Se for pega conversando comigo, corre um sério risco de ser suspensa também.

— Foi você quem tocou fogo no gabinete do diretor?

Ele ri.

— Desculpe, está achando que sou idiota? Se quisesse mesmo fazer uma coisa dessas, certamente não deixaria um cartão de visitas com a inscrição "fui eu".

Na verdade, faz sentido. Sempre achei que o anel tivesse caído sem querer, mas ignorava a história do armário arrombado.

— Supondo que acredite nessa história por um segundo, se não foi você, quem foi?

— Se eu fosse você, desconfiaria das pessoas que a cercam.

— Está falando de minhas amigas?

Adam faz que sim.

— Agatha? — O nome sai da minha boca como uma mosca que, depois de ficar se batendo horas a fio contra um vidro, encontra finalmente a saída.

— Resposta correta!!!

— Está enganado. Não pode ter sido ela.

— Você não passa mesmo de uma pobre coitada. Alguns dos meus amigos a viram girando por perto do meu armário no dia em que foi arrombado.

— Isso não prova nada.

— Talvez não, mas é um indício.

— E por que nunca denunciou seu nome?

Ele ri, nervoso.

— Quer saber por quê? Porque aquela menina é maluca. Quando me pegaram no rio...

— Aquilo foi porque...

— Psit! Sei por quê. Ouça... não me pergunte por quê, mas... tinha certeza de que, se não fosse você, ela não ia parar. Agatha seria capaz até...

Deixo que termine.

— De me matar.

Entre nós cai um silêncio pesado como chumbo. Adam finalmente disse o que venho repetindo comigo mesma em segredo há semanas. Faço uma última pergunta.

— Por que resolveu colocar o dragão de papel em sua carteira?

— Porque queria que ela soubesse que eu sabia.

Era, portanto, uma mensagem para Agatha, que chegou a mim por engano. Mas talvez isso também tenha um significado. Com aquele dragão no bolso falei pela primeira vez com Morgan no Zebra Bar. E ele me alertou contra as pessoas que usavam esse símbolo do dragão. Naquele momento, pensei em Adam, mas na realidade ele não era o verdadeiro proprietário do anel. Ele tinha sido perdido pelo dono perto de um lago, no parque onde Halle foi morta.

De repente, minha cabeça começa a doer de novo. Aperto as têmporas entre as mãos.

— O que houve?

Levanto os olhos para Adam, culpado sem culpa.

— Volte para a sala, Alma — diz ele. — Preciso voltar ao trabalho.

Adam caminha em direção aos banheiros. Olho para ele de um modo diferente. E entrevejo uma sombra de dignidade.

Depois de um início pesado, a manhã corre tranquila.

Nos corredores, na entrada, no pátio, procuro Morgan. Mas não há sinal dele.

46

O telefone toca do lado de dentro e, como era de se esperar, não lembro onde deixei as chaves para poder abrir a porta.

Não há ninguém em casa.

Remexo todos os bolsos. Quando encontro, mal tenho tempo de pegar o fone, um segundo antes que o último toque deixe claro que cheguei atrasada.

— Alô, é Roth.

— Oi.

— Tenho novidades no caso dos homicídios.

— Fantástico. Quais?

— Melhor não falar pelo telefone.

— E onde nos encontramos?

— Pode passar na redação?

— Acho melhor não.

Lá fora está quase escuro e ainda sinto o pesadelo da outra noite à flor da pele.

— Preciso ir à delegacia. Encontre-me lá. Depois, quem sabe a gente não compensa o jantar perdido da outra vez?

— Certo, nos vemos lá. Obrigada — corto secamente.

Finalmente alguma coisa acontece, penso. Será que a polícia encontrou indícios úteis?

Escrevo um bilhete para Jenna e deixo no móvel da entrada:

Fui comer uma pizza com os amigos.
Não chego tarde, prometo.
Alma.

* * *

Na verdade, não tenho ideia de como essa noite vai acabar.

Resolvo nem tirar a jaqueta. Deixo os livros da escola, que pesam como chumbo, em minha escrivaninha e tomo a direção da porta. Queria sair de casa antes que alguém chegasse.

Mas não sou bastante rápida. Ouço uma chave girando na fechadura e poucos instantes depois estou diante daqueles dois zumbis que são meu irmão Evan e sua namorada Bi.

Parecem um casal saído diretamente de um centro de atendimento aos sem-teto: roupas velhas, dez números maiores, suéteres com as mangas meio descosturadas e horríveis botinas sempre imundas. Com o passar do tempo começaram até a ficar parecidos. Ela agora usa os cabelos como os dele: longos o suficiente para cobrir uma parte do rosto e sempre despenteados.

— Oi.

— Oi — balbuciam juntos.

Nas bocas semiabertas brilham os botões de metal que resolveram espetar na língua.

— Estou saindo. Deixei um bilhete para Jenna.

Evan olha para mim com ar condescendente, como se perguntasse por que estou dizendo uma coisa que ele poderia muito bem constatar sozinho. Estou acostumada: não se importa com nada, nem ninguém. Exceto, talvez, com Bi.

Sem acrescentar uma palavra, vão para o quarto de Evan e fecham a porta.

Sacudo a cabeça e saio, deixando-os em seu pequeno, impenetrável mundinho.

São seis horas.

A escuridão está levando a melhor sobre a luz. O imprevisível sobre o normal. O medo sobre a coragem. Toda encasacada, caminho a passos largos para o ponto de ônibus. Olho para trás pelo menos três vezes. Sinto-me num estado contínuo de perigo, cercada de acontecimentos que estão se fechando a meu redor como um bando de animais famintos.

Penso em Morgan, em tudo o que fez por mim. O vínculo que me liga a ele é difícil de decifrar. Morgan não me corteja, nem faz as coisas para me agradar. Nunca fala de sua vida, nem pergunta sobre a minha. Ao contrário, às vezes é escorregadio, às vezes quase violento em suas reações.

Mas embora não compreenda o que quer de mim, sua presença me dá segurança. Talvez minha única segurança.

Subo num ônibus meio vazio onde, felizmente, não há homens vestidos de preto com óculos, chapéu e luvas. Vou me sentar no fundo, de onde posso vigiar quem entra e quem sai.

Chego à Cidade Velha 45 minutos depois. Tem um ar estranho que cheira a velharias e madeira queimada. Círculos de luz fraca flutuam ao redor de grandes lâmpadas pendentes de fios esticados entre as casas. Não há uma alma viva em volta. É como passear no meio do cenário de uma peça teatral: uma sensação que permanece o tempo todo enquanto dou uns giros. Chego ao bar onde conheci Roth: está fechado para o turno de descanso. A delegacia fica do outro lado da rua.

Uma vez lá dentro, noto que continua a fervilhar de vida como um laborioso formigueiro.

Procuro por Roth no meio da multidão, mas, em vez dele, encontro os olhos do tenente Sarl, que parece bastante surpreso de me ver por ali. Não avisei que viria. Está conversando animadamente com um agente.

Cumprimento com um sinal e me enfio num canto para estudar melhor a situação. Fico de pé, pois não vejo nenhum lugar livre para sentar.

Pouco depois, Sarl vem a meu encontro.

— O que faz aqui, Alma?

— Esperava encontrar novidades para incluir em meu artigo.

O olhar de Sarl é indagador. Está se perguntando como faço para estar tão atualizada sobre as investigações.

— Na verdade, descobrimos algumas coisas... Siga-me.

Reconheço o corredor cheio de portas.

No escritório de Sarl tudo está como antes, inclusive o cachimbo apagado no cinzeiro. Acho que o tenente tem passado muito tempo fora.

— Sente-se — diz ele, depois de fechar a porta atrás de si.

Sento e ele me imita, aboletando-se atrás da escrivaninha:

— Devo dizer que você apareceu bem na hora.

— Intuição feminina.

— Nisso, você se parece muito com sua mãe.

Nunca pensei em minha mãe como uma mulher intuitiva. Mas talvez ele a conheça melhor do que eu.

— Acabamos de divulgar a notícia para a imprensa, mas...

Espero confiante.

— É uma coisa que já tinha lhe dito, pelo menos parcialmente. Nas cenas dos crimes conseguimos colher algum material biológico. Cabelos, presumivelmente pertencentes aos assassinos. As análises da perícia forneceram resultados muito importantes. O primeiro é que, como pensávamos, não se trata de um único indivíduo, mas de várias pessoas.

Roth me deu a informação certa. Penso de novo na seita, no que aconteceu com Naomi, e fico convencida de que as coisas devem estar ligadas. Nessa altura dos fatos, tenho que excluir a ideia louca de que os assassinos sejam os homenzinhos estranhos que me seguem. Eles são carecas, não podem ter deixado nenhum cabelo nas cenas dos crimes.

— E o segundo?

— Um outro dado bastante inquietante. Os cabelos que encontramos pertencem a pessoas de idades muito semelhantes. Jovens.

Aí está a confirmação que esperava.

— Jovens? Quanto?

— É difícil estabelecer a idade precisa. Só sabemos que não têm uma idade muito avançada. Digamos que entre 15 e 30 anos.

— Está me dizendo que poderiam ter a minha idade?

— Poderiam.

As palavras vibram em minhas cordas vocais à espera de que minha vontade as transforme em sons. Não sei se posso confiar nele.

— Tenente Sarl... — começo a dizer.

Ele apoia o queixo nas mãos e olha para mim.

— Tem uma coisa que preciso lhe contar...

— Essa história de artigo para o jornal não tem nada a ver, não?

— Na verdade, não.

— Muito bem. E qual é a verdadeira razão que a trouxe até aqui?

Começo a falar e conto de Tito, da festa e do que fizeram com Naomi. Explico que ela não denunciou porque acabou de se recuperar do choque e tem medo de que os pais fiquem sabendo. Por fim, relato o que o dr. Mahl disse sobre a possibilidade de Naomi ter sido vítima de uma seita satânica.

Só não lhe conto uma coisa: que vou me encontrar com Tea em pouco tempo e que ela vai me dizer onde Tito mora.

Sarl olha para mim, seguindo cada movimento de minha boca. Ouve com atenção, avaliando minhas palavras como um joalheiro faz com suas pedras.

— Isso é tudo? — pergunta no final.

— É.

— E falou sobre isso com mais alguém?

— Não.

— Bom. Não fale. É a clássica notícia que deixaria os jornais nas nuvens. Tipo “pânico na cidade!”. Nenhuma mãe se sentiria segura de deixar os filhos saírem de casa. E dado que não sabemos se o que disse tem algum fundamento ou alguma ligação com os assassinatos, é melhor que os primeiros a meter o nariz na história sejamos nós. Além disso, se quiser aceitar um conselho meu, tente fazer sua amiga Naomi denunciar os agressores ou ficaremos de mãos amarradas: por tudo que me disse, esses jovens deveriam estar atrás das grades.

— Vou tentar. — Mas sei que será difícil. Em compensação, estou feliz por não ter falado com Roth sobre a seita. E também estou espantada com a confiança que o tenente Sarl parece depositar em mim.

— Tem certeza de que já me disse tudo?

— Por quê?

— Porque posso sentir quando uma pessoa mente. E você pareceu sincera, mas... é como se faltasse uma peça.

— Posso garantir que não falta nada. Não que eu saiba...

— Você não está envolvida, está?

Se estar envolvida significa relatar os assassinatos por escrito algumas horas antes que aconteçam ou ser seguida na rua quando saio à noite, então, sim: estou envolvida. Mas com certeza não posso falar sobre isso agora.

— Não — respondo.

Ele abre e fecha algumas gavetas.

— Acredito. Na realidade, também pensei na hipótese de que os homicídios fossem obra de alguma seita estranha. Nos últimos tempos, surgiram muitas delas na cidade, todas formadas por jovens que não têm objetivos, nem esperança de fazer algo de bom. Recebemos inúmeras denúncias: animais desaparecidos e encontrados mortos estripados, símbolos estranhos desenhados com sangue nas paredes dos armazéns abandonados, alguns jovens que desaparecem no ar.

Fico horrorizada, pensando que, diante de tudo isso, as coisas podiam ter sido bem piores para Naomi.

— São coisas que sempre existiram, mas a situação agora é mais grave do que todos pensam. E muitas vezes, envolvem pessoas aparentemente normais, inatacáveis e acima de qualquer suspeita. Fale-me desse Tito.

— Não é um tipo comum, tem os olhos puxados e cabelos claros presos num rabo de cavalo. Nunca tinha visto um oriental louro antes.

— E seus amigos?

— Não conheço... O único de quem me lembro é ele mesmo, Tito, pois andava nas vizinhanças da escola, talvez escolhendo suas vítimas. E quando conheceu Naomi...

— Não o viu mais?

— Não, desapareceu no ar.

— Tito. Nenhum sobrenome, endereço, nada.

— Temo que não.

O tenente Sarl levanta da cadeira.

— Alma, estou falando com você como falaria com uma pessoa adulta. É de vital importância que não diga nada a ninguém sobre essa história, nem a sua mãe ou a suas amigas. E não deve escrever nada disso no jornal de escola. Seria muito perigoso. Entendeu bem?

— Sim, claro.

— Vou continuar as investigações no rastro desse nome. E talvez possa descobrir alguma coisa. Nesse caso, você será a primeira a saber.

Aprovo com a cabeça.

— E convença sua amiga a vir à delegacia assim que puder.

— Vou tentar.

— Agora, vá para casa. Sua mãe deve estar preocupada. Vou mandar um agente levá-la de carro.

— Obrigada, tenente. Obrigada por tudo.

Não tenho vontade de recusar a carona inesperada. Depois de tudo que aconteceu, a noite me dá medo.

— Ainda não é hora de agradecer.

Ele vai comigo até a porta e saímos juntos de sua sala. Em seguida, quando chegamos à entrada, ele me deixa nas mãos de um policial.

Saímos pela porta de serviço. Nem sombra de Roth.

Quando saio da delegacia, sinto a consciência mais leve, mas a cabeça pesada de informações que preciso verificar, conexões que preciso estabelecer, indícios que tenho que descobrir. Espero de coração que a pista da seita seja boa e que meus pesadelos logo tenham fim.

O carro do policial tem cheiro de café e o painel parece incrustado de sujeira. O agente não abre a boca. Nem eu.

Apoio a testa na janela úmida e contemplo as luzes da cidade deslizando diante de mim, como um incompreensível filme mudo.

47

De novo no bar do Gad.

Tea está sentada diante de mim em silêncio. Em seu rosto, uma mancha roxa e uma marquinha no lábio recordam a encenação do roubo. Entre nós, um prato de batatas fritas crocantes que emite um calor intenso e viscoso.

— Tem alguma novidade para mim?

Tea tira alguma coisa do bolso do avental. É um bilhete dobrado. Coloca o papel sobre a mesa e empurra na minha direção.

Pego e abro. Tem um endereço.

— É aí?

— Acho que sim.

— Mora sozinho?

— Não é o endereço de casa, mas do local onde se encontra com os amigos.

— Nunca esteve lá?

— Não.

— Como conseguiu isso?

— Não era esse o nosso acordo? Queria um endereço e aí está ele. Não foi nada fácil descobrir.

— Por quê?

— Porque ainda não fui... iniciada. Bem, você já sabe de tudo. Eles... fazem parte de uma seita.

— Então existe um espécie de hierarquia na seita. E você ainda está no nível mais baixo.

— Isso mesmo. É por isso que ninguém deve saber que lhe dei esse endereço. Iam sumir comigo para sempre. Não há perdão para quem trai.

— Não direi uma palavra, pode ficar tranquila. Mas você deveria se afastar dessa gente.

— Tenho pensado nisso.

— O que acha que tem... nesse lugar? — pergunto indicando o endereço.

Ela massageia o nariz, como se tivesse sido picada por algum inseto.

— Parece que é um lugar especial, ao qual muito pouca gente tem acesso.

— Especial em que sentido?

— Acho que é lá que fazem os seus rituais, os sérios.

Sacudo a cabeça:

— Os *sérios*?

— Bem, nas festas eles experimentam, brincam, mas lá, no covil, pegam pesado. Entendeu?

Faço que sim.

— Vai até lá? — pergunta ela.

— Acho que não.

— Vai fazer o quê?

— Dar um jeito para que sejam presos. Mas preciso saber quando fazem essas reuniões, para a polícia pegar todos juntos.

— Só sei que se encontram à noite.

— Acho que por enquanto é suficiente. — Levanto.

— Boa sorte — deseja Tea.

— Obrigada pela ajuda.

Sorri.

— É por sua amiga, não por você.

— Já que não é por mim, tem uma última coisa que queria lhe pedir.

— Pensei que isso encerrasse a questão.

— Devolva o dinheiro a seu pai. É uma boa pessoa, que trabalha duro. Não merece ser tratado assim, além do mais pela própria filha.

— O dinheiro não está mais comigo. Serviu para pagar uma dívida que tinha com eles. Não iam aceitar mais atrasos. É gente que não brinca em serviço. Vou compensar meu pai trabalhando de graça aqui.

— Faça o que achar melhor.

Tea olha para mim séria.

— Tchau, Gad — digo, virando para o balcão. Depois saio.

* * *

Fora, observo o céu, cada vez mais escuro. A noite está caindo.

Não dá tempo para me encontrar com o tenente Sarl antes que escureça, portanto procuro uma cabine com um catálogo telefônico e me tranco lá dentro.

Marco o número da delegacia do nono distrito e, enquanto ouço o telefone tocar, espero com todas as minhas forças que o tenente esteja lá.

Por sorte, está em seu gabinete. Quando a telefonista passa a ligação para ele, sua voz calma logo me tranquiliza.

— Oi, Alma. Prazer em ouvir sua voz.

— Acho que tenho uma coisa para o senhor — digo num fôlego só.

— Estou ouvindo.

— É a respeito daquele Tito, lembra?

— Claro.

— Tenho um endereço.

Silêncio.

— Pode ser o local onde Tito e sua seita se encontram. Onde realizam seus rituais, na verdade. Parece que se encontram à noite.

— Como conseguiu isso?

— Sinto muito, mas não posso lhe dizer.

Repito o número e o nome da rua, escandindo bem.

— Vai passar lá? — pergunto no final.

— Imagino que faremos um controle.

— E depois?

— O ideal seria que todos estivessem lá, para pegá-los em flagrante delito e prender todo mundo. Mas, infelizmente, nem sempre é fácil assim.

— Andem rápido! — Percebo que estou quase gritando.

— Verei o que posso fazer. Mas preciso que me prometa uma coisa.

— O quê?

— Fique longe desse lugar. Entendeu bem? Sei que se sente muito envolvida em toda essa história, mas já fez até demais. Não deve correr riscos inúteis, eu nunca me perdoaria. Promete?

Sarl é um sujeito legal e um hábil detetive: lê o coração das pessoas e prevê suas intenções.

— Prometo.

— Até logo, então.

— Até.

Desligo o telefone e saio da cabine.

Fora está escuro, de novo e sempre escuro.

É melhor que me apresse para chegar em casa. Será uma noite longa, ideal para curtir a ideia de Tito e seus amigos *exclusivos* atrás das grades de uma prisão.

48

É de manhã novamente, para minha felicidade. A luz do dia me conforta, apesar de uma lancinante dor de cabeça que não me dá sossego e me obriga a tomar dois comprimidos de analgésico.

Deitada na cama, tento encaixar as peças do quebra-cabeça. A voz de Jenna, empenhada em seu conhecido monólogo cotidiano com Lina, marca o tempo que passa. Está dando banho na filha. Em seguida, vai ajudá-la com os deveres e depois preparar o almoço, alimentando a ilusão de que, se a comida for boa, vai unir os pedaços de sua família.

Olhando para o teto branco, fico me perguntando se o tenente Sarl já foi ao covil, se encontrou alguma coisa de útil. Talvez aqueles desgraçados já estejam até presos.

Resolvo levantar.

Preciso sair para ler um jornal. É tudo muito louco, penso: nunca li tantos jornais como no último mês. Antes das histórias em meu caderno roxo, o mundo não me interessava nem um pouco.

Visto meus jeans, um suéter e os tênis mais confortáveis que tenho. Enfio a jaqueta e saio do quarto. Lina está vendo desenho animado na sala. Ela me dá apenas uma olhadela rápida, mas intensa, como se pudesse sentir a corrente de pensamentos que me segue como uma ruidosa cauda de pipa. Lembro então de sua sinetinha. Volto ao quarto e procuro por ela nos bolsos do casacão. Pode parecer estúpido, mas quando finalmente a encontro, sinto alívio. Talvez ela tivesse me protegido, se estivesse comigo todas as vezes em que corri perigo. Enfio o pingente no bolso da calça, prometendo que não vou mais esquecê-lo.

Chego junto de minha irmã e faço carinho em seus cabelos finos e macios.

— Tchau, pequetita.

E mostro a sinetinha. Ela sorri, depois abre levemente a boca, mas de seus lábios rosados sai apenas um débil suspiro, que não é suficientemente forte para transportar as palavras que carregam o peso de anos de silêncio.

Jenna está diante do fogão.

— Vai sair?

— Vou comprar jornal.

— Espero você para o almoço, Alma. Gad virá também.

— O que está preparando?

— Pato ao forno.

— É mesmo?

— Bem, estou tentando.

Acho que nunca fez um prato tão complicado.

— O cheiro está ótimo.

Ela parece contente.

— Obrigada. Não demore, por favor.

Pela porta fechada de Evan não se ouvem barulhos, nem músicas ensurdecedoras: nada de nada. Talvez esse pato faça o milagre...

Enfio a sinetinha no bolso novamente e saio.

Lá fora, brilha um sol cálido, que fiz bem em esperar. Ergo o olhar para as árvores que ladeiam a rua. Alguns brotinhos verdes despontam timidamente entre os ramos ressecados, enquanto um canto alegre num galho mais alto recorda que, depois do inverno, uma nova vida desabrocha.

Um pouco além da banca de jornais, vejo um grupinho de pessoas que discutem animadamente.

Abro espaço para chegar aos jornais. Mas não preciso esperar muito: a banca está forrada de títulos que anunciam: "Presa seita de jovens satanistas. Envolvimento nos recentes homicídios?"

Sinto meu coração explodir na garganta de alegria. O tenente Sarl conseguiu! Deve ter ido ao endereço que lhe dei e... prendeu Tito e seu bando.

Compro exemplares dos principais jornais diários da cidade e me afasto das pessoas em busca de um banco distante para ler com tranquilidade.

Segundo os jornais, a polícia invadiu um canteiro de obras abandonado num edifício da periferia norte da cidade. A seita tinha construído um santuário particular no subsolo, com vários crucifixos de cabeça para baixo, paredes cheias de sangue, um pequeno altar com um hostiário cheio, alguns paramentos sacerdotais sujos com uma mistura de sangue e secreções humanas e várias gaiolas em que se esgoelavam aterrorizados dois gatinhos e algumas galinhas.

— Deus meu!

Um verdadeiro museu dos horrores. Não gosto nem de pensar. Leio rapidamente os artigos, procurando o que me interessa. No primeiro, não encontro nenhum nome, mas no segundo jornal que comprei há uma foto dos presos, entre os quais reconheço as feições inconfundíveis de Tito: os olhos puxados e o rabo de cavalo.

— Sim! — exclamo, apertando o jornal no peito. Conseguiram pegá-lo.

A acusação contra o bando ainda não está muito clara, mas eles ficarão trancados numa cela pelo menos por alguns dias. Quem sabe a corrente de homicídios horripilantes que me atormenta também se interrompa com isso.

Levanto do banco.

Preciso mostrar os jornais a Naomi.

49

O bairro onde Naomi mora me passa sempre a mesma sensação: perfeição vazia. Uma mulher empurra um carrinho com ar distraído e, em seguida, seu olhar se detém em mim. Seu pensamento roça por mim e se afasta rapidamente assim que o bebê, louro e angelical, emite um som surdo que chama a atenção dela.

Será que um dia terei uma família, eu, que nem mesmo sei o que é o amor?

Mas nesse meio-tempo, cheguei à entrada do edifício B. Aperto uma tecla na longa sequência de campainhas que inundam a parede. Pouco depois, reconheço a voz da mãe de Naomi no interfone. Digo quem sou e uma descarga elétrica abre a porta.

Na portaria, a sola de meus tênis range contra o pavimento brilhante e branco.

No sétimo andar, encontro Naomi esperando por mim. Está sonolenta e surpresa. Não esperava minha visita.

— Vamos para o meu quarto — diz, quando ainda estamos na soleira da porta.

Vive no terror de que os pais descubram alguma coisa. Mas alguma coisa, cedo ou tarde, eles vão descobrir. É por isso que estou aqui: para fazê-la raciocinar, para que denuncie aqueles bárbaros.

Assim que chegamos a seu quarto, pequeno e arrumado, Naomi fecha a porta às nossas costas e, sacudindo a mão diante da boca, faz sinal para que fale baixo.

— Como vai? — pergunto antes de mais nada.

— Não muito bem, hoje. Ontem à tarde recebi o resultado do exame toxicológico. Eles me drogaram, me deram uma substância chamada quetamina.

— Nunca ouvi falar. O que é?

— Liguei para o dr. Mahl e ele explicou que se trata de um anestésico que, administrado em doses maciças, pode causar forte decomposição psíquica.

— Ah, meu Deus!

— É por isso que fiquei tão confusa.

— E ele acha que pode ter deixado sequelas?

— Disse que só o uso contínuo pode causar danos mais sérios. Mas que preciso fazer outros exames.

— Sinto muito.

— Fui pega na rede de um bando de cretinos desequilibrados, isso é tudo.

— Tenho uma coisa para você...

Minha mão aperta com força os jornais que comprei.

Ela os vê.

— O que é isso?

— Descubra você mesma.

Coloco todos os exemplares em cima da escrivaninha, menos um, que abro na página das notícias locais.

Naomi arregala os olhos para a foto de Tito e seu grupo. Depois lê algumas linhas do artigo ao lado.

— Foram presos? — pergunta num tom meio incrédulo, meio apavorado.

— Foram, Naomi. Vão pagar pelo que fizeram.

— Foi você?

Agora Naomi parece irritada.

— Só fiz o que devia. Não podiam sair dessa livres.

— Mas cansei de dizer que não queria que essa história viesse à tona! Você não tinha o direito...

— E o que deveria fazer então? Ficar sentadinha de mãos atadas até você tomar coragem, esperando que os desgraçados fizessem a mesma coisa com alguma outra menina?

Naomi abaixa os olhos. Algumas lágrimas marcam suas faces. Só a vi chorar raramente.

— Não aguento mais.

— Sei que está com medo. É normal, mas vai passar e vai encontrar forças para denunciar essas violências.

— Não consigo, Alma! É como se estivesse morta, entende?

— Pois deveria estar contente por não estar morta. Pare de se lamentar. Precisa reagir, Naomi. E tem que fazer isso não apenas por você, mas por todas as outras vítimas. Você nunca suportou injustiças, e justamente agora, que tem a possibilidade de evitar uma, vai tirar o corpo fora? Nem parece você. Nem parece a Naomi.

— Não sobrou muito daquela Naomi.

— Certo. Uma nova Naomi vai tomar o lugar da velha. Mais forte e mais combativa! Afie as garras e trate de enfiá-las na carne daqueles malditos. Olhe bem para eles — coloco a foto do jornal diante de seus olhos —, com as caras mais limpas do mundo. Quantas outras meninas precisam pagar antes que você encontre coragem?

Naomi observa a foto. As lágrimas param de correr.

— Sei que tem razão. Mas eles me tiraram alguma coisa, a dignidade e o respeito próprio. Sinto como se estivesse mergulhando num abismo escuro do qual não consigo escapar.

— Prometa pelo menos que vai pensar no caso. Precisa fazer isso!

— Tudo bem, vou pensar. Prometo. Mas agora quem vai lhe pedir uma coisa sou eu: deixe essa história para lá por enquanto. Por favor. Deixe que eu tome minhas decisões segundo minhas próprias forças. Tito e os outros já estão presos.

— É, mas não vão ficar por muito tempo, se a polícia não encontrar provas suficientes para segurá-los. E só você pode fornecer essas provas. E precisa fazer isso o mais rápido possível.

Naomi dá um suspiro profundo, como se quisesse expelir o veneno que pesa em seu corpo.

— Preciso de um pouco de tempo, Alma.

Ficamos um pouco em silêncio. Olho o relógio na mesinha de cabeceira: quase onze horas.

— Queria perguntar uma coisa — diz ela.

— Diga.

— Morgan. O que ele sabe de tudo isso?

Não sei bem o que responder. Não queria que se sentisse exposta às opiniões de estranhos. Por ora, talvez seja melhor não fazer mais pressão, de modo que escolho uma versão parcial dos fatos.

— Sabe que sofreu uma violência e sabe quem é o responsável. Se não fosse ele, não teria como levá-la para o hospital e talvez não estivéssemos aqui hoje, tranquilas, conversando.

— Não estou nada tranquila. Agora Morgan também sabe o que fizeram comigo — observa apontando o jornal.

— Naomi, ele viu como você estava na noite da tal festa. Não precisa ler nos jornais.

— Eu sei. Quando encontro com ele no corredor da escola, ele sorri, coisa que não fazia antes.

— É um cara sensível.

— Acha que não vai contar tudo aos amigos? Não vou passar por idiota e ingênua diante de toda a escola? Não vou acabar como Seline?

— Pare com isso! Não quero nem ouvir uma coisa dessas. A história de Seline é bem diferente. E Morgan não é Adam. É verdade que você foi muito inocente, mas ninguém poderia imaginar que ia acabar nas mãos de um bando de satanistas alucinados.

Ao ouvir essas palavras, Naomi fica bloqueada, os olhos fixos num ponto da parede branca diante dela. Nem pisca.

— O que houve? — pergunto preocupada.

Nenhuma reação.

— Naomi? — começo a sacudi-la.

Finalmente, parece voltar a si. Pousa em mim um olhar vazio e desolado.

— Queria ficar um pouco sozinha — limita-se a dizer.

— Está bem. Já vou indo.

— Alma...

— Sim.

— Tome cuidado. Esse pessoal, Tito e seus amigos, não está de brincadeira. Se descobrirem que foi você que fez a denúncia, vai acabar pagando caro por isso.

— Não vejo como poderiam chegar a mim. Tito nem sabe que existo.

— Não, ele reparou em você.

— Como reparou?

— No início não dei muita bola. É bonita e todo mundo olha, parecia normal... Mas agora, depois de tudo que aconteceu... Tome cuidado.

— Certo. E você, se cuide.

Deixo o quarto, tentando afastar a desagradável sensação de ter despertado o interesse de Tito. Chego à porta e vou embora correndo, antes de encontrar os olhos indagadores da mãe de Naomi. Quando saio do prédio, respiro avidamente o ar fresco e mal tenho tempo de enxugar uma lágrima ainda presa nas pálpebras.

Entre a raiva e o desejo de vingança, abre caminho a esperança de que Naomi denuncie seus carrascos. Sei que vai fazer isso.

Mas agora que essa história está quase resolvida, outra pessoa me preocupa: Agatha. O que faz realmente quando fica em casa em vez de ir à escola? Por que é sempre tão misteriosa? O que há entre ela e o Professor K? Para que servem todas as substâncias químicas que vi em sua cozinha? E, sobretudo, será que está ligada de alguma maneira aos assassinatos, a Tito e a sua seita?

Tenho certeza de que as respostas para tantas perguntas estão naquela casa de conchas. E é para lá que pretendo ir.

50

A Cidade Velha parece ter refeito sua maquiagem esta manhã. Com a cumplicidade do sol e da temperatura mais amena, as casas parecem mais dignas em sua antiga decadência, as pessoas mais dispostas a sair na rua.

A rua onde Agatha mora transmite, no entanto, o mesmo abandono desolador da primeira vez em que a vi. A única forma de vida é representada por alguns cães sem dono. Aqui, nem as árvores parecem ter percebido que a primavera está chegando.

A bizarra casa de conchas surge em toda a sua inquietante imponência. Tocadas pela luz do sol, as paredes incrustadas de conchas emitem um brilho quase sinistro. A própria casa parece um enorme rochedo de desventura.

Não sei se Agatha está em casa, mas, ao me aproximar, vejo alguém chegar ao portão. É uma mulher. Tem na mão uma coisa que parece uma cestinha, coberta com um tecido listrado.

Abre com dificuldade o pesado portão e segue pela alameda até a porta de entrada. Em seguida, toca a campainha e espera. Fico escondida, tentando ver se Agatha vai abrir a porta.

Um movimento atrás de uma janela do primeiro andar chama minha atenção: alguém afastou a cortina e fechou rapidamente, como se não quisesse ser visto.

Alguns instantes depois, o portão se abre e Agatha aparece. Fala brevemente com a mulher e, sem convidá-la a entrar, pega a cestinha em sua mão. Em seguida, fecha a porta e espera a mulher se afastar.

Ela percorre a alameda de volta e, antes de sair pelo portão, vira para dar uma última olhada na casa, como se procurasse um sinal, um detalhe que pudesse esclarecer alguma coisa obscura.

Pouco depois, a mesma cortina do primeiro andar se mexe de novo. Imagino que seja Agatha, verificando se a mulher foi mesmo embora.

O que fazer?

Paro um instante para pensar. Sei que Agatha não gosta de visitas. Se quiser falar com ela, posso esperar que saia ou esperar para falar na escola, antes ou depois das aulas. Tentar entrar de novo não parece ser uma boa ideia. Sequer tenho certeza de que a janela do porão nos fundos da casa ainda esteja aberta. Então, dou alguns passos atrás, sigo com os olhos a mulher que se afasta e depois, lentamente, trato de ir atrás dela. Talvez seja a pessoa que cuida da tia quando Agatha está na escola. Talvez seja a enfermeira que Agatha mencionou. Embora, pensando bem, não tenha visto ninguém quando estive lá.

Talvez Agatha tenha mentido e não exista enfermeira alguma. Mas então, quem cuida da tia quando ela não está?

A mulher ultrapassa algumas casas até se aproximar daquela que parece ser a sua. Então é simplesmente uma vizinha, penso comigo mesma.

Corro atrás dela, chamando.

— Senhora?

Ela vira, me examina e continua a caminhar. Para diante de um portão e usa uma chave para abri-lo.

— Espere!

A mulher passa pelo portão e começa a fechá-lo atrás de si. Corro até lá. Imagino que não se trata de um bairro muito seguro. Ela já fechou o portão e caminha em direção à porta da casa.

— Meu nome é Alma, sou colega de turma de Agatha.

Diante dessas palavras, finalmente para e faz o caminho de volta.

Posso examiná-la de perto: não é muito alta, mas é bem cheinha, sobretudo no rosto, onde as bochechas rosadas e proeminentes circundam o nariz pequeno e batatudo. A boca carnuda é ressaltada por uma fina camada de batom rosa. Tem cabelos grisalhos e curtos, penteados de qualquer maneira, e olhos negros, grandes e interrogativos.

— O que posso fazer por você? — pergunta com ar curioso, sem abrir o portão que nos separa.

— Vi que fez uma visita a Agatha e sua tia. Poderia me dar notícias de sua saúde?

— Só o que Agatha me diz: não vejo Nives há muitos anos.

Nives. Não sabia que a tia de Agatha se chamava assim.

Em seguida, a mulher começa a contar a história.

— Éramos ótimas amigas, antes que ficasse doente. Agora não nos vemos e não nos falamos mais. Por causa da doença — explica.

— Então não se falam nem pelo telefone?

Parece absurdo.

— Agatha alega que Nives poderia se cansar demais e que, por isso, ela mesma se encarrega de atender o telefone. Diz que a tia manda lembranças e nada mais. Eu me limito a trazer alguma coisa para comer de vez em quando e a ligar para saber notícias. Hoje, preparei uma ótima torta de abobrinha com manjerona. Espero que Nives goste.

— Nunca mais entrou na casa?

— Não, Agatha não permite. Por causa do contágio. Qualquer coisinha pode piorar as condições de Nives. Até um simples resfriado poderia ser fatal para ela.

Fico perplexa: Agatha não deixa nem uma amiga querida da tia entrar naquela estranha casa. Por quê? É só para protegê-la dos germes ou está escondendo alguma coisa?

— Mas por que tantas perguntas, querida?

— Agatha tem faltado muito nos últimos tempos e tenho pena dela. É por isso.

— Bem. Não pensei que tivesse amigas. É uma menina tão fechada.

Abaixa seus grandes olhos negros, à espera de um comentário meu.

— Pois é — digo eu —, na verdade, ela não anda com muita gente.

— ... É violenta, às vezes.

Olho para ela, surpresa.

— Como assim?

Afinal, a mulher resolve apertar um botão à direita do portão, abrindo-o.

— Faz bastante tempo, talvez um ano. Fui encontrar Nives. Toquei a campainha, mas não houve resposta. Finalmente, entrei, usando as chaves que Nives tinha me dado muito tempo antes que Agatha viesse morar com ela. "Nunca se sabe o que pode acontecer com uma mulher sozinha", disse ela na ocasião. Lembro que havia um cheiro estranho na casa, uma mistura de remédio com algum detergente aberto. Nem tive tempo de chamar Nives, pois Agatha surgiu feito uma possessa e me empurrou literalmente para fora, ordenando que não aparecesse mais lá. Fiquei muito mal. Depois...

— Depois?

— Depois ela veio à minha casa se desculpar. Justificou-se dizendo que estava muito preocupada com a tia e pediu que não cometesse outra imprudência como aquela, entrando na casa sem avisá-la antes. Parecia chateada e apreensiva com a pobre Nives e, por isso, resolvi perdoá-la. Desde então, não pus mais os pés naquela casa. Só Nosso Senhor pode saber como está a minha amiga.

Percebo que a mulher também alimenta algumas dúvidas.

— Acha que Agatha não está dizendo a verdade?

— Não, não é bem isso... com certeza, é estranho que ela seja a única a cuidar da tia.

— Soube que havia também uma enfermeira...

— Não a vejo há anos. A menos que tenha horários muito diferentes dos meus. Além do mais, não moro na casa em frente e é possível que não cruze mais com ela — explica, mas nem ela parece muito convencida do que diz.

De repente, o silêncio é rompido pelos sinos da velha igreja batendo doze badaladas.

— Oh, santo Deus. Já é meio-dia! Preciso correr, querida, para não me atrasar. Meu marido não suporta atrasos no almoço. Até logo — diz, dando as costas e trotando pela aleia até a porta de casa.

— Pode fechar o portão para mim? — pede ainda.

É o que faço, e fico ali observando-a um instante, antes de lembrar que também tenho um almoço à minha espera.

Vou até a praça da igreja e pego o primeiro ônibus que aparece. Coloco os fones, ligo a música e deixo meu olhar vagar pela janela. Tento esquecer tudo por um momento. Diante de mim, desfilam o Teatro, o Centro Comercial e depois, a distância, o Museu da Ciência. Já estou na vizinhança da escola. Rememoro as palavras da vizinha de Agatha. Ela também acha que alguma coisa não está muito clara. Mas talvez queira evitar possíveis reações violentas de Agatha. Tem medo. Lembro o que senti no interior daquela casa espectral, a angústia que me envolveu junto com aquele cheiro estranho. Estremeço e, ao mesmo tempo, aquilo me convence mais uma vez de que a verdade está escondida justamente entre aquelas paredes mofadas. O ônibus sacoleja, conduzindo-me aos portões de entrada do Pequeno Parque. A mancha verde das árvores hoje parece mais brilhante e viva.

O ônibus para e abre as portas.

Morgan! É ele mesmo, de costas, na entrada do parque. E não está sozinho. Está falando com a mesma menina morena e de cabelos encaracolados que estava com ele no portão da escola algum tempo atrás. Só consigo pegar alguns gestos das mãos antes que as portas se fechem e o ônibus me leve para longe. Espio entre os bancos para vê-los melhor. Pareciam íntimos. Mas quem é ela? O que fazem ali? É por culpa dela que Morgan faltou aula nos últimos dias? Por quê?

Sou uma idiota de acreditar que Morgan só se preocupa comigo. Que esteja sempre de guarda às minhas costas, como no porto, pronto para me proteger.

De agora em diante vou me virar sozinha, sem ajuda de ninguém. Menos ainda a dele.

51

Está escuro lá fora, uma escuridão total que não tem saída. Não tem lua e não se veem estrelas. Nada ao redor do velho ginásio que possa penetrar nas trevas.

A distância, um letreiro luminoso em forma de H lembra que, às vezes, a esperança não basta.

No ginásio, uma luz fraca e embaçada resiste ao assédio da noite lá fora.

Vindas do interior, algumas notas interrompem o silêncio denso e pesado. Vêm de uma guitarra. Alguém está tocando. Começa com uma melodia lenta, continua num ritmo mais acelerado que, de quando em quando, explode num riff *alucinante.*

Mais que um exercício de estilo, parece a busca de alguma coisa, de uma sonoridade que expresse um mal-estar crescente e grande demais para ser guardado dentro de si.

O guitarrista está sentado num velho sofá desconjuntado. De jeans e moletom, com o capuz puxado sobre a cabeça, abraça uma guitarra elétrica tocada quase com raiva. A caixa aberta como um ataúde aos pés do sofá. Forrada de tecido vermelho, é um toque de elegância que destoa dos móveis de quarta mão que ocupam um pequeno canto do imenso salão. Algumas partituras, rabiscadas com notas escritas a caneta, esperam ser recolhidas do pavimento de linóleo cinzento, pontilhado de pontas de cigarros feitos à mão.

Um par de garrafas de cerveja vazias rolou até uma pequena cesta de lixo que transborda de papéis, e a cesta de basquete transformou-se numa rede que balança numa das traves de ferro do teto, junto com algumas cordas enroladas sobre si mesmas como grandes serpentes adormecidas. As janelas, grandes e colocadas bem no alto, exibem remendos de fita adesiva nas rachaduras deixadas por alguma pedra.

A guitarra não para de tocar e cobre qualquer outro rumor no raio de uma centena de metros. Cobre as buzinas dos carros que passam como flechas mais ao norte, na perimetral; cobre os latidos de um bando de cães de rua que dão voltas na noite em busca de comida; cobre o rangido da maçaneta da porta traseira, aberta para um corredor estreito que passa pelos vestiários. É a única entrada transitável. E alguém acabou de ultrapassá-la.

As notas viajam velozes no ar e ecoam enlouquecidas contra as paredes, os vidros, os objetos. Os solos se sucedem engolindo tudo. Até os passos da figura que acabou de entrar no ginásio. Aproxima-se lentamente, no escuro. É um avanço sem pressa, que demonstra segurança. Segurança de quem tem tempo.

O músico está muito concentrado em sua guitarra para perceber que não está mais sozinho. Empenhado demais em combinar novas harmonias para notar um objeto estreito e longo que brilha diante da porta entre o ginásio e o corredor. Não para de tocar. Logo em seguida, um rumor forte e ensurdecedor o paralisa: uma das caixas distorceu o som.

Naquele exato momento, avista a figura imóvel na beira da porta, como a estátua de um anjo da morte.

52

Acordo sobressaltada, trêmula de medo. É com dificuldade que organizo as lembranças de mais um pesadelo.

Estou procurando o interruptor do abajur quando alguém me antecipa, ofuscando-me com a luz do lustre central.

— Acorde, Alma.

É Jenna, que invadiu meu quarto.

— O que... que houve?

Estou em estado de choque, não consigo descobrir se ainda estou sonhando. E sinto um dor de cabeça aguda.

— Preciso de sua ajuda. Tenho uma urgência no hospital e não vai dar tempo de levar Lina à escola. Pode cuidar disso para mim?

Meus Deus, já é de manhã. Balbucio um sim.

— Tem que ser rápido ou vão chegar tarde. Ela já está tomando café. Estou indo.

Esfrego os olhos com as costas da mão. Vejo tudo embaçado por alguns instantes, depois relembro: escrevi outro conto.

Jenna sai de casa. Ouço a porta bater. Saio da cama e procuro o caderno roxo. Está ali, no chão, fechado, com a caneta-tinteiro a seu lado. O armário está aberto. Devo ter levantado no meio do sono para pegar a caneta no bolso e o caderno em seu esconderijo.

Cubro o rosto com as mãos, esperando que tudo desapareça no ar. No entanto, todos os ingredientes estão ali, absurdos, mas tangíveis.

Por que escrevi outra história? Mal tenho tempo de pensar que estou completamente enganada e que talvez Tito e sua seita não sejam responsáveis por nada disso: entre as páginas do caderno, outro homicídio terrível espera por mim e, portanto, a cadeia de assassinatos não se interrompeu. Vejo Lina aparecer na minha porta. Espera por mim, silenciosa como sempre.

Visto a primeira coisa que encontro, dou uma olhadela rápida no espelho e percebo mais uma vez que, apesar da dor de cabeça que não me dá trégua e dos pesadelos que me atormentam, tenho uma aparência esplendorosa.

Lina me observa. Depois se aproxima e borrifa um pouco de seu perfume em mim. Sorrio e borrifo um pouco do meu nela. Ela adora essa brincadeira.

Pego o caderno roxo e enfio na mochila sem sequer abri-lo. Ponho a caneta no bolso, visto a jaqueta e faço Lina vestir a sua. Ela bota nas costas uma mochila maior que ela.

— Vamos. Pegou suas coisas?

Faz que sim.

Quando saio de casa com a mão de minha irmã na minha, sinto-me incrivelmente grande. Grande e assustada, como se o mundo inteiro estivesse desabando sobre mim. Aperto sua mão ainda mais forte.

Entramos no ônibus e sentamos de frente para uma mulher exageradamente maquiada, muito ocupada se olhando no espelhinho de bolsa, e para um senhor mergulhado na leitura de seu imenso jornal.

Queria ler os títulos, mas tenho medo do que posso encontrar. Finalmente, levanto os olhos e examino com muita atenção a primeira página: os meninos da seita ganharam a manchete. Em seguida, política, internacional, esportes...

Nada. Nenhuma referência a nenhum homicídio.

Não ainda, pelo menos.

Meus contos sempre antecipam os fatos que descrevem.

É inútil tentar me iludir de que nada vai acontecer. Não vou cometer o mesmo erro duas vezes. O mal permanece. Os contos e os assassinatos também.

Mas desta vez é diferente. Esperava realmente que tudo estivesse acabado e, ao contrário, não está. É como se estivessem me chamando e eu não pudesse faltar ao encontro marcado: desta vez não posso dar meia-volta na névoa e fugir. Deve haver algum sentido no fato de ser exatamente eu quem escrevo.

Ainda estou perdida em meus pensamentos quando alguma coisa toca minha mão. Dou um pulo, aterrorizada. Mas é apenas Lina, avisando que sua escola fica na próxima parada.

— Quer que vá com você até a entrada?

Sacode a cabeça, negando.

Surpreendo-me dando um último beijo em seus cabelos. É a única pessoa com quem relaxo com tanta facilidade.

Quando paramos, observo Lina descer com sua mochila gigantesca e fazer um sinal com a mão. Retribuo o aceno um segundo antes que as portas se fechem.

Em seguida, o ônibus retoma sua corrida.

Desço um ponto antes de minha escola e percorro os últimos quarteirões a pé. Estou adiantada para o sinal, o suficiente para resolver o que fazer. Não tenho a menor vontade de assistir aula. O desejo de descobrir o que Agatha esconde me atormenta.

Resolvo me colocar atrás dos carros estacionados, longe o suficiente para não ser vista e perto o suficiente para ver todos os alunos entrarem. Se Agatha vier, significa que é o dia certo para ir à sua casa e descobrir de uma vez por todas que segredo escondem aquelas paredes sinistras.

Enquanto espero, abro o caderno e começo a ler o último conto que escrevi. Uma palavra de cada vez, controlando continuamente as meninas e os meninos que desfilam diante do portão.

Mas não consigo fazer as duas coisas direito, de modo que fecho o caderno e guardo de volta na mochila. Então, encosto na parede às minhas costas, sem forças para ir até a escola.

Um músico num ginásio...

Sinto o caderno dentro da mochila vibrar como se fosse dotado de vida própria. Mas talvez seja apenas o meu coração cheio de medo, batendo até quase explodir.

Pelo que pude ler, esse assassinato também acontece à noite. Tento me acalmar. Primeiro tenho que descobrir o que Agatha está escondendo e se está envolvida de alguma maneira em toda essa história.

Finalmente reconheço seu rosto entre os que se dirigem para a entrada da escola. Caminha a passos largos, como sempre, com as mãos nos bolsos e sem olhar para ninguém, como se precisasse se defender de não sei bem o quê.

Penso na conversa com a vizinha.

E se aproveitasse para voltar até lá, para falar com a velha tia?

— Oi — ouço alguém dizer a poucos passos de onde estou.

Dou um pulo.

— Nossa, Morgan! Que susto!

— Desculpe, não tinha intenção...

— Não é culpa sua. Ultimamente parece que é fácil me assustar.

— Notei. Está tudo bem?

— Tudo bem, obrigada.

Queria sorrir, perguntar o motivo de suas faltas, mas em seguida a cena dele falando com a menina morena volta à minha mente.

— Não teve mais nenhum... problema?

— De desconhecidos me seguindo no meio da noite? Não, não saí mais. E depois... você não estava cuidando de mim?

— Sim — responde ele, surpreendendo-me.

— E... encontrou algum dos sujeitos de óculos e chapéu?

— Você está esquisita. Tem certeza de que está bem?

— Nunca estive melhor.

— Alma...

— Pode parar, Morgan. Se quiser falar comigo, fale e pronto. Estou cansada dessas suas meias-frases misteriosas.

— E o que estava fazendo aqui, atrás dos carros?

— Nada de especial. Olhei para os outros e percebi que não estou com a mínima vontade de entrar na escola.

— Boa ideia. Quer dar uma volta comigo?

Até a casa de Agatha. Oh, não, Morgan! Esse assunto é só meu.

— Na verdade, tenho outro programa.

— Entendi. Fica para a próxima?

— Fica.

— A gente se vê.

— Tchau.

Morgan se encaminha para a escola, mas retorna depois de alguns passos.

— Ainda tem meu telefone, não tem?

— Tenho.

— Ligue se... se tiver algum problema.

Aperto os olhos. Ele retoma seu caminho e se perde na multidão de gente na entrada da escola.

53

Felizmente, a janelinha do porão ainda está aberta.

Acho que Agatha não imagina nem de longe que alguém possa querer se infiltrar sorrateiramente em sua casa e, portanto, não verificou as entradas. O cheiro de umidade continua forte e pungente, a poeira que se levanta à minha passagem torna o ar denso como névoa.

Nos degraus que levam para o interior da casa, encontro os espaços que criei da primeira vez para poder subir e descer. É evidente que ninguém mais colocou os pés ali dentro.

Chego à maçaneta da porta. Giro bem devagar e abro sem nenhum problema. Uma vez lá dentro, o cheiro que já tinha sentido me assalta de novo. O que será?

Percorro o corredor até a escada para o primeiro andar. Escuto atentamente, à espera de um rangido, um acesso de tosse, um sinal de vida. Nada. Há um silêncio irreal entre essas paredes, quase como se estivessem abandonadas. Só ouço minha respiração e meus passos surdos nas tiras de carpete que cobrem o mármore gelado do chão. É como caminhar dentro de um mausoléu.

As portas que dão para o corredor ainda estão fechadas. Tento abrir uma delas, mas a maçaneta para na metade, fechada a chave. Faço o mesmo com a outra, mas o resultado é o mesmo.

Vou então para a cozinha. Na mesa, reconheço a cestinha trazida pela vizinha no dia anterior, ainda coberta por seu tecido listrado. Levanto o pano. O perfume de abobrinha e manjerona sai de uma torta dourada e de aparência fofa como uma nuvem.

Não muito longe, vejo várias seringas, algumas usadas, outras ainda fechadas nos envelopes. No balcão perto da pia, ao lado dos frascos de vidro etiquetados como fórmulas químicas, há uma garrafinha bem pequena com um líquido transparente e a etiqueta HCHO. Não sei se devo abrir. O Porfessor K sempre diz que não devemos entrar em contato com agentes químicos de natureza desconhecida.

Observo a tampa da garrafinha, que parece menos hermética que a dos outros frascos, e resolvo me arriscar. Quero descobrir se o cheiro penetrante que impregna o ar da casa vem de lá.

Destampo e sou invadida por uma lufada acre e irritante. Sinto meus olhos queimarem e reprimo um espirro com dificuldade. Torno a fechar e recoloco a garrafinha no lugar.

Que droga será isso? Seja o que for, uma parte do cheiro da casa parece proveniente daquela garrafa.

Retorno sobre meus passos e resolvo enfrentar o quarto da tia de Agatha. Começo a subir a escada. Tudo a meu redor está mergulhado no mais completo silêncio.

Através da janela, vejo o gato de Agatha enrodilhado na varanda.

Chego ao patamar com o sofá de tecido xadrez, de onde se tem uma visão do andar de cima, com todas as suas portas fechadas.

Aqui também não parece haver ninguém: nem a tia, nem a enfermeira-fantasma. É tudo muito estranho. E mais estranho é o fato de que o cheiro da cozinha parece ainda mais agudo e penetrante. Tapo o nariz com dois dedos e vou até a porta do quarto onde vi a tia da primeira vez.

A maçaneta está gelada. Tento girá-la. A porta abre, o cheiro do agente químico é cada vez mais persistente. Não há dúvida: o fedor que empesta a casa inteira vem daqui. Olho para dentro.

O quarto está mergulhado numa densa penumbra. Alguma finas lâminas de luz conseguem escapar das cortinas espessas e pesadas, atravessando o ar poeirento.

Escancaro a porta completamente e dou alguns passos no interior do quarto. A mulher ainda está lá, deitada na cama. Uma silhueta espessa se desenha sob as cobertas.

Caminho muito lentamente, com medo de acordá-la. O cheiro forte, agora quase insuportável, me obriga a enfiar a cabeça na gola da jaqueta. Sinto falta de ar. Como essa mulher consegue dormir e respirar aqui dentro?

À medida que me aproximo da cama, noto uma coisa muita esquisita. Melhor dizendo, é uma coisa que não noto. Não ouço a respiração da tia. Por mais fraca que seja, deveria ouvi-la naquele silêncio absoluto.

Com o máximo de cuidado, estendo a mão para o braço da mulher, estirado ao longo do corpo sobre as cobertas.

Lentamente, dominada pelo terror de que alguém me descubra, meus dedos roçam o braço da tia de Agatha e, assim que o fazem, descobrem que é gelado e liso como mármore. Retiro a mão instintivamente. Mas tento de novo, com maior determinação. É uma sensação repugnante. O braço não é apenas frio e liso, mas também duro como pedra. E não se mexe.

— O que diabos...

Minha mão sobe até o ombro, sem que nada mude na consistência do corpo. É duro, duríssimo, como uma estátua.

— Senhora? — sussurro. — Senhora, está me ouvindo? — repito um pouco mais alto.

Pressiono o braço levemente para tentar acordá-la, mas a tia de Agatha não se mexe um milímetro sequer e não dá a menor impressão de ter percebido minha presença. Procuro o interruptor do abajur na mesinha de cabeceira, encontro, aperto o botão, mas a lâmpada não acende. Verifico. Não tem lâmpada.

Procuro em vão outro interruptor de luz.

— Senhora... Está me ouvindo? — Vou até a janela e afasto um pouco as cortinas. Quando me viro, não consigo acreditar no que vejo. A tia de Agatha olha para mim com olhos esgazeados, imóvel e branca como uma pedra.

— Oh, meu Deus...

Volto à cama e observo.

— Está morta.

Aproximo um dedo trêmulo de seu rosto. Nenhuma respiração.

Está morta. A tia de Agatha está morta.

No entanto... sua pele é clara e branca, como se estivesse simplesmente dormindo. Não há manchas, nem sinais de decomposição, nem rugas. Como se fosse um manequim. Uma estátua, um bloco de...

Será possível?

Será possível que todos aqueles produtos químicos que vi na cozinha tenham a ver com isso? O pensamento bate na minha cabeça e, por mais que tente afastá-lo, começa a se agitar como um louco.

Sinto náuseas.

Náuseas horríveis.

Preciso sair de lá e... ligar. Para alguém.

Tento me apressar para arrumar as cortinas e descer para o térreo, quando ouço um barulho. Chaves. Alguém está entrando em casa.

Olho o relógio na mesinha. Onze horas.

Não pode ser Agatha, é muito cedo.

Fecho os olhos um instante. Estou em pânico. Ninguém pode me encontrar ali. Mas não posso descer. Não posso sair. Tento abrir uma das portas do corredor, mas todas estão fechadas. Volto ao quarto da tia e me enfio embaixo da cama, entre caixas e outros objetos que tento não tocar.

As batidas de meu coração ecoam na garganta e bloqueiam minha respiração. Fico de olhos fechados, apertando-os na escuridão poeirenta, como fazem as crianças para afastar pesadelos. Só que não se trata da minha imaginação. E não sou mais criança.

Ouço passos se aproximando. Rumores surdos como pontadas de uma dor distante, através do carpete que forra o chão. Entrevejo dois sapatos na soleira da porta. Aproximam-se, chegam ao pé da cama. Quando estão bem debaixo dos meus olhos, sufoco o grito que cresce dentro de mim: um par de tênis.

Vermelhos.

Os tênis de Agatha.

Maldição.

Tenho a sensação de que não vou conseguir sair viva daqui.

Acima de mim, Agatha começa a falar com uma voz calma, sem pausas, enregelante:

— Pois é, tia, já estou em casa. Aulas muito chatas, como sempre. Além do mais preciso cuidar de você, não é? Precisamos terminar o tratamento para deixá-la eternamente bela e jovem. E ninguém vai ficar sabendo. Sei que não gosta de injeção, mas são as últimas. Já estamos quase acabando.

Sinto a rede que sustenta o colchão gemer. Agatha está sentada na beira da cama. Estremeço. Está completamente louca. Injeções? Que injeções? Injeções de quê?

O que... *já estamos quase acabando*?

— Fique tranquila, querida tia. Estou com você. Vou preparar as seringas e já volto. Só um instantinho.

Embaixo da cama, posso ouvir o leve estalo de um beijo. Tenho vontade de vomitar, mas consigo me controlar. Se Agatha me descobrir, estou frita.

A cama geme, aliviada de um peso. Os tênis se afastam da cama. E depois, repentinamente, surge na porta o gato cinza da varanda. Fareja o ar, depois avança lentamente à frente da porta.

Em minha direção.

Vejo suas pupilas verticais.

Faço sinais e caretas de todo tipo para tentar afastá-lo, mas ele continua a caminhar para mim. Maldito animal.

— O que houve, gato?

Agatha se abaixa para acariciá-lo e o animal se esfrega nela, com a espinha arqueada e a cauda em forma de ponto de interrogação.

Estou tremendo.

Agatha levanta com o gato nos braços.

— Vamos, vou lhe dar comida enquanto preparamos o tratamento da tia.

O felino tenta se livrar de suas mãos, mas finalmente se rende. Enquanto se enrodilha entre os braços da dona, tenho a impressão de que me lança um último olhar, avisando que resolveu me poupar.

Ouço Agatha descendo a escada.

Foi por pouco.

Com toda a prudência desse mundo, saio do meu esconderijo e deslizo até a escada. Ouço um barulho proveniente da cozinha. Começo a descer os degraus, lentamente, esperando não fazer nenhum ruído. Estou de orelhas em pé e com os olhos bem abertos. Não posso me permitir nenhum passo em falso.

— Aqui está, gato...

Desço os últimos degraus de dois em dois. Chego ao final da escada e olho à direita para o corredor que leva à cozinha. Onde estará Agatha?

De repente, no fundo do corredor, ela assovia, caminhando em direção à escada. Eu me jogo no chão e me escondo debaixo da primeira mesa que encontro.

Ela surge com uma seringa na mão. Sobe os primeiros degraus. Depois para. O terror me mantém pregada no chão.

Vejo que fareja o ar. E dá um passo atrás.

Aproximo meu pulso do nariz: o perfume que Lina borrifou. Ela sentiu. Agora vai voltar e me descobrir. O que há dentro daquela maldita seringa? Não quero saber. Prendo a respiração. Sinto que vou sufocar.

Cinco segundos se passam.

Dez.

Na cozinha, o gato mia e começa a roer alguma coisa: uma coisa crocante.

— Gostou dos croquetes, não foi? — pergunta Agatha à casa vazia.

Depois recomeça a subida e meu coração volta a bater. Espero alguns segundos até ouvi-la entrar no quarto da tia. Em seguida, sem me preocupar em ficar de pé, chego à porta do porão e me enfio por ela. Finalmente, recomeço a respirar de verdade. Na semiobscuridade reinante, não vejo quase nada. Desço a escada rezando para não derrubar nada. Chego à janelinha, me jogo para fora e saio.

A luz do sol fere meus olhos.

Tiro a mochila que estava sob a jaqueta e levanto a gola o mais que posso, esperando que Agatha não me veja pela janela. Percorro correndo o caminho de conchas e empurro o portão. Tenho quase certeza de que vou ouvir a voz de Agatha de um momento para outro, gritando meu nome, mas nada acontece.

Assim que chego à rua, começo a correr como nunca tinha corrido antes.

"Tenente Sarl! Tenente Sarl!", penso a cada passo.

Preciso chegar à delegacia o mais rápido possível.

54

A policial Lilia está lá, sentada em seu posto, gorda e insuportável.

— O tenente não está — informa com um risinho satisfeito.

— Vou esperar.

— Pode demorar muito.

— Não tem importância, eu espero — rebato antes de dar as costas e sentar num dos bancos da entrada, hoje não muito disputados.

Sentado um pouco adiante, vejo um rapaz que deve ter alguns anos mais que eu. Não notei que estava ali quando entrei e com certeza nunca o vi antes, mas ele tem alguma coisa familiar. O desenho dos olhos, muito amendoado, quase oriental. Oriental? Não pode ser! Olho melhor, tentando não chamar atenção. Tem cabelos curtos e escuros, a pele levamente bronzeada. Emana um perfume suave, como de especiarias, de âmbar misturado com alguma coisa que não reconheço. Está sentado em silêncio, com o olhar fixo diante de si. Tenho certeza de que não está olhando para nada em particular. A mão direita esfregava nervosamente os dedos da esquerda. Ele me perturba. Vira de repente em minha direção. Percebeu que o observava. Desvio os olhos imediatamente e tento disfarçar. Sinto sua tensão me assaltar como uma onda anômala. Depois, ele volta a fixar o mesmo ponto no espaço vazio e aquela energia nervosa retorna para *ele* como um poder misterioso plenamente controlado.

Pouco depois, um agente vem até o nosso banco e para diante do rapaz.

— Abel é você?

— Sou — responde ele, sem parar de torturar os dedos.

— Poderá ver seu irmão em alguns instantes. Passaremos por aqui para levá-lo até a sala dos visitantes, no fundo do corredor. Terá direito a 15 minutos.

O rapaz faz que sim e o agente se afasta, desaparecendo atrás da porta que leva aos gabinetes, à esquerda de Lilia.

— Maldição! — exclama batendo com os punhos nos joelhos e fazendo-me saltar no banco.

Reúno as poucas informações que tenho: Tito foi preso ontem à noite; esse rapaz está aqui para ver o irmão, preso também, e se parece com Tito. Uma hipótese terrível abre caminho em minha mente: o sujeito que está sentado perto de mim pode ser o irmão de Tito!

— Desculpe — diz em seguida.

— Por quê?

— Não queria assustá-la.

— Não tem importância.

Olha para mim com seus olhos exóticos, que já não me parecem tão ameaçadores.

— Meu irmão foi preso.

— Entendi... está metido em alguma encrenca?

— Infelizmente, sim, mas ainda não sei exatamente as dimensões do problema.

Se soubesse que fui responsável por sua prisão... Sua e de seus amigos degenerados.

O rapaz, Abel, aperta a cabeça entre as mãos, os cotovelos apoiados nos joelhos. Parece querer organizar os pensamentos e encontrar forças para enfrentar a situação.

— Foi trazido da prisão para cá para um novo interrogatório. Parece que eles têm novas provas que precisam verificar. Mas não quero incomodá-la com meus problemas.

Mas não estou nem um pouco aflita, só desejo que Tito pague sua pena até o último dia.

O ar vibra entre nós com essa oposição de desejos que se confrontam, obrigados a conviver num espaço tão restrito.

Ficamos em silêncio por alguns minutos. A nosso redor, a vida da delegacia transcorre como se nada tivesse acontecido, com sua carga de pequenas e grandes tragédias.

Por fim, o agente que tinha falado com Abel um pouco antes vem a nosso encontro. Dessa vez não está sozinho. Atrás dele caminha um rapaz algemado, seguido de outro agente. É Tito.

Tem os olhos baixos e a cabeça levemente inclinada, como se isso bastasse para passar despercebido. Está vestido de preto, camisa, calça e jaqueta. Muito elegante.

Quando o pequeno cortejo chega perto do banco, Abel se levanta e encara Tito. Seu olhar, um misto de tristeza e censura, é tocante. É o mesmo que dirijo a Evan.

Tito levanta a cabeça e seu olhar cruza com o do irmão. Um lampejo de cólera atravessa a íris negra como a noite. Depois, transfere o olhar para mim, ainda sentada. Tenta entender que papel desempenho em seu quadro de desespero.

Será que me reconheceu? Prendo a respiração nos pulmões, esperando que não estabeleça a ligação entre mim, Naomi e sua prisão.

Abaixa os olhos novamente. Seu lábios se curvam levemente numa lâmina que nada tem a ver com um sorriso. Depois olha diretamente para mim, ergue as mãos com o peso do metal das algemas e, com o indicador da esquerda, desenha um sinal da cruz no ar.

O chão foge sob meus pés. A cabeça gira num turbilhão de sensações horríveis guiadas pelas palavras de Naomi: ele reparou em você...

O agente às suas costas agarra as mãos de Tito e, depois de apertá-las contra o corpo, empurra o preso para a frente.

— Ande! — ordena.

Abel me cumprimenta com um aceno e segue o irmão e os dois policiais.

Fico imóvel até o momento em que o toque de uma mão no ombro me faz estremecer.

— Alma? O que houve?

Quando me viro e encontro os olhos tranquilizadores do tenente Sarl, quase começo a chorar.

— Nada. É que Tito acabou de passar.

— Venha comigo, vamos conversar em outro lugar.

Vou atrás dele pelo corredor até o gabinete que tenho frequentado mais que minha própria casa.

Sentamos um diante do outro, como sempre.

— Tinha certeza de que ia encontrá-la. Deve ter lido os jornais.

— Sim, e quis agradecer por tudo que fez.

— Não precisa. É meu trabalho.

— Eu sei... mas confiou em mim, nas informações que lhe passei. Poderia não ter dado ouvidos.

— Mas dei e fiz muito bem. Você estava certa.

— Encontrou as provas que esperava?

— Tinha de tudo naquele subterrâneo, Alma...

— Eu li.

— Os jornais só publicaram uma parte das informações. Antes de mais nada, quero esclarecer as coisas, descobrir se essa seita está ligada a um círculo mais amplo, se tem conexão com os assassinatos.

Ele não tem como saber que, mesmo com Tito preso, escrevi outro conto e que talvez outro homicídio aconteça.

— Tem alguma coisa que possa incriminar Tito pelo que fez a Naomi? Um crucifixo, quem sabe?

— Infelizmente, nada de muito preciso. Havia vários crucifixos de cabeça para baixo pendurados nas paredes. Um deles era muito grande, de madeira, com duas patas de cabra pregadas na tábua horizontal. Mandei examinar. Por ora, parece que só apresentam traços de sangue animal.

— Meu Deus...

— Identificamos restos de vários animais, sobretudo coelhos, cordeiros e galinhas. Encontramos também alguns gatos pretos em jaulas improvisadas. Eram usados para sacrifícios. E mantinham lá embaixo um verdadeiro altar construído com tábuas de madeira e tijolos roubados do canteiro de obras abandonado e coberto com paramentos sacerdotais, certamente roubados de algumas igreja, e ainda...

Olho para ele com ar interrogativo.

— Tem certeza de que quer mesmo saber?

Faço que sim.

— Mas não pode dizer absolutamente nada a ninguém. São novas evidências que acabamos de descobrir.

— Prometo.

— Encontramos pedaços de cérebros... humanos.

Levo as mãos à boca.

— Algumas seitas fazem seus rituais com cérebros que roubam dos mortos recém-sepultados.

— Que horror!

— Entendeu agora com que tipo de gente estamos lidando?

— Acha que foi para lá que levaram Naomi?

— Pode ser, mas só poderei dizer alguma coisa com mais certeza depois dos exames da perícia... Quer me dizer alguma coisa? Você parece bastante preocupada.

Por onde começar? Por Tito? Por Agatha? Ou pelo novo conto que escrevi?

— Tito. Acho que me reconheceu.

— Acha que associou você à prisão dele?

— Acho. Quando encontrou comigo na entrada, fez um sinal na minha direção.

— Um sinal?

— O sinal da cruz.

Sarl se levanta e começa a caminhar pela sala.

— Falou com sua amiga Naomi?

— Falei, mas ainda não se sente em condições de prestar queixa.

— É muito importante que faça essa denúncia. Só assim poderemos ter certeza de que Tito e seus amigos ficarão presos por um bom tempo.

— Então as provas que conseguiram recolher não são suficientes para processá-los?

— São acusações menores, suficientes apenas para mantê-los fora de combate por um certo tempo. Precisamos do testemunho de Naomi, e só ela pode identificá-los.

Naquele instante, alguém bate na porta.

— Entre — diz Sarl.

Entra um homem uniformizado.

— Uma emergência, tenente. Pode vir comigo um instante?

— Já estou indo — diz ele. Em seguida fala comigo: — Espere aqui, Alma.

Sai e fecha a porta atrás de si, deixando-me sentada, à sua espera. Olho ao redor: o sofá de couro, o cabide, a escrivaninha... Claro, a escrivaninha. Em cima dela, vejo uma pilha de pastas etiquetadas com o nome do caso a que se referem. Observo a porta alguns segundos para me certificar de que não há ninguém se aproximando e começo a remexer na primeira. Logo encontro outra com a inscrição: "Seita satânica." Deve ser a de Tito.

Abro com muito cuidado. Há várias folhas impressas que imagino que sejam os relatórios da prisão e também um envelope transparente com instantâneos dos detalhes do covil da seita. Passo rapidamente pelas imagens cruas dos restos de animais cortados e me detenho nos crucifixos. Impossível dizer se algum deles foi usado para ferir Naomi. Sigo adiante. Até encontrar uma coisa que me deixa sem respiração. Em uma das paredes do esconderijo, desenharam uma figura, talvez com sangue: um grande dragão.

Abandono todas as fotos, menos essa, que fica colada em meus dedos como meu destino desventurado.

Mais uma vez o maldito dragão. O mesmo do anel de Adam, sobre o qual Morgan fez questão de me alertar.

Ouço passos se aproximando e, logo depois, vozes. Arrumo tudo em seus lugares e volto a me sentar.

Sarl entra e senta também.

— Desculpe, Alma, mas... está nervosa... é pelo que lhe contei?

— Na verdade, vim aqui por causa de outra coisa.

O tenente dá uma olhada na pilha de pastas em cima da escrivaninha. Percebeu que andei remexendo os documentos. Mesmo assim, sorri.

— Continue, conte tudo.

Começo a contar o que vi na casa de Agatha. Ele escuta em silêncio, não faz perguntas. Acho que nem ele, com tantos anos de experiência, já ouviu uma história parecida.

— Diga o endereço — limita-se a pedir no final.

— Agatha vai acabar numa instituição, não é?

— Talvez até numa prisão para menores. Trataremos disso depois.

Abaixo os olhos. Não consigo deixar de me sentir culpada.

Sarl deve ter adivinhado meus pensamentos:

— Fez a coisa certa. Não se atormente.

Dou uma olhada através da janela: está escurecendo.

— É melhor eu ir. — Levanto. — Obrigada por tudo, tenente.

— Obrigado por sua ajuda.

Quando estou saindo de seu gabinete, Sarl comenta:

— Por que será, Alma, que você está cercada de histórias e pessoas desse tipo?

— O que quer que eu lhe diga? — respondo dando de ombros. — Escola errada, tenente Sarl. Não temos dinheiro para pagar uma escola de rico, onde o mal não possa entrar.

55

Na tranquilidade de meu quarto, tento organizar os pensamentos. A prisão de Tito não deteve a continuidade de minhas histórias, e as perguntas do tenente só me confundiram. Por que tanto mal a meu redor? Não sei, é claro. Não tenho a menor ideia.

O tempo passa implacável e, se tudo continuar como estava, isso significa que o próximo assassinato está se aproximando sem que ninguém possa fazer nada para impedir. Ninguém exceto eu. Releio meu último conto. Dessa vez, até o final.

É ambientado à noite.

Esta noite?

Como sempre, os poucos detalhes não ajudam. É tudo muito confuso e indeterminado.

Como os outros, esse também termina um pouco antes de o crime ser realmente cometido. Mais uma vez, vejo e sigo toda a cena, mas o rosto do assassino continua a me escapar. Por quê?

— Certo — digo a mim mesma, mordendo o lábio. — O quando não é claro... mas onde poderia ficar esse lugar, Alma?

Um ginásio. Deve haver dezenas deles na cidade e certamente não tenho tempo para visitar um por um. No conto, menciono um H, símbolo do hospital, portanto esse ginásio deve ficar lá perto. Talvez consiga achar no catálogo telefônico...

Em seguida, tenho uma ideia: Evan. Ele e seu grupo costumam se encontrar toda semana num velho ginásio para ensaiar. Posso perguntar a ele. Talvez possa me ajudar. Guardo o caderno no armário, em seu lugar.

Saio do quarto e corro para o de Evan, mas encontro a porta fechada. Bato. Vazio. Nada a fazer. Quando se precisa dele nunca está...

Vou à cozinha, que Jenna está arrumando.

— Sabe onde Evan está?

— Ensaiando com o grupo.

— Está brincando? — Devo parecer agitada, pois Jenna olha para mim um pouco surpresa.

— Não, por quê? Faz isso toda semana... Aconteceu alguma coisa?

— Não, não. Só queria pedir uma coisa importante. Sabe onde costumam ensaiar?

— Num ginásio, acho.

— Sim, mas onde?

Jenna pensa um pouco.

— Não deve ficar muito longe do hospital. Uma vez ele me pediu carona.

— Tem certeza? — Sinto minha voz tremer.

Não pode ser o mesmo ginásio. Evan não pode ser o músico da minha história. E se fosse ele mesmo? Preciso fazer alguma coisa.

— Talvez Bi possa informar melhor. Ligue para ela — sugere Jenna.

— Tem o número?

— Está no caderninho, na gaveta da mesinha da entrada.

Corro até o móvel, agarro o caderninho e, atrapalhada, procuro o número.

Encontro e digito o número. Está tocando.

— Alô?

— Oi, Bi, é Alma.

— ... Oi.

Como Evan, Bi não é de muitas palavras.

— Liguei porque preciso saber em que ginásio o grupo se encontra para ensaiar.

Silêncio.

— Está aí, Bi?

— Oi. E por que quer saber?

— É muito importante, por favor!

— Tudo bem. Mas eu não disse nada, certo?

— Certo.

— Chegando ao hospital, dê a volta até chegar à entrada dos fundos. Na frente, começa um rua longa e larga. Tem sempre uma van na esquina, daquelas que vendem sanduíches a noite inteira. Siga essa rua até encontrar uma placa à direita, indicando um ginásio. Dobre na ruazinha indicada e vá até o fim. O ginásio fica do outro lado do estacionamento, depois de um monte de mato.

— Obrigada, Bi, de verdade.

— Boa sorte.

Sem hesitar um segundo, volto ao quarto e pego a jaqueta. Descarto Jenna e suas perguntas com um "tchau" seco e decidido e salto para fora, no meio da noite.

Não tenho a menor ideia de como vou chegar ao ginásio. O ônibus demora muito e não tenho dinheiro suficiente para um táxi. Só resta a minha velhíssima bicicleta.

Mas de repente, vejo uma menina estacionando uma *scooter* e minha hesitação dura apenas um segundo. Corro até ela, jogando-a no chão com um empurrão.

— Desculpe, é uma emergência!

Giro a chave e parto. A menina grita alguma coisa atrás de mim, mas é apenas uma imagem distante no retrovisor, que desaparece pouco a pouco.

Sigo a toda velocidade, o vento frio da noite batendo em meu rosto. Deslizo entre os carros enfileirados no sinal, tentando manobrar um veículo que só dirigi duas ou três vezes na vida. Mas não importa. Preciso chegar o mais rápido possível àquele ginásio. É só o que sei.

Contorno o Pequeno Parque, que parece uma floresta encantada mergulhada na escuridão e nos feitiços mais sinistros. Em seguida, passo na frente do bar de Gad, que já está fechado, e me deparo com o hospital. O grande H luminoso campeia sobre o telhado. Começo a contornar o edifício. Preciso chegar à entrada dos fundos.

A *scooter* ronca embaixo de mim. Acelero, tomada por uma estranha euforia. Pego a rua que Bi indicou. Vejo a van dos sanduíches parada na esquina. A rua é larga, de mão dupla, mas não muito frequentada. Dos dois lados, altos postes a iluminam com seus braços longos e delicados. No começo, carros estacionados e lixeiras se alternam ao longo das calçadas. Depois, mais nada. Um muro de escuridão além dos feixes de luz dos lampiões apaga o resto da paisagem.

Sigo em frente.

Um pouco mais adiante, a rua se reparte num leque de opções. Depois de um largo mal asfaltado, vejo uma placa de plástico rachada. Indica simplesmente "Ginásio". Uma seta aponta a ruazinha à direita, completamente às escuras.

— Deve ser aqui — digo em voz alta.

Por um segundo, hesito entre seguir e continuar a pé para não ser notada. Mas resolvo continuar na *scooter*: o ginásio pode estar mais longe, e com aquela escuridão correria o risco de não chegar nunca.

A ruazinha está cheia de buracos. Segue mais alguns metros e termina num estacionamento aparentemente deserto.

Desligo o motor e coloco a *scooter* no cavalete, num canto que parece afastado e invisível da rua. O ginásio é um pavilhão anônimo iluminado por uma claridade fraca.

A meu redor, reina a noite mais escura.

Exatamente como no meu conto.

Avanço a passos lentos, olhando bem onde coloco os pés. O mato cobriu tudo que um dia deve ter sido o caminho de acesso. Paro alguns metros depois.

Do interior, chega de repente uma violenta descarga de música. Uma guitarra elétrica.

— Evan? — sussurro.

Como um autômato guiado por aquelas notas distorcidas, vou na direção da única porta visível. Empurro e me vejo nos vestiários. A guitarra enche cada canto da escuridão de descargas elétricas. Olho ao redor. Bancos vazios, cabides presos nas paredes, duchas desertas sem chuveiro. Pias quebradas. Meus olhos já se habituaram à semiobscuridade.

Mas um único pensamento me aterroriza: não estou sozinha. Em algum lugar, na escuridão a meu redor, um assassino se esconde. É um medo tão sólido que enche minha cabeça, que lateja.

Fora dos vestiários, avanço com calma na direção da música e da luz, ao longo de um corredor. No banco quebrado vejo uma barra de ferro, que pego sem pensar, certa de que poderá ser útil.

— Onde está? Onde está? — murmuro para a escuridão.

Estou apavorada com a ideia de chegar lá no fundo. Aperto a barra de ferro e sei que, enquanto puder ouvir a música, Evan ou quem quer que esteja tocando estará vivo. Sinto mil espinhos furando minha pele e gelo nas veias.

— Vá embora! Vá embora! Vá embora! — repito comigo mesma.

Mas não quero fazer o que fiz no Parque Norte. Não quero ouvir aquele grito de novo.

Sigo adiante, um passo depois do outro, apertando a barra de ferro nas mãos. Chego a outra porta, escancarada para a quadra do ginásio.

Cheguei, penso. E posso vê-lo: um rapaz de jeans e moletom, com o capuz puxado sobre a cabeça. Está sentado num velho sofá e está tocando.

Sozinho.

Abraça uma guitarra vermelha. Vermelha como a de Evan.

Depois não vejo mais nada, nem ele, nem a guitarra. Sinto uma descarga de ódio tomar conta de mim. O medo anterior dá lugar a um desejo desenfreado de... atacar!

Atacar o músico. Fazê-lo calar. Fazer voltar o silêncio.

A guitarra grita. Minha cabeça grita. Grito eu também e levanto a barra de ferro.

Penso no homem-anjo.

Penso que preciso matar o guitarrista.

Depois, num repente, o capuz desliza e o menino da guitarra vira três quartos do rosto em minha direção.

Evan!

Meu irmão!

É ele mesmo.

Você o odeia, diz minha cabeça. Precisa matá-lo.

Um só golpe.

Mate-o! Mate-o! Destrua a guitarra. Detenha o caos que está invadindo o mundo.

Mas... é meu irmão.

Acima de mim oscilam velhas cordas enroladas, como serpentes.

Mate-o e, em seguida, pendure o corpo no teto.

— Não! — grito, deixando a barra de ferro cair no chão. — Não!

Minha cabeça se cala. A voz que a habitava desaparece.

Caio no chão, batendo com os joelhos no linóleo.

Evan está olhando para mim com os olhos arregalados. Sua guitarra destroça a última nota. Os amplificadores lançam um guincho que fere os ouvidos.

— Alma? — sussurra ele. — Que droga está fazendo aqui?

Não sei.

Eu não sei!

Olho ao redor e percebo que não há mais ninguém, só nós dois. Apenas Evan, que estava tocando. E eu, que até um segundo atrás segurava uma barra de ferro na mão, com um desejo violento de usá-la contra ele.

Não há nenhum assassino.

O que eu estava fazendo?

Dou um tapa na barra de ferro, que rola para longe de mim com um som metálico. Os amplificadores ainda emitem alguns zumbidos exaustos. Evan continua me encarando. Está prestes a levantar do sofá.

— Não! — grito de novo.

Antes que possa dizer alguma coisa, levanto e fujo o mais rápido que posso.

— Alma! — ouço ele gritar às minhas costas. — Alma!

Corro para fora do ginásio com lágrimas nos olhos.

Eu.

Chego à *scooter* e monto no selim. Meu rosto e meus pulmões queimam.

Eu.

Dou partida e disparo para longe dali, para longe de todos, onde não possa fazer mal a ninguém.

O que estava fazendo?

O que estava pensando?

De quem era a voz que me falava?

Grito e amaldiçoo. Bato em meu rosto com a mão livre. Queria me arranhar, vazar meus olhos. Guio sem direção, desejando que alguém me atropele, varrendo-me dali para sempre. Minha cabeça explode numa dor lancinante.

As ruas da cidade rodopiam a meu redor, mas tudo me parece distante. Parece que não pertenço àquele mundo, ao mundo das pessoas normais.

De repente, a *scooter* começa a perder velocidade. O tanque solta bafejos cansados, cada vez mais raros. Estremece, agoniza. Acabou a gasolina. Estou parada. Deixo-a cair no chão, como a carcaça de um animal.

Sento na calçada com a cabeça nas mãos e me pergunto o que posso fazer.

Em seguida, avisto uma cabine telefônica. Iluminada por uma luz gelada. Enfio a mão no bolso e procuro o pequeno dragão de papel.

Em sua cauda, o número de Morgan está quase apagado.

Com algum esforço, reconstruo de memória os números que faltam. Só tenho uma moeda no bolso. Espero não me enganar.

Digito o número. Está desocupado.

— Alô?

— Morgan, sou eu, Alma. Preciso de ajuda.

— O que houve?

— Não sei!

— Onde está?

— Não sei.

São as últimas palavras que consigo dizer antes que a dor de cabeça, numa violentíssima explosão, me faça desmaiar.

56

Alma! Alma, está me ouvindo?

É a voz de Morgan. Provavelmente estou sonhando.

Abro os olhos, minhas pálpebras pesam como se tivessem sido costuradas. A primeira imagem surge desfocada, depois, pouco a pouco, os contornos se definem e os olhos de Morgan aparecem em toda a sua maravilhosa luminosidade.

— Estou ouvindo.

Sinto suas mãos me segurando.

— Estou aqui, Alma. Está tudo bem. O que aconteceu?

Desato a chorar, apertando-me contra ele. Não tenho vergonha de me abandonar em seus braços.

— Não entendo mais nada, Morgan. Não consigo entender! Só vejo... mal a meu redor... só o mal! — Soluço entre uma palavra e outra. — Primeiro Seline... depois Adam... depois Naomi... e enquanto isso, os outros morriam... crucificados, pregados... e eu pensando que era Tito... e que os homens que me seguiam trabalhavam para ele... mas isso não acaba nunca, Morgan! O mal não acaba nunca...

— Alma...

— Pensava que Agatha estivesse em dificuldades, mas... na verdade sua tia estava morta! Morta como uma estátua! Achava que Naomi tinha que denunciar Tito... pensava que fosse um assassino... que fossem assassinos... mas na verdade sou eu! Sou eu!

— Não diga bobagens.

— Meu irmão! Queria matar meu próprio irmão!

As mãos de Morgan acariciam meus cabelos.

— Você não queria matar ninguém.

— Com uma barra de ferro — gemo, com a voz alquebrada.

— Está enganada.

— Não sou maluca!

— Nunca achei que fosse.

Mais uma vez, seus dedos em meus cabelos. Pressionam minhas têmporas, bem ali onde a dor de cabeça é mais feroz, e parecem amenizá-la, como jatos de espuma num incêndio.

— Mas talvez... sim, é isso: estou enlouquecendo. Porque minha cabeça, à noite... os pesadelos e... o que escrevo...

— O que você escreve?

— Não sei. Não sei mais nada. Não sei nem onde estamos.

— Perto da cabine telefônica de onde você ligou para mim. Atrás do teatro.

Soluço e esfrego o nariz, mas sem me afastar de seu corpo. Queria perguntar como fez para me encontrar, mas estou tão feliz de tê-lo aqui que não me importa.

Ele continua fazendo carinho, apertando-me contra si, e, aos poucos, sinto que o desespero se dissolve.

— Consegue levantar? — pergunta quando percebe que minha respiração está mais tranquila.

É só então que me dou conta de que estou deitada na calçada.

Limpo o nariz com o dorso da mão.

— Sim, acho que sim.

Protegida e apoiada por seus braços, fico de pé. Vejo seu carro a poucos passos de distância, os faróis acesos, apontados para nós. Protejo os olhos.

Pulamos por cima da *scooter*.

— Roubei — digo. — Além de tudo, roubei uma *scooter*.

Morgan me acompanha até a porta do carro e me ajuda a entrar ao lado do motorista.

— Era de uma menina. Perto de casa — soluço. — Empurrei-a no chão e roubei sua *scooter*... Sentia que precisava correr até o ginásio...

— Entre.

— Estava me sentindo forte. Invencível. Sabia que chegaria a tempo...

O banco é macio e acolhedor. Afundo dentro dele, fechando os olhos.

— Meu Deus. No entanto...

Ele entra a meu lado e liga o carro.

— Está tudo acabado, agora — diz quase consigo mesmo.

Morgan dirige devagar. A marcha do carro me embala e relaxa meus nervos tensos e endurecidos pelo medo, pela vergonha.

— O que acabou? — pergunto um pouco depois.

— Estamos quase em casa — responde ele.

Fecho os olhos novamente.

Acordo quando ele pergunta:

— Como está se sentindo?

— Melhor, obrigada.

O carro está parado. Os faróis, acesos. A cidade, imensa. O mal em toda parte a nosso redor.

— Consegue explicar o que aconteceu?

— Não aqui e não agora... Que horas são?

— Três.

Um sorriso histérico enruga meu rosto. Olho o meu edifício através da janela. Evan já deve estar seguro em casa. Quando penso em meu irmão e no que pode estar pensando, meu estômago se contorce. Mas nunca poderá saber a verdade.

— Ia me odiar... — murmuro.

— Ninguém odeia você.

Morgan acaricia meus cabelos, depois sua mão para em minha testa e fica ali. É fria, mas agradável. Sinto que as últimas pontadas de dor desaparecem pouco a pouco e dão lugar a uma paz infinita que não sentia havia muito tempo.

— Tente descansar um pouco.

— Gostaria de subir?

— A essa hora?

— Minha mãe trabalha no turno da noite. Não vai chegar antes das oito.

Ele concorda.

— Mas só se prometer que...

Agarro sua mão.

— Prometo. Tem um monte de coisa que gostaria de lhe contar.

Não preciso dizer mais nada. Morgan olha a rua, cheia de automóveis parados, espremidos uns contra os outros.

— Vou estacionar. Melhor me esperar atrás do portão. Acenda a luz e me espere lá.

Viro-me para sair.

— Acenda a luz! — lembra ele, fazendo-me estremecer.

Como um soldadinho fiel, executo as ordens, encosto na porta de entrada e espero que Morgan retorne.

Pouco depois, no elevador, ficamos em silêncio. Abraçada a ele, sinto que me acaricia os cabelos. Estamos em total sintonia, como se ele já soubesse o que quero lhe dizer e só quisesse garantir que está tudo sob controle, que isso é normal e só preciso me acalmar, pois falar com ele será simples como colher uma flor no campo.

Enfio a chave na fechadura, esperando que não faça muito barulho e que Evan e Lina não me ouçam.

Entramos na ponta dos pés. Percorremos o corredor passando diante da sala e dos quartos dos meus irmãos.

Na porta do meu quarto, encontro um bilhete de Evan.

Você é maluca!
Quase morri de medo.
Nunca mais faça isso, ou vai se arrepender!

Arranco o bilhete e entrego a Morgan como se fosse uma prova exibida num tribunal. Entramos em meu quarto e quando fecho a porta às minhas costas, seu *clack* sonoro me reequilibra de repente. Acendo o abajur da mesinha de cabeceira e só então percebo a bagunça que deixei quando saí.

— Desculpe, isso aqui está um completo caos.

— Não se preocupe. Precisa ver meu quarto. Hoje em dia, minha mãe se recusa a entrar.

Estranho. Poderia jurar que era um sujeito muito organizado. Além do mais... sei lá por quê, mas... nunca pensei que ele também tivesse mãe ou pai, ou qualquer família. Deve ser porque nunca os vi e ele não costuma mencioná-los.

— Pode sentar.

Morgan senta na cama, abrindo espaço entre roupas e cobertas.

Vou até o armário escancarado e começo a remexer numa pilha de suéteres e sapatos velhos. Encontro o caderno roxo, pego e me aproximo da cama. Sento ao lado de Morgan, que não tira os olhos de mim um instante sequer.

— O que é isso? — pergunta.

À luz do abajur da cabeceira, o rosto de Morgan se parece com o de uma estátua grega. Seus olhos violeta têm a cor de uma flor rara e seus cabelos são luminosos como ouro. Nunca o vi mais bonito do que agora.

Dou um suspiro profundo, em busca da coragem necessária para responder. Mas não consigo encontrá-la, de forma que me limito a estender o caderno.

— Leia.

Morgan pega o caderno das minhas mãos e abre na primeira página.

57

Lentamente, os olhos de Morgan seguem os trilhos das linhas, se prendem às cadeias de palavras, mergulham no negror dos caracteres angulosos que pontilham a página como lápides.

Espero impacientemente, tomada por uma ansiedade que regula minha respiração e a batida do meu coração no ritmo dos pontos e vírgulas daqueles malditos contos.

Quando acaba de ler o primeiro, Morgan ergue os olhos. Estremeço. Não sei que reação esperar. Nos olhamos por alguns segundos que parecem durar uma eternidade. Depois seus lábios se fecham.

— Fique tranquila.

Mergulha novamente na leitura e segue direto até o final do último conto.

Fico com a respiração suspensa até ele fechar o caderno. Nessa altura, começo a falar.

— Sempre tive pesadelos, Morgan, desde que sofri aquele acidente. Estávamos no carro, duas amigas e eu. O carro saiu da estrada e elas morreram. Na hora. Eu, ao contrário, não sofri um arranhão sequer. Meu corpo estava ileso e minha mente lúcida. Fria. Analítica. Nunca... nunca senti uma dor verdadeira pela morte de minhas amigas. Eram minhas únicas amigas de infância. Eu sabia, sabia que devia sofrer, que deveria ficar traumatizada para sempre. Mas o fato, a verdade, Morgan... é que isso nunca aconteceu. Fiquei muito chateada, claro. Mas não houve nenhum trauma. Só dor de cabeça. Dores de cabeça em ondas, contínuas, mais fortes à noite, quando chegava a gritar, a falar ou a... — Aponto o caderno e acrescento num sussurro: — escrever.

— Pode me falar sobre o acidente?

Nunca falei sobre isso com ninguém, à parte o dr. Mahl. Mas com Morgan é muito diferente.

Faço que sim e começo a falar.

— Era uma ocasião especial. Maureen tinha acabado de tirar a carteira e ganhou uma pequena caminhonete do pai, para resolver o problema de nossas saídas à noite. Assim, Maureen, nossa amiga Dolly e eu resolvemos comemorar e estrear o carro dando uma volta.

— Lembra alguma coisa do que estavam fazendo antes?

— Para dizer a verdade, não. O médico falou que meus lapsos de memória se deviam ao trauma do acidente, embora, como já disse, não tenha saído da história nem um pouco traumatizada.

Morgan ouve em silêncio. Seu olhar está concentrado em mim e nas minhas palavras.

— Como ia dizendo, entramos no carro, eu no banco de trás e Dolly ao lado de Maureen. Fomos para a periferia, pois Maureen ainda não se sentia segura no tráfego da cidade. Não lembro exatamente que ruas percorremos, mas a certa altura comecei a ver o campo. Maureen estava muito feliz e pisava fundo no acelerador, ao som de um rock pesado. Dolly e eu cantávamos. Lembro com extrema clareza os últimos minutos que antecederam a batida, bem mais do que tudo aquilo que aconteceu antes. Éramos invencíveis. O carro estava cheio de música e do perfume cítrico do desodorizante de carro que Maureen tinha escolhido e, de repente, senti um golpe fortíssimo, como se uma força desconhecida nos jogasse contra alguma coisa. Fiquei grudada no banco. Fechei os olhos um instante e quando voltei a abri-los me deparei com o horror. Dolly, na minha frente, não estava mais em seu lugar e o vidro estilhaçado de sua janela estava manchado de vermelho. Maureen estava caída no volante com o rosto aberto por um corte. À nossa frente, o capô, ainda fumegante, todo amassado contra um grande poste de cimento.

— E como você estava?

— Toquei meus braços, pernas e meu rosto... parece absurdo, mas eu estava bem. Não sofri nem um arranhão. Foi só no hospital que o médico que me examinou notou um corte sob a orelha esquerda. É a única ligação entre mim e esse acidente.

Morgan ficou pensativo. Parece estar prestes a compartilhar seus pensamentos comigo, mas muda de ideia. Ele também sofreu um acidente e já me mostrou a cicatriz: talvez esteja pensando nisso. Talvez seja uma lembrança dolorosa, da qual não quer falar.

— Fale um pouco dos contos.

— Nunca tinha acontecido antes de escrever dormindo. Li alguma coisa nos livros. Dizem que se chama... premonição. Parece que está ligada à nossa capacidade de sobrevivência.

— De que maneira?

— Pelo que li, todo ser é capaz de satisfazer suas próprias funções vitais. É por isso que respiramos, comemos, dormimos. Coisas que já sabemos fazer quando nascemos. Ninguém precisa nos ensinar. Assim como ninguém nos ensina a sonhar. A tese de uma parte dos estudiosos é que, assim como os animais preveem, com antecedência de alguns dias, grandes e pequenas catástrofes naturais, que podem ameaçar sua sobrevivência, pois estão ligadas ao biossistema em que estão inseridos, nós, seres humanos, também podemos prever o perigo proveniente da mente de outros homens, dos quais depende a nossa vida.

— Isso explicaria a telepatia como uma coisa necessária à sobrevivência — observa Morgan.

— Exatamente. Vivemos em estreita relação com os outros seres humanos. Dependemos deles e somos ligados a eles, portanto, percebemos os pensamentos das pessoas que nos cercam, como os animais percebem os eventos naturais com os quais vivem em simbiose.

— Interessante. E como o caderno roxo entra nesse raciocínio?

— Muitas vezes, a percepção é ligada a um momento particular, a um acontecimento ou, mais raramente, a um objeto particular que serve de catalisador da própria psique. O caderno roxo é esse objeto. Escrevi o primeiro conto poucas horas depois de comprá-lo... Numa papelaria no centro, bem antiga, que parece saída de outro mundo e de outro tempo.

Morgan faz que sim quase imperceptivelmente.

— No começo, pensei que se tratasse apenas de um pesadelo. Mas dois dias depois, quando estava tomando café, vi um artigo num jornal que descrevia ponto por ponto o homicídio que tinha sonhado e transcrito para o caderno. Até o nome da vítima era igual: Alek, o publicitário da montanha-russa. — Respiro profundamente. — Com essa descoberta, mergulhei num estado de confusão. Fiquei me perguntando o significado daquele conto, que relação teria com minha vida e em que momento poderia tê-lo escrito. Mas depois os pesadelos desapareceram por algumas semanas. E com eles, os contos.

— E o segundo?

— Como deve ter visto, só escrevi algumas poucas linhas.

— Parece... interrompido.

— Fui acordada pelo telefonema de Naomi.

Morgan semicerra os olhos.

— Enquanto socorríamos Naomi, o engenheiro Giulian foi enforcado na roda da morte do velho parque de diversões.

— Mas depois disso você escreveu de novo.

— O terceiro, o assassinato da redatora. Estava resolvida a ir ao local do crime para impedi-lo. Tinha descoberto que minhas histórias antecipavam a realidade e imaginei que isso significava alguma coisa. Estava convencida... meu Deus!... estava convencida de que tinha uma espécie de dom e que minha missão era tentar fazer alguma coisa... antes que os assassinatos fossem cometidos.

— Por que falou "meu Deus"?

— Porque estava no Parque Norte quando Halle foi morta. E hoje à noite estava no ginásio quando...

Morgan apoia a mão em meus lábios.

— Está perdendo o rumo. Não é o que pensa. Você não tinha a mínima ideia de onde ficava a agência de publicidade de Alek.

Olho para ele e concordo. Tem razão.

— Conte-me o que fez depois de escrever o terceiro conto.

— Peguei um ônibus e fui para o Parque Norte. Vi aquela mulher saindo de seu edifício e tratei de segui-la por um trecho. Era uma manhã gélida e nevoenta, o frio era penetrante...

— O que você sentiu?

— A cabeça pesada, traspassada por lâminas de dor.

— Vozes?

Pensei um instante, depois sacudi a cabeça.

— Não... Mas a certa altura, meu corpo não me respondia mais. Fiquei paralisada. Não conseguia avançar, apenas recuar, fugir dali. E foi o que fiz. Voltei sobre meus passos. E depois, ouvi seu grito. Sinto vergonha até hoje: fui uma covarde.

— Não é verdade. Foi muito corajosa.

Nego com a cabeça.

— Não é assim, Morgan. Sabe muito bem disso. Poderia salvá-la se tivesse conseguido...

— E esse último conto?

Começo a soluçar. Tento reprimir as lágrimas, mas algumas me escapam e caem em minhas minhas mãos geladas cruzadas no colo.

— Você já leu, não? A vítima era um jovem, um músico. Nenhuma ligação com os outros três. Fiquei louca tentando estabelecer novos vínculos a partir do caderno, mas não consegui. Pensei numa seita... Estava convencida de que se tratava de Tito e seus amigos e fui à delegacia denunciá-los. Foram presos, mas como pôde ver... Pobre doida!

— Saiu de casa?

— Sim.

— Por quê? Não avisei que não devia fazer isso durante a noite?

— Mas o protagonista desse conto é um músico... toca guitarra, entende? — recordo. — E meu irmão estava ensaiando com seu grupo num velho ginásio. Falando com Jenna, minha mãe, descobri que o tal ginásio ficava perto do hospital. Como no meu conto!

— E então pensou que a vítima era seu irmão.

— Exatamente! Roubei a *scooter* e corri para lá, para protegê-lo. Mas quando cheguei, revivi a cena do crime, só que não estava lá para avisá-lo, mas... para matá-lo! A assassina era eu! No conto, descrevo o brilho de um objeto metálico longo e fino e, no ginásio, encontrei uma barra de ferro... que peguei para me defender, pois achava que havia alguém além de mim... e aí... Aí, aquela barra de ferro estava na minhas mãos, Morgan, entendeu? Não sei explicar, era como se não fosse eu.

— E o que estava sentindo?

Arregalo os olhos, tentando recordar.

— Ódio. Ódio. Um mar infinito de ódio. Sentia que precisava matar meu irmão! No entanto... — O pranto corta minha voz. Morgan me recebe em seus braços e soluço desesperadamente. Aperto suas roupas entre meus dedos, tentando sufocar os soluços e as lágrimas, numa tentativa patética de não ser ouvida por meus irmãos.

Morgan acaricia meus cabelos e, com paciência infinita, espera que me acalme. Quando o silêncio volta a reinar no quarto, e só então, ele fala.

— Está passando por uma experiência terrível. Mas precisa ser forte e reagir. Nem sempre o destino nos reserva o que desejamos. É muito mais comum que, sem nenhum motivo aparente, cada elemento de nossa vida dê a impressão de estar ali com o único intuito de nos prejudicar. Às vezes, o acaso parece nos atingir com a precisão de um atirador de elite.

— É verdade... — sussurro.

— Somos colocados à prova todos os dias, todas as noites, pela vida inteira. E cabe a cada um se rebelar ou se conformar com os acontecimentos, segundo a própria vontade. Já tem tanta coisa, demais até, que não podemos escolher... Nossos pais, por exemplo. Mas eles também não podem escolher os filhos. E muitas vezes não conseguem suportar o caminho que suas vidas tomam e resolvem sumir.

Parece que conhece a minha história.

— Não é culpa deles. Não é culpa de ninguém. Não existem culpas. E se nossos pais foram maus ou erraram, podemos ser melhores que eles, melhores que os professores que nos deram e que o estilo de vida que nos transmitiram. É sempre possível mudar, subir ou descer, fazer o bem ou fazer o mal. Existe uma escolha. E isso vale para todos os acontecimentos da vida em que nos vemos envolvidos mesmo contra a nossa vontade. Eu, você, todos nós temos a possibilidade de sermos superiores ao mal que nos cerca e de esmagá-lo sob nossos pés. Mas também podemos fazer o contrário, sendo inferiores ao bem que se esconde em nós. Podemos ignorá-lo, apagá-lo completamente e não descobrir nunca, por exemplo, os brotos que apontam nos ramos das árvores na primavera.

Sorrio, encantada com aquela frase. Eu os vi, queria gritar, mas Morgan não me dá tempo para isso.

— Precisamos ter confiança sempre, Alma, e nunca parar de lutar. Há um mundo de luz além dessas trevas, só que está escondido. E cabe a nós encontrar uma forma de chegar lá.

O olhar de Morgan agora é orgulhoso e decidido. Sinto que acredita em cada palavra do que disse e que compreende minha dor, meu medo, minha raiva.

— Quase matei meu irmão, Morgan.

— Não matou niguém.

— O que fiz então, na sua opinião?

— Não resistiu ao mal. E ele a guiou.

— Não estou entendendo...

— Não pode. Não ainda.

— Morgan...

— Precisa confiar em mim.

— Você... sabe explicar o que está acontecendo?

— Infelizmente... temo que sim.

— E então?

— Não posso dizer. Só posso lhe pedir que confie em mim e que faça exatamente o que pedir. Como quando pedi que não saísse à noite.

— Mas quero saber.

— E eu não quero lhe esconder nada. Mas... simplesmente... não posso ser mais claro que isso. Pode aceitar isso, por enquanto, como uma resposta sincera?

Concordo com a cabeça. Sentia que ele era diferente de todos. Sabia que devia me afastar.

— Acho que, mesmo que dissesse que não posso, não conseguiria muito mais do que isso, não é?

Ele olha para mim, preocupado e misterioso.

— Precisa ficar atenta, mais do que nunca. Não vai mais sair à noite em hipótese alguma. E de dia, vai sempre olhar atrás de si. Existem homens muito perigosos na cidade. São chamados de Masters.

— Masters?

— Podem ser reconhecidos pelo anel, com um dragão-marinho gravado.

— Um anel com um dragão-marinho? Como o de Adam?

— Exatamente.

— Então Adam é um... Master?

— Não.

— E como tem tanta certeza disso?

— Convidei-o para ir à piscina — responde Morgan. — E conversamos longamente.

Foi quando a irmã de Naomi os viu, penso eu.

— Adam encontrou o anel no Parque Norte — relembro eu.

— Exatamente. Pertencia a um deles, a um Master. E existem mais dois detalhes para reconhecê-los.

— Quais?

— Têm uma orelha arrancada.

Levo a mão à boca, horrorizada.

— Que coisa horrível. É por isso que estão sempre de chapéu.

— É isso mesmo.

— E por que a orelha cortada?

— É um sinal de obediência.

— A quem? Que homem poderia pedir um prova como essa?

— Não é um homem. Trata-se de um senhor. Por ora, basta saber disso.

— E o segundo detalhe?

— São totalmente calvos. Não têm cabelos, sobrancelhas, pelos, nada.

Estou cada vez mais espantada.

— É por isso que usam óculos escuros.

— É.

— E o homem que nos seguiu no Porto Velho? Também era um Master?

— Era.

Fico em silêncio, pensando. Algum tempo atrás, cheguei a pensar que esses Masters poderiam ser responsáveis pelos três assassinatos ocorridos na cidade. E que me perseguiam porque era capaz de descrever seus crimes. Como estava distante da verdade!

Mas se não foi Tito com sua seita e não foram os Masters, quem matou aquelas pessoas? Quantos outros criminosos estão pelas ruas sem serem perturbados?

— Em que está pensando? — pergunta Morgan.

— Nos assassinatos. E nos culpados. A polícia encontrou cabelos nas cenas dos crimes, cabelos de pessoas jovens.

— É mesmo? — Está visivelmente preocupado.

— Quem você acha que foi? Já esgotei todos os meus estoques de possíveis assassinos.

— Uma coisa de cada vez, Alma. Por ora, precisa tomar cuidado com esses homens.

— Mas continuo sem entender. O que querem de mim?

— Você está sendo caçada.

— E por que estão me caçando?

Morgan aponta o caderno roxo.

— Por aquilo que escreve — responde.

Arregalo os olhos.

— Morgan... deve...

— Não. Não devo. Nenhum de nós *deve*. Nós *podemos*. O poder é mais forte que o dever.

— Mas eu...

Seus lábios pousam sobre os meus. Mal me tocam e são pura energia. Sinto uma espécie de choque que me mantém colada a ele, um fluxo de corrente em que circulam pensamento e força. Quando nos afastamos, olhos nos olhos, abraçados à luz do abajur da mesinha, ele sussurra:

— É muita coisa junta para uma noite. Tente descansar agora, deve estar exausta. Um dia vai entender tudo isso melhor.

Seu hálito não tem cheiro, nem sabor. Ele me envolve e me embala.

— Confia em mim?

Faço que sim. E fico surpresa, pois é a primeira vez na vida em que realmente confio em alguém.

— Está quase amanhecendo — murmuro.

— É. Mais alguns minutos e a escuridão chegará ao fim — diz ele, antes de colocar a mão em minha testa e desaparecer nas últimas sombras da noite.

58

A julgar pela luz que se infiltra pelas persianas, já é de manhã. Acordo mais descansada, porém meio perdida. É como se alguém tivesse me retirado de minha vida e me jogado longe, como algo que não serve mais.

Não há ninguém no corredor. A casa está silenciosa. Jenna está dormindo em seu quarto, depois do turno da noite. Evan sai. Lina está sentada na cama, brincando com a boneca decapitada e consertada, à espera de que lhe digam quais são os programas do dia.

Não tem nenhum, pequerrucha, gostaria de dizer. Mas apenas sorrio.

Pelas janelas entra o calor de um belo sol de primavera. Dou uma olhada no relógio de passarinhos da cozinha: são dez da manhã. Tarde demais para a escola.

Em todo caso, hoje me sinto plenamente justificada.

Preparo uma xícara de café fumegante, que bebo sentada no sofá, aquele em que Lina costuma assistir a seus desenhos animados preferidos.

As lembranças da noite passada são confusas e dolorosas. As palavras de Morgan e o sono reparador só em parte aliviaram a angústia. O café é forte e amargo. Tudo está fugindo do meu controle.

Continuo a pensar em Evan, naquilo que deve ter passado por sua cabeça quando me viu na sua frente com uma barra de ferro na mão. Achei que, logo de manhã, entraria em meu quarto furioso, pedindo explicações, querendo saber o que estava fazendo no ginásio, invadindo seu território. Mas nada. Só o bilhete.

Vou mudar de roupa. Escolho uma saia e um suéter leve, sapatilhas e a jaqueta de sempre. No elevador, as palavras de Morgan antes de partir voltam à minha memória.

Confie em mim.

Estava forte e presente, como nunca vi ninguém antes dele. Não sei dar um nome preciso ao que nos une, mas, seja o que for, é muito poderoso.

Quando saio, sou envolvida por uma rajada de vento fresco e perfumado de flores novas.

Morgan tem razão: a beleza do mundo se esconde.

O ar frio é estimulante, carregado de vida nova.

Como gostaria que meu pesadelo não fosse real.

Como gostaria de descobrir que foi tudo um engano, uma terrível brincadeira da minha imaginação.

E que o mal não estivesse dentro de mim.

Caminho até a banca de jornal ao longo da avenida que leva à igreja. Uma vez lá, paro de repente.

Agatha foi presa.

A notícia está em todos os jornais: ADOLESCENTE PETRIFICA A PRÓPRIA TIA.

Compro exemplares de vários jornais diferentes.

Entre os artigos, encontro um assinado por Roth.

Na verdade, parece que um resumo dos fatos foi copiado de um jornal para outro. Depois da descrição da casa de conchas, relatam pontualmente a vida de Agatha: os pais desaparecidos num acidente de avião, a entrega da menina à tia, que sofria de câncer. Agatha teria injetado no corpo da mulher, ainda em seus últimos dias de vida, uma substância capaz de bloquear o processo de decomposição dos tecidos e de petrificar a carne e o sangue. O médico chamado pela polícia garante que as injeções foram aplicadas quando a mulher ainda estava viva, para permitir que a substância mumificante circulasse plenamente pelo coração. Mas parece que as opiniões ainda divergem sobre esse ponto. O assunto me causa arrepios.

Um psicólogo comenta que o resultado obtido não serviu apenas para que a adolescente sustentasse a mentira de que a mulher continuava viva. Na sua opinião, Agatha acreditava realmente que, com as injeções, estava tratando da saúde da tia. Estava convencida de tê-la salvado da morte, de ter conseguido interromper o curso do tempo, de ter lhe dado a imortalidade do corpo. O retrato que deriva disso é um quadro de loucura lúcida, numa jovem de caráter fechado e introvertido. Seguem-se testemunhos de professores e colegas de turma, que não imagino como conseguiram. Nenhum jornalista pediu minha opinião. E acho que fui uma das poucas amigas de Agatha.

Mas se não inventaram tudo, significa que algum jornalista esteve na escola. Talvez tenham falado com o diretor ou com Adam e a história do incêndio no gabinete do diretor tenha vindo à tona.

Talvez estejam lá neste momento, filmando e fotografando todo mundo: alunos, professores, pessoal de serviço. Escolhi bem o dia de faltar.

Folheio os jornais um a um, raivosamente. Como podem escrever tudo isso com tanta rapidez? É como se já estivesse pronto, bastando apenas trocar os nomes. Um outro artigo, mais aprofundado, explica como seria o processo de petrificação usado por Agatha. Não se trata de nenhuma novidade: existe uma "receita" usada por um famoso médico e cientista em experiências com animais e com algumas partes do corpo humano, com resultados espantosos. A matéria é ilustrada por fotos dos membros petrificados que parecem partes de estátuas de mármore e fornece também uma fórmula: solução de silicato de potássio, fixada numa solução de formalina a 10%, de sublimato corrosivo a 3%, e mais alguns "ingredientes" que o médico em questão levou consigo para a tumba e que Agatha tentou identificar.

— Pessoal, temos aqui as instruções práticas para petrificarmos nossos pais... — murmuro, arrancando o artigo para levar comigo. Quero conversar sobre isso com o Professor K, para descobrir se a única pessoa de quem gostava em toda a escola estava a par das intenções de Agatha.

Mais um artigo, dizendo que ela não queria acabar num orfanato (por um ano apenas, prazo para que completasse 18 anos), mas que agora vai para um reformatório para jovens criminosos (onde provavelmente terá que ficar muito mais tempo). Segundo os jornais, a polícia está fazendo a autópsia para apurar quanto tempo antes da morte da tia a "terapia" de Agatha teve início.

— Sempre desconfiei de alguma coisa! — declara uma vizinha da casa, que reconheço na foto em preto e branco do jornal. — Nunca tive simpatia por essa menina!

Continuo a ler, palavra por palavra, mas não encontro nada sobre o estado de Agatha ou o lugar onde está.

Preciso falar com Sarl. O tenente manteve sua palavra: ninguém faz menção ao modo como a polícia ficou sabendo do que acontecia na casa. Mas não posso evitar me sentir responsável pela prisão de Agatha.

Cortei o fio de loucura que costurava suas ações, mas gostaria de saber se está bem.

Agatha vai entender que fui eu.

Sei disso.

Mas, seja como for, irei à delegacia.

Folheio todas as páginas dos jornais, controlando com ansiedade crescente todas as colunas e notas. Nada: felizmente, não há sinal de novos assassinatos. Nenhum músico, nenhum ginásio dos horrores.

Não sei se devo me alegrar ou não. Só significa uma coisa: ontem à noite, quem tinha que matar Evan era mesmo eu.

Agora tenho certeza.

Mas por quê? Quem sou eu na verdade? O que está acontecendo comigo, droga?

Respiro profundamente. Deve haver uma explicação aceitável para tudo isso.

Talvez esteja sob a influência de alguém. Alguém que me guia e condiciona como se fosse uma marionete. Rio de nervoso: é absurdo, sei disso, mas o pensamento de que o dr. Mahl possa ter me hipnotizado quando fui a seu consultório tratar de um trauma que não existia me passa pela cabeça.

Levanto, tensa. Examino minhas mãos, que tremem. Mas os fios da marionete não estão visíveis.

59

Hoje, a delegacia está ainda mais movimentada que o normal. Batalhões de jornalistas fazem plantão na entrada para controlar quem entra e quem sai, enquanto lá dentro impera o mais completo caos, que os agentes tentam organizar como se fosse um monstruoso engarrafamento de trânsito.

É claro que não vou conseguir atravessar tudo isso ilesa.

— Alma? Alma! Espere! — chama uma voz na multidão.

Paro e vejo Roth tentando abrir caminho entre os colegas como uma sardinha em sua lata.

— Oi — sorrio, quando está próximo o suficiente para me ouvir.

— Desculpe pelo encontro do outro dia. Tive um problema com o carro e não consegui chegar a tempo.

— Não tem importância.

Não consigo nem me lembrar de que encontro está falando. Roth olha o relógio e pergunta:

— Não devia estar na escola?

— Deixe para lá, hoje não é dia.

Olha para mim de um jeito estranho. Posso ver as engrenagens de seu cérebro entrando em ação.

— Onde você estuda?

— Por que a pergunta?

— Porque poderia conhecer a menina que petrificou a tia. Soube da notícia, não?

— Claro, está em todos os jornais.

— E conhece essa tal de Agatha?

Penso um pouco antes de responder e concluo que é melhor dizer a verdade. Ele acabaria descobrindo tudo de qualquer jeito.

— É minha colega de turma.

Os olhos de Roth se iluminam. Os meus, ao contrário, estão apagados: mandei uma colega, que considerava minha amiga, para a prisão e tentei matar meu irmão Evan. Sou um monstro.

A mão de Roth segura meu braço:

— Precisa me contar tudo o que sabe sobre ela. Com exclusividade.

— Agora não, Roth. — Não posso perder mais tempo aqui. Preciso falar com Sarl de qualquer maneira.

— Quando então?

— Não sei — respondo apontando a policial Lilia, ocupada em dar informações a uma selva de cabeças. — A polícia me convocou por esse mesmo motivo.

Faz que sim.

— Claro. É natural. Mas... só duas palavrinhas! Só estou pedindo duas palavrinhas. É verdade que sua colega tinha uma história com o professor de química?

— Agatha? — começo a rir, mas é uma risada cortante, que fere. — Que absurdo!

Os boatos maliciosos circulam muito depressa.

— E o incêndio na sala da diretoria? Sabe de alguma coisa? É decididamente uma escola muito estranha, a sua...

Livro meu braço de sua mão.

— Desculpe, Roth, mas realmente preciso ir.

— De jornalista para jornalista, Alma. Ajudei você com seu artigo. Agora é você quem pode me ajudar — diz, exibindo seu melhor sorriso.

— Podemos nos encontrar mais tarde, se quiser. Pode me ligar — rebato, antes de me enfiar entre as pessoas e desaparecer o mais rápido possível.

Entro com segurança no corredor dos escritórios. Portas abrem e fecham. Tudo fervilha por aqui também: os agentes correm entre telefones que tocam e fotocopiadoras que vomitam papéis. Chego ao gabinete de Sarl sem ser perturbada. Bato.

Uma voz responde lá de dentro:

— Pode entrar...

Hesito um instante.

— Entre!

Entro.

O tenente Sarl está sentado atrás da escrivaninha, coberta, como sempre, por uma camada de papéis e pastas que escondem completamente a mesa. O ar na sala cheira a comida japonesa e tabaco.

O tenente levanta os olhos da papelada e fica me encarando com o espanto de quem viu um fantasma.

— Alma... Oi! Não esperava vê-la tão rápido. Sente-se.

— Não queria incomodar.

Ambos olhamos para a escrivaninha entulhada de papel.

— Não está incomodando, de verdade. — Acha um modo de sorrir em algum lugar no fundo do seu cansaço, e os traços marcados de seu rosto se suavizam.

Tenho mil perguntas a fazer, mas vou direto ao ponto.

— Queria notícias de Agatha. Como ela está?

— Agatha está bem. Está sedada e sob a supervisão de médicos especialistas. Teve um acesso de fúria quando foi presa. Mordeu um policial e deu um chute em outro. Virou uma fera. Posso garantir, estava lá.

Concordo, muito séria. Posso imaginar sua surpresa e seu ódio quando viu a polícia na porta de casa.

— Ela sabe que fui eu quem denunciou tudo?

— Não, fique tranquila.

— Mas pode ter percebido que entrei em sua casa.

— Isso foi uma loucura. Só Deus sabe o que essa moça teria feito com você se a descobrisse. Nada aconteceu por pura sorte.

— Pois é — respondo, abaixando a cabeça.

O tenente me observa, desconfiado.

— Se quer um conselho, não apareça muito por aqui. Depois da história da seita e da mulher petrificada, estamos sendo literalmente assediados pelos jornalistas. Descobriram um novo assunto para alimentar os leitores: os jovens representam o mal. Matam, queimam, destroem, mumificam.

— Mas o que está acontecendo realmente?

— Ainda não sei. Mas enquanto não descobrir, é melhor que fique longe da delegacia. Melhor deixar a poeira baixar um pouco. Se precisar falar comigo, telefone. Talvez possa... não sei... talvez possa dar uma passada em sua casa.

Mordo o lábio.

— É uma boa ideia, tenente.

Enquanto isso, relembro tudo o que fiz, minhas escolhas mais recentes, e espero que não se voltem contra mim, como um bumerangue.

— Tudo bem com você? — pergunta o tenente. — Parece muito abatida.

— Tudo bem, obrigada.

— Tem certeza? Não tem mais nada para me contar?

Seria ótimo poder esvaziar a consciência, retirar toda a podridão que a polui e virar a página para sempre. Mas não é tão fácil assim. Não para mim. Não agora. Além do mais, o que teria para confessar? Olhe, senhor tenente... não sei bem como explicar, mas há uns homens com anéis de dragão que estão me seguindo, além disso tive ataques de sonambulismo em que descrevi assassinatos que aconteceram em seguida e eu mesma, ontem à noite, quase matei meu próprio irmão. Afasto este pensamento e tento parecer o mais relaxada possível.

— Talvez tivesse uma coisa, sim. Alguma novidade no caso dos assassinatos?

— Estamos interrogando Tito e seus amigos. Cedo ou tarde, algum deles vai confessar ou sua amiga vai se decidir a prestar queixa contra eles, como é justo, aliás. Nesse meio-tempo, pelo menos estaremos um pouco mais seguros lá fora.

— Ainda bem — comento sem muita convicção. Ninguém sabe realmente o que nos espera lá fora.

— Será um sucesso, não se preocupe.

— O quê?

— O seu artigo, ora!

— Ah, claro!

Levanto da cadeira, um pouco sem graça:

— Agradeço mais uma vez pelo seu tempo, tenente. E talvez pudesse realmente... uma noite dessas...

— Sem dúvida.

— Jenna pediu que mandasse lembranças.

Não é verdade, mas com certeza vai deixá-lo contente.

Seu rosto se ilumina.

— Obrigado. Mande meus cumprimentos a ela também.

Saio e fecho a porta.

Milhares de pessoas.

E nenhuma que seja capaz de me dar uma resposta.

Consigo sair da delegacia sem que Roth ou qualquer outro jornalista sedento de notícias me detenha para entrevistas. Uma vez lá fora, começo a caminhar sem rumo, deixando as pernas andarem sozinhas.

Sempre fui muito segura de mim mesma e decidida diante dos acontecimentos dessa vida, mas agora me vejo chorando a toda hora como uma menininha esmagada por milhões de dúvidas, por uma realidade que não entende mais e na qual se sente afundar.

Respiro o ar da cidade que aqui, perto do rio, é adocicado e denso, carregado de umidade.

Observo a paisagem urbana que me cerca com outros olhos: nada é como antes, agora que me sinto diversa, que sei que possuo um dom ou uma maldição, mas não tenho ideia de como governá-lo. Isso está me digerindo lentamente, como uma planta carnívora faz com um inseto.

Agito as patas, sem compreender. Sinto dor.

Caminho nos becos fechados das casas noturnas que, quando a noite cair, ficarão cheias de vida, música e álcool, sem se preocupar em saber quem, entre os próprios clientes, é uma pessoa de bem ou um assassino.

Qual é a diferença, aliás? Somos todos iguais, com um certificado de garantia de civilidade, até que apareça um defeito, uma falha. Então nos transformamos em seres diversos, incompreensíveis, violentos. O prazo de garantia vence e ficamos marcados para sempre: monstros.

Como Adam, como Tito, como Agatha. E como eu.

Atravesso a Ponte Velha. Meus passos ressoam como sinos.

Enfio as mãos nos bolsos. A caneta. O origami.

O sol começa a declinar no horizonte. Logo estará escuro de novo. E o medo tomará conta de mim outra vez.

60

Não dormi à noite.

Ouvia as horas marcharem com o passo pesado dos soldados. Tentava contá-las ouvindo os toques distantes da igreja no fundo da avenida e controlando a intensidade da luz que se infiltrava pelas persianas. Os pensamentos não me deram trégua e me deixaram exausta, tendo outra longa jornada a enfrentar.

Agora, sentada na minha carteira, meus olhos se movem sem cessar, sobre os colegas, sobre o professor, sobre o vaivém de dois passarinhos num galho fora da janela. Não consigo me concentrar em nada, de modo que nem tento mais.

Só tive coragem de olhar uma vez para o lugar de Agatha, poucas fileiras depois do meu, à direita. Está vazio. Imagino que em poucas semanas outro aluno ocupará seu lugar e todos nos esqueceremos dela. Com o tempo, ninguém vai se lembrar mais da adolescente louca que sentava ali antes.

Ninguém, exceto eu.

Olho de novo para fora. Além do portão da escola estão reunidos alguns jornalistas. Mais uma vez, tentarão fazer perguntas sobre Agatha para rechear seus artigos. Imagino que Roth também esteja lá.

Pouco depois, o som do sinal que marca o fim das aulas chega a tempo de me impedir de dormir. Meus colegas se apressam a sair. Dentro da sala, no silêncio deixado pelas vozes que se afastam, ficamos só nós três: Naomi, Seline e eu nos descobrimos enfiando os livros na mochila com a mesma lentidão cansada. É evidente que as últimas semanas nos submeteram a duras provas. Mas é também uma boa oportunidade de trocar duas palavras a salvo de ouvidos indiscretos.

O assunto inicial é óbvio. Agatha.

— Alguém falou com ela? — pergunta Naomi.

— Não. Não sei nem onde ela está — esclarece Seline com um fio de voz.

— Ela está bem.

As duas olham para mim com os olhos carregados de perguntas.

— Conseguiu falar com ela? — quer saber Naomi.

— Não, mas sei que está bem.

— E como é que sabe?

— Bem, conheço alguém na polícia.

— É mesmo? Quem?

— Um amigo de Jenna.

— Então deve saber para onde foi levada...

— Não, ele não disse nada sobre isso.

— Agora ficou claro... por que nunca fizemos reuniões em sua casa — comenta Seline, fina e frágil como um suspiro.

— Devíamos ter insistido — diz Naomi. — Entrado à força.

— Para quê? — rebato eu. — O que faríamos se tivéssemos descoberto que estava petrificando a tia?

Naomi sacode a cabeça.

— Não sei. Talvez pudéssemos ajudá-la.

— Eu teria denunciado — diz Seline. — É uma coisa horrível. Horrível.

Diante da palavra "denúncia", vejo que Naomi mergulha em seus pensamentos. Com certeza, pensando na decisão que ainda não teve coragem de tomar.

— Os jornais dizem que foi uma vizinha — comenta Seline.

Queria tanto poder contar a verdade. Queria que soubessem de minhas incursões à casa de Agatha, do cheiro penetrante que serpenteava entre aquelas quatro paredes mofadas. Mas não posso. Preciso me calar. Para o bem delas.

— Bem que você disse... — murmura Naomi, que acordou de seu devaneios.

— Disse o quê?

— Que Agatha estava esquisita. Que sentiu isso quando ela deixou Adam quase cego, no rio...

— Percebi que era uma menina estranha, só isso...

— Para mumificar o corpo da própria tia tem que ser maluca mesmo, não só estranha... — observa Naomi.

— Às vezes a vida nos coloca diante de opções muito difíceis. Nem todos fazem a escolha certa.

Naomi ri nervosamente. Ainda está pensando em si mesma?

— O que foi?

— É curioso que justamente você diga uma coisa desse tipo — observa ela.

— Por quê?

— Bem, porque você nos ensinou a julgar os outros com base nas escolhas que fazem. As provas para o batismo nada mais eram que o nosso julgamento sobre as meninas que queriam ser nossas amigas.

Tem razão. Mas a Alma de então, segura de todas as suas opiniões, não existe mais.

— Acho que mudei de ideia.

— Nem parece você.

— Está a fim de implicar hoje, não?

Seline esboça um sorriso.

— Esperem um pouco. Preciso ir ao banheiro — diz em seguida.

— Esperamos na entrada. Lá fora já está cheio de jornalistas.

Naomi e eu descemos a escada lentamente. Olho para ela.

— Como tem se sentido? De verdade?

— Melhor. É sempre um horror, mas um horror melhor. O dr. Mahl tem sido ótimo.

Concordo e me calo. Penso na hipnose.

— Tinha razão quando disse que podia confiar nele. Sem o dr. Mahl nunca conseguiria me lembrar de nada. Cheguei a pensar algumas vezes que as lembranças, com sua carga de horror, poderiam me destruir. Mas devo dizer que ele tinha razão. Depois... tudo fica mais simples.

— Acha que um dia vai poder me contar tudo o que aconteceu, até o fim?

Ela fica um instante em silêncio.

— Sim, acho que um dia conseguirei contar. Mas antes, devo e quero fazer uma coisa.

— O quê?

— Prestar queixa contra Tito e seus amigos.

— Está falando sério?

— Estou. Agora que estou recuperando as forças, vejo o quanto fui covarde não cumprindo meu dever. Preciso fazer isso por mim e por todas as outras pessoas que foram objeto de violências semelhantes, para que ninguém mais tenha de passar por isso. Além do mais, com esses assassinatos na cidade, não posso me sentir tranquila. Tito e seu bando talvez tenham alguma coisa a ver com isso.

Fez a mesma associação que eu, mas tarde demais. De qualquer forma, meu olhar para ela é cheio de orgulho.

— Estou orgulhosa de você — digo.

— Eu também. E é a primeira vez que sinto isso desde aquela maldita noite.

Fortalecidas por nossos laços restabelecidos, descemos as amplas escadas desertas. Duas rainhas que deixam seu castelo triste e deserto. Somos as últimas a deixá-lo, com dignidade. Paramos diante da porta da diretoria.

— E você? Parece muito cansada, como nunca a vi antes.

— Não tenho dormido bem.

— Sei como é.

— Será? Mas vai passar.

Naomi me olha com ar interrogativo.

— Somos o mais terrível grupo de amigas de que já se ouviu falar... — sorrio, tentando fazer piada.

De repente, as duas juntas arregalamos os olhos.

— Não acredito... — murmura ela.

E também tenho dificuldade para acreditar. Lado a lado, Seline e Adam descem juntos a escada.

— Mas o que fazem esses dois juntos? — pergunta Naomi, com um tom quase irritado.

Não sei responder.

Vejo Seline e Adam conversando como dois bons amigos. Devem ter se encontrado na entrada dos banheiros e resolveram sair juntos. Muito bem, penso. Seline sorri como não a via fazer há semanas e Adam parece um menino tímido diante da primeira namorada.

— Vou lá ver — diz Naomi decidida.

Seguro seu braço.

— Espere!

— Seline é mesmo uma boba!

— Não me parece.

— Mas ela odeia Adam!

— Tem certeza? Olhando para eles, poderia jurar que parece bem contente de falar com ele. Olhe só...

No começo da escada, Adam coça os cabelos da nuca, cumprimenta Seline e estende a mão. Ela hesita um momento, depois a aperta e se afasta, caminhando em nossa direção.

Adam olha para nós, calmo e normal, e levanta a mão para se despedir antes de sair da escola.

Respondo erguendo a minha.

Mais que uma saudação, parece um pacto. Quase uma promessa de fim das hostilidades.

— Desculpem — diz Seline ao chegar.

— Desculpe, não, trate de explicar tudo isso direitinho — é a recepção de Naomi, abraçando e empurrando a amiga para fora do portão, como se a protegesse de todos os outros meninos.

Seline não responde imediatamente. Mantém um longo silêncio, talvez para organizar seus pensamentos. Depois, desata a chorar.

— Seline?

Ela nos afasta, gesticulando.

— Está tudo bem! Tudo bem!

Naomi e eu trocamos olhares.

— Não é o que parece — comento.

Ela assoa o nariz, continua a chorar e, entre um soluço e outro, consegue dizer:

— Ele me pediu desculpas.

— O quê? — exclamamos as duas em coro.

— Isso mesmo: nos encontramos no corredor e ele parou na minha frente. Tinha uma coisa importante a dizer. Continuei em frente, mas ele me seguiu... implorou que o ouvisse e resolvi parar.

Sacudo a cabeça, sorrindo. Seline não vai aprender nunca.

— Disse que se arrependeu muito do que fez e que, se existe no mundo algum modo de remediar, ele vai encontrar.

— E o que respondeu? — pergunto.

— Nada. Não fez uma pergunta. Só contou o que pretendia fazer e... me pegou de surpresa. Depois, disse também que sou muito bonita e que fez aquele vídeo porque era um idiota e queria mostrar aos amigos que uma menina como eu aceitaria sair com um cara como ele. Disse que sabe que errou e que só deseja uma coisa: o meu perdão.

Seline explode num choro ainda mais convulsivo. É claro que as palavras de Adam romperam todos os diques que construiu ao redor de seu sofrimento.

Acaricio seus cabelos finos e claros. É a primeira vez que faço uma coisa assim.

— Fico contente por você.

Ela respira rumorosamente pelo nariz.

— Bem, é... — balbucia Naomi. — O que posso dizer? Parece uma boa notícia, afinal.

— O que acham de comemorar com um gigantesco sanduíche no Zebra Bar? — proponho.

Naomi arregala os olhos.

— Como nos velhos tempos — insisto.

— Nunca fomos ao Zebra — relembra Naomi. — Você sempre disse que era um lugar de gente babaca.

— Mudei de ideia. O que me diz, loura? Um sanduíche por cabeça, daqueles enormes.

Seline chora, ri, concorda e balança, sacudida pelas emoções.

— Eu... eu... topo.

Minhas amigas.

Minhas únicas amigas.

Aperto suas mãos, elas apertam as minhas.

Estão frias, eu sei, mas vão se aquecer. Porque tudo vai correr bem.

61

No pátio, agora iluminado e animado por algumas tímidas promessas de verde nas árvores que o circundam, diversos grupinhos de jovens pararam para conversar. Alguns dão pequenas entrevistas, outros fogem do microfone dos jornalistas.

O ar suave e imóvel parece acompanhar a agradável preguiça da primavera que nos envolve e embala depois do inverno gelado.

Naomi, Seline e eu estamos cruzando o portão. Um pouco mais adiante, está estacionado o furgão branco de um jornal local. Roth e sua trupe arrumam suas aparelhagens apressadamente, como se estivessem partindo. Uma angústia sutil percorre minha espinha.

— Um instantinho só, já volto. — Não espero pela resposta, caminhando em direção a Roth. Tenho um estranho pressentimento.

— Oi. Já estão indo embora?

Ele está muito ocupado enrolando o fio do microfone para colocá-lo numa bolsa preta junto com o gravador. Dentro do furgão, seus colegas manuseiam blocos e máquinas fotográficas. A sensação é de que se trata de alguma coisa importante.

Olha para mim rapidamente.

— É, eu diria que sim.

Se sua intenção é me botar pilha, está conseguindo.

— Por quê?

— Conseguiram pegá-lo!

— Pegar quem?

Mil hipóteses turbilhonam na minha cabeça, mil imagens: um homem de óculos e chapéu? Mais um membro da seita?

— O assassino, ou melhor, um dos assassinos. Vamos para a delegacia voando.

Penso um pouco, não mais de meio segundo.

— Posso ir com vocês?

Ele me examina, hesitando sobre o que responder.

— Está bem. Mas quero uma coisa em troca.

Já sei o que tem em mente.

— A entrevista?

Concorda.

— Negócio fechado.

— Com exclusividade — especifica.

Aceito.

Na realidade, não sei se manterei minha promessa, nem em que termos. Mas isso já é outro problema, portanto, decidirei mais tarde. Agora, a única coisa que interessa é descobrir o que aconteceu na delegacia.

— Se é assim, sente-se — diz ele, indicando o interior do furgão branco.

— Vou me despedir de minhas amigas.

— Melhor se apressar.

Naomi e Seline seguiram a cena de longe.

— Sinto muito, amigas, mas não vou poder ir ao Zebra com vocês.

— Por quê? O que aconteceu? — pergunta Seline.

— Parece que tem novidade sobre o caso de Agatha. Vou pegar uma carona com Roth — minto.

— Que Roth?

— Aquele jornalista ali.

— E de onde o conhece?

— Veio falar comigo fora da escola. Quer conversar sobre Agatha no caminho para a delegacia.

Diante da palavra "delegacia", Naomi estremece.

— Mas justo agora? A gente ia comemorar! — lamenta Seline.

— Iremos assim que eu voltar, prometo.

— Ande logo, Alma! Estamos saindo — grita Roth agitando os braços em minha direção.

— Também vou — diz Naomi de repente.

Olho para ela. Parece muito decidida.

— Tem certeza?

— Tenho.

Não pergunto mais nada. Mesmo porque não quero que Seline descubra.

— De que estão falando, meninas? — pergunta ela, de fato. — Não estou entendendo nada.

— Desculpe, Seline — acrescento.

As despedidas são rápidas, apressadas. Corremos para o furgão sem olhar para trás.

— Ela pode vir comigo? — peço a Roth.

— Pode, pode, desde que seja agora.

Entramos a bordo. Estou feliz por ter Naomi comigo, me sinto menos sozinha.

Uma vez lá dentro, encontro imediatamente o olhar questionador de Eva, que responde ao meu cumprimento num tom gélido. Acho que não gosta de mim, assim como não gosto dela.

Sentamos num longo banco preto encostado a um dos lados do furgão. À nossa frente e à esquerda estão monitores, computadores e vários aparelhos cuja função desconheço. Algumas bolsas escuras estão jogadas no chão e, como nós, seguem as curvas da estrada com deslizamentos e oscilações.

Mantemos um silêncio religioso.

Não dá para ver nada lá fora. A traseira não tem janelas. Sinto como se estivesse presa numa caixa preta que, nessas circunstâncias, poderia me levar para qualquer lugar.

— Podemos marcar a entrevista para amanhã? — pergunta Roth.

— Claro.

Não tenho ideia do que será de mim amanhã, penso.

Ele olha para Naomi e depois para mim.

— Estou pensando em fazer uma matéria sobre a violência no mundo dos jovens, incluindo também a história da seita satânica.

Naomi vira para mim com um olhar aterrorizado.

— Posso fazer perguntas sobre Agatha e, talvez, também sobre a seita. O que acha?

— Como quiser — respondo. Aperto a mão de Naomi para tranquilizá-la.

— Sabemos que Tito frequentava várias escolas para atrair suas vítimas. Já o viram?

Naomi não responde.

— Sim, vi.

Minha amiga olha para mim surpresa. Mas tinha que dizer alguma coisa. Roth não é bobo. Sabe muito bem que Tito aparecia na saída das aulas e que não é um tipo que passa despercebido.

— Ele falou com vocês?

— Para dizer a verdade, não. Só reparei que estava lá. É um tipo que chama atenção...

— Sem dúvida.

— E o assassino? O que lhe contaram? — pergunto eu.

— Por que tanto interesse? — pergunta Eva, em silêncio até aquele momento. Parece uma daquelas aranhas que ficam escondidas até que a presa chegue bem perto e então pulam em cima para devorá-la.

— Escrevo para o jornalzinho da escola.

Felizmente, Naomi não diz nada, mas sinto sua respiração nervosa a meu lado. Fico esperando um rio de perguntas assim que sairmos desse furgão.

— Se quiser um conselho, melhor tratar de assuntos mais adequados à sua idade.

— Muito obrigada pelo conselho — respondo. — Mas posso decidir sozinha.

Pouco minutos depois o furgão para.

Roth abre a porta lateral e, finalmente, reencontro a luz do dia.

Estamos na frente da delegacia.

— Vou estacionar — anuncia o homem na direção, assim que todos descem. Em seguida, parte, deixando uma nuvem de fumaça negra e fedorenta atrás de si.

Os degraus que levam à entrada da delegacia já estão repletos de fotógrafos e jornalistas.

Acho que vai ser muito difícil entrar.

Mas Roth não tem nenhuma intenção de fazer isso, pelo menos por enquanto.

— Vamos ficar por aqui — ordena a Eva, abraçada a uma enorme máquina fotográfica. Colocam-se num ponto de onde podem controlar a entrada. Pela conversa, entendo que o assassino ainda não chegou à delegacia.

Nesta altura dos fatos, Naomi me puxa pelo braço para um canto.

— Pode me explicar que droga está acontecendo? Que história é essa de jornalzinho da escola? E a entrevista sobre Agatha?

— Não dá para explicar agora. É só uma forma de ajudar Agatha.

— E Tito?

— A polícia acha que pode haver uma ligação entre Tito, sua seita e os homicídios que estão assustando a cidade.

— Foi por isso que insistiu para que prestasse queixa?

— Também.

— E esse assassino que prenderam? Acha que pode ser alguém da seita?

— Não sei. Mas podemos descobrir daqui a pouco.

Naomi abaixa os olhos. Está visivelmente preocupada.

— Se não estiver bem, tem um bar do outro lado da rua. Pode esperar por mim lá.

— Não, vou ficar. No fundo... posso até reconhecê-lo.

Não dizemos mais nada, mas a tensão é alta. Dá para sentir, é como um campo magnético que mantém cada um de nós a uma distância segura dos outros.

Cada um fita um ponto distante à sua frente, na expectativa.

Só precisamos esperar alguns minutos antes que dois carros da polícia com as sirenes ligadas despontem no fim da rua dirigindo-se em alta velocidade para o lugar onde estamos.

Fotógrafos e jornalistas preparam seus instrumentos.

Sem olhar para mim, Naomi segura minha mão e aperta tanto que machuca. Sinto seu corpo vibrar de medo, seus músculos parecem ativados por uma força obscura que ela não consegue governar.

Os dois carros param a pouca distância de nós. Do primeiro, descem dois agentes que se dirigem imediatamente para o segundo e abrem a porta traseira. Todos os olhos estão voltados para lá. A multidão de jornalistas começa a se aproximar até cercar totalmente o carro. Roth, Eva e os outros passam por nós como se não existíssemos.

— Tenente Sarl? — ouço repetidamente. — Tenente!

— Uma declaração, tenente!

Todos tentam atrair sua atenção.

No meio da selva de costas, cabeças e braços consigo entrever Sarl ou uma parte de seu rosto, cansado e tenso, um pedaço de sua inseparável jaqueta de couro preto e a mão estendida para o interior do carro.

Seguem-se alguns instantes de silêncio, pesados como chumbo. Depois, ergue-se um coro de assovios, vozes, gritos.

Naomi e eu olhamos ao redor, sem saber o que fazer.

— Suba nas minhas costas — diz ela.

— Não, suba você.

— Não consigo. Ande logo.

— Está bem.

Dobra os joelhos e eu agarro seu pescoço, içando-me sobre suas costas. Quando Naomi estica as pernas, sou projetada imediatamente acima da multidão.

Vejo o tenente Sarl. Está virado para o carro, à espera do prisioneiro que está descendo.

Vejo uma cabeça. Cabelos curtos e castanhos iguais aos de milhares de pessoas na cidade. Sem perceber, prendo a respiração. Quando vejo seu rosto, não posso acreditar nos meus olhos: é só um menino!

Tem um rosto bastante anônimo, mas de feições agradáveis. Seus olhos são claros e ele não tem medo de pousá-los sobre a multidão de curiosos, como dois canos de um fuzil pronto para disparar. Mais ou menos da mesma altura que o tenente, corpo robusto, bem delineado sob os jeans apertados e o moletom claro. Está com as mãos para trás, muito provavelmente algemadas. Parece tranquilo, quase como se estivesse entrando no cinema para a sessão da tarde de domingo.

Fico aliviada: não é um dos meus perseguidores, não o conheço, nunca o vi em minha vida.

— Sarl tinha razão — me vejo comentando em voz alta.

— O que está acontecendo? — pergunta Naomi.

— O assassino saiu do carro.

— Conseguiu vê-lo?

— Consegui.

— Também quero ver.

— Mas você disse que...

— Sei o que disse, mas agora quero vê-lo. Vou descer você.

Agora quem vai servir de escadinha sou eu.

Não preciso fazer muito esforço para levantá-la. Emagreceu.

— Reconheceu?

— Não... É um menino!

Naomi está surpresa. Um coisa é esperar um fato, outra bem diferente é vê-lo com os próprios olhos. Não é possível, em hipótese alguma, estar preparado para ver alguém de sua idade ser preso como assassino.

— Tem certeza?

— Tenho. Não sei quem é.

— Que bom!

— Mas poderia fazer parte de alguma outra seita.

— É, poderia.

Mas lá por dentro, sinto que não é assim. Sinto que é alguma coisa maior, mais desconcertante e perigosa que se move sobre a cidade. Algo que tocou em mim na noite em que tentei matar Evan, algo que preciso desvendar e derrotar antes que tome conta de mim.

A multidão de jornalistas e fotógrafos se dirige para a entrada da delegacia. Ajudo Naomi a descer.

— E agora, o que vamos fazer? — pergunta ela.

— Vamos entrar também. Assim, você pode prestar sua queixa, enquanto eu...

Naomi olha para mim.

— Enquanto espero você. Ainda está decidida?

— Vamos.

62

A entrada da delegacia é uma Babel de vozes, corpos em movimento, cheiros, sons. Todos querem ver o assassino, saber quem é, conhecer detalhes de sua história. Olho ao redor, mas Sarl e o rapaz parecem ter desaparecido, certamente se refugiaram em alguma sala de interrogatório.

Naomi e eu abrimos caminho na multidão e conseguimos chegar ao balcão atrás do qual a sempre presente Lilia está sentada com a imponência de uma abelha rainha em sua colmeia.

Ela exibe seu sorrisinho satisfeito a cada "sinto muito, mas vai ter que esperar aqui" que sapeca nos jornalistas que perguntam pelo tenente Sarl.

Mas terá que nos dar um resposta concreta.

— Bom dia — cumprimento.

— Oi — responde ela, já irritada por me ver ali de novo.

— Com quem devemos falar para prestar queixa?

— Corredor da direita, sala número 9.

Dessa vez nem tentou impedir. Já sabe que basta que eu chame Sarl para que ela se veja privada de seu poder sobre mim. Que satisfação apagar aquele sorrisinho!

— Obrigada.

Naomi e eu nos afastamos, seguindo suas indicações.

— Que figura! — comenta Naomi.

— É mesmo.

Pegamos o corredor da direita. Ultrapassamos um lance de escada que vai para o primeiro andar e dois elevadores um ao lado do outro. O corredor é iluminado por longas lâmpadas fluorescentes, mas é mais escuro que o corredor do outro lado, onde fica a sala de Sarl. Aqui, todas as portas estão fechadas e nenhuma luz da janela das salas consegue passar.

A porta número 9 também está fechada.

Bato.

— Entre — responde uma voz do outro lado.

Entramos numa sala quadrada, não muito grande, com as paredes cobertas por altas estantes cheias de fichários cuidadosamente organizados, e iluminada por uma grande janela retangular que se abre para o único lado livre. No meio da sala, sentado atrás de uma escrivaninha de madeira escura, está um agente. É um homem jovem, de olhar tranquilizador e sorriso aberto.

— Em que posso ajudá-las?

Estou prestes a responder, quando Naomi toma a frente.

— Quero fazer uma denúncia — declara com firmeza.

— Sente-se.

Ela aperta meu braço.

— Pode ir, Alma, eu me viro sozinha.

— Tem certeza?

— Tenho sim.

— Está bem. Vou esperar lá fora. Se precisar, é só me chamar.

— Certo. Obrigada.

Deixo Naomi no gabinete do jovem policial e saio em busca de uma máquina de café: sinto uma necessidade desesperada de cafeína.

Refaço meu caminho, em direção à entrada. Acho que vi uma máquina não muito longe do elevador, no vão da escada.

Ao chegar perto, ouço duas vozes masculinas falando entre si.

Estico a cabeça um pouco além da parede que faz esquina com o espaço que se abre sob a escada. Dois policiais, parados diante da máquina automática, estão bebendo seu café. Não consigo ver seus rostos, pois estão de costas.

— Dessa vez parece que acertamos — diz um deles.

— É. Sarl finalmente conseguiu pegar um deles. Parece que é o assassino do Parque.

— E como é que sabem?

— Luvas negras. Encontrou uma coleção delas no armário do sujeito. Estão sendo analisadas.

— Será mesmo? Eu aposto que o assassino é um só.

— E os cabelos diferentes que a perícia encontrou? Como explica isso?

— Não sei, talvez a cena do crime tenha sido contaminada.

— De qualquer jeito, é incrível que seja um menino tão jovem. Só tem 18 anos.

Sinto minha respiração ficar presa na garganta. Engulo em seco com um esforço imenso e respiro novamente.

— Talvez seja mesmo da tal seita satânica que prendemos.

— Pode ser. Todos os cadáveres foram encontrados pendurados e um foi até crucificado.

— Bem, logo saberemos a verdade. Sarl está espremendo o menino direitinho.

— Vai cantar como um passarinho.

Os dois agentes riem e dão meia-volta na direção de suas salas.

Dou alguns passos atrás e depois finjo que estou procurando a máquina de café.

— Bom dia, por acaso sabem onde posso encontrar uma máquina de café? — pergunto quando passo por eles.

— Bem ali, senhorita, embaixo da escada.

— Obrigada.

Naquele momento, alguma coisa prende totalmente a minha atenção. Vejo uma figura muito familiar saindo apressadamente da delegacia. É Morgan. O que faz ali?

Sem pensar um instante, vou atrás dele. Não é fácil alcançá-lo. A entrada ainda está cheia de jornalistas e da fauna tradicional da delegacia. Abro espaço como posso e chego à saída. Posso vê-lo. Morgan caminha rapidamente pela calçada, do outro lado da rua. Está vestido de escuro, como sempre. Começo a correr e consigo alcançá-lo em poucos segundos.

— Morgan?

Ele olha para trás sem parar. Quando me vê, arregala os olhos, depois se encosta na parede e me puxa para lá.

— Venha comigo — diz me arrastando para um beco na lateral. — O que está fazendo aqui?

Parece muito agitado.

— Vim trazer Naomi. Ela veio prestar queixa contra Tito e seu bando.

— Ótimo. — Na verdade, ele sabe que estou aqui sobretudo por causa da prisão do assassino. Leio isso em seus olhos, hoje mais escuros e fechados que nunca.

— E você? — pergunto eu. — O que está fazendo aqui?

— Explicarei quando chegar a hora. Ia procurar você, Alma.

— Por quê? — Agora quem está agitada sou eu. Morgan está ainda mais escorregadio e sério que de costume.

— Preciso sumir. É só por uns tempos, mas preciso ir. Nesse momento, é perigoso demais ficar por aqui.

— E para onde vai?

— Sinto muito, mas não posso lhe dizer mais nada, por enquanto. Prometo que voltarei para pegá-la em breve e explicarei tudo. Mas até então, por favor — com um gesto repentino, aperta meu corpo contra o seu —, tenha cuidado. Não saia à noite e sobretudo fique longe de tudo o que tem a ver com esses assassinatos. Entendeu bem?

Seu olhar parece muito preocupado mas, de repente, se tranquiliza, todo carinhoso. Pega meu rosto entre as mãos frias e acaricia minha face com os polegares. Estamos muito juntos, lábios e corações. Sinto sua respiração na minha, à medida que sua boca se aproxima da minha.

— Prometo — consigo dizer antes que me beije. E é um beijo diferente do primeiro que trocamos. É intenso, profundo, íntimo. Instintivamente, abraço sua cintura apertando-o contra meu corpo, como se não quisesse deixar que vá embora. Talvez seja isso.

Sinto seu peito forte abraçado ao meu. Seus músculos estão tensos, seus lábios ávidos dos meus. Estou totalmente à mercê de minhas sensações, emoções novas que me arrastam e me deixam tonta.

— Preciso ir agora — diz ele, afastando-se bruscamente.

Minhas pernas vacilam e apoio as costas na parede por alguns segundos. Depois disparo atrás dele. Confio nele, mas tem alguma coisa que não me convence. Preciso descobrir o que está escondendo de mim.

Morgan é muito rápido e tenho dificuldade para cobrir a distância que nos separa. Corro pensando no beijo, em seu corpo junto ao meu. Sinto o coração bater muito forte no peito.

Continuo a segui-lo pelo labirinto de ruas e becos da Cidade Velha. Passamos pela zona comercial e seguimos para aquela que era a zona industrial. A rua se alarga e começam a aparecer os armazéns abandonados, em sua maioria refúgio de mendigos e vira-latas. Lembra um pouco a zona do Porto Velho. Estremeço.

Sigo mantendo uma distância de segurança e diminuo o ritmo de vez em quando para garantir que não me veja.

De repente, Morgan para diante de um edifício. Escondida atrás da esquina de um armazém, não consigo ver muita coisa porque estamos do mesmo lado da rua e atravessá-la significaria ser descoberta. Debruço-me o mais que posso e consigo vê-lo entrar no edifício à sua frente. Espero alguns minutos, mas ele não sai. Então resolvo me aproximar lentamente, rente à parede do armazém.

Ultrapasso uma rede metálica meio arrebentada, que divide o espaço entre um edifício e outro. O prédio em que Morgan entrou é revestido de tijolos escuros, sobre os quais se abrem algumas janelas com os vidros quebrados. Parece desabitado.

Chego à porta de entrada e fico perplexa ao me deparar com um pedaço de madeira escura, apodrecida pelo tempo, desconjuntada e descascada.

Com certeza não vai ser difícil entrar, penso comigo mesma.

Com muita cautela, seguro a maçaneta, um gancho de latão que forma um pequeno arco onde a mão se encaixa. O mecanismo está quebrado, mas a porta se abre mesmo assim.

Empurro devagar e as dobradiças rangem, num lamento que me deixa com a pele arrepiada. Por um instante, sinto a tentação de deixar tudo aquilo de lado, mas depois me convenço de que a verdade é minha única salvação.

Esperando que ninguém me ouça, escancaro a porta e entro.

No interior, reina uma penumbra densa de poeira, cheiros fortes e camadas de história acumuladas em anos de abandono.

Avanço alguns passos.

Os olhos esquadrinham ao redor, mas quando se habituam à semiobscuridade, fico sem palavras. O ambiente em que estou não é muito grande e se liga a outro por um vão desprovido de porta. Um feixe de luz proveniente de um buraco no teto ilumina o pavimento cheio de lixo e restos de velhos móveis. As paredes estão descascadas e manchadas com alguma coisa que parece fuligem. Num canto vejo um colchão com alguns trapos abandonados e um monte de lixo ao lado.

Onde diabos estou? Ele não pode ter entrado aqui!

Naquele exato momento, ouço um estrondo de vidros quebrados proveniente do outro aposento. Levo um susto mortal.

Sem perder nem mais um segundo, corro para longe de lá e não paro até chegar à parte comercial do bairro.

Minha cabeça dói horrivelmente e me obriga a sentar no meio-fio. Aperto as mãos nas têmporas e fecho os olhos, na esperança de que passe logo.

Não sei quanto tempo fiquei ali, antes que um senhor me acordasse bruscamente tocando em meu ombro.

— Está tudo bem? — pergunta ele.

Encaro seu rosto. Não sei quem é, mas usa um chapéu. Levanto e saio correndo, diretamente para a delegacia.

Quando chego, encontro um tumulto incrível.

Naomi está me esperando do lado de fora.

— O que está acontecendo aqui?

— O cara que vimos chegar alguns minutos atrás...

— O que tem ele?

— Está morto.

63

O interior da delegacia parece uma enorme caixa cheia de fogos de artifício que explodem uns sobre os outros.

Gente que corre, que grita, policiais que tentam manter uma ordem na qual nem eles acreditam mais.

O caos reina soberano.

A imagem de Morgan fugindo daqui está gravada em minha mente. A associação é rápida, imediata. Será possível que esteja envolvido de alguma maneira com... com a morte do assassino?

Chamo Naomi de lado e peço que me conte tudo.

— Não sei, Alma... de verdade... Estava fazendo minha denúncia, quando de repente ouvimos gritos e passos correndo ao longo do corredor. O policial e eu saímos e seguimos alguns de seus colegas que iam para o corredor das salas de interrogatório, do outro lado. Estava cheio de gente, não dava nem para passar. O agente me disse que o esperasse perto da entrada e abriu passagem para ver o que havia. Quando voltou, informou que tinha acontecido uma desgraça, que o rapaz estava morto e que teríamos que deixar a queixa-crime para outra vez. Seu rosto estava lívido e, bem... na verdade parecia muito chocado. Pouco depois, chegou a ambulância. Dois homens levaram o corpo do rapaz numa maca, coberto com um pano. Não sabia o que fazer: comecei a procurar por você, mas depois resolvi sair e esperar aqui fora. Cedo ou tarde ela vai acabar passando por aqui, pensei comigo mesma. Mas onde você estava?

— Encontrei Morgan.

— Morgan?

— É, estava correndo para fora da delegacia, fugindo.

— Fugindo? Mas por quê?

— Não sei mais o que pensar, Naomi. Primeiro Adam, depois Agatha, Tito e agora Morgan. Parece que cada pessoa que conhecemos esconde alguma coisa horrível.

— E o que fez então?

— Resolvi segui-lo.

— E...?

— Nada, eu o perdi de vista. Ele foi muito mais rápido que eu.

— Parece um pesadelo.

Enquanto Naomi fala, observo as pessoas que passam por ali e tento ouvir algumas palavras cá e lá.

— Atiraram nele...

— Foi espancado...

— Se matou!

Sentamos num banco bem perto da porta. Dali, podemos controlar quem entra e quem sai.

Pelo menos é o que espero.

Espero pacientemente, cercada pelo caos.

De repente, um grupo de jornalistas desagua na entrada vindo do corredor à direita. Levanto.

Roth.

Ele caminha quase correndo, tentando enfiar um bloco em sua bolsa verde.

— Ei, Roth! — Consigo detê-lo ainda na soleira da porta.

— Alma!

— O que houve lá dentro?

— Sarl acabou de dar uma coletiva de imprensa relâmpago. O assassino está morto.

— Como morto?

— Suicidou-se. Foi deixado sozinho um segundo e enfiou uma caneta no pescoço.

— Mas como é possível?

— Exatamente como eu lhe falei. Agora me desculpe, mas preciso chegar logo à redação para escrever minha matéria. Vamos nos encontrar para a entrevista! Pode deixar que eu ligo.

Enquanto se afasta, tento recompor os pedaços do quadro, mas minha cabeça se vinga com pontadas lancinantes.

Preciso voltar para casa. Não tenho mais nada a fazer aqui.

— Vamos embora — digo eu.

Saímos do manicômio que é a delegacia e seguimos na direção do ponto do ônibus. Mas ao chegar lá, penso melhor e mudo de ideia.

— Ouça, prefiro caminhar um pouco.

Naomi esfrega os olhos com as costas da mão.

— Desculpe, mas não vou com você — diz ela —, estou exausta.

— Não se preocupe. A gente se vê amanhã na escola.

Trocamos dois beijinhos e me encaminho para a Ponte de Ferro. Está escurecendo. É melhor me apressar.

Respirando a plenos pulmões atravesso a ponte e, como sempre, olho para baixo, hipnotizada pela força da corrente. Percorro o trecho que me separa do Pequeno Parque, com suas árvores sempre verdes e seu curto braço de rio, desviado do curso principal graças ao projeto de um arquiteto visionário, para tornar a paisagem mais agradável.

Penetro no parque e as sombras da noite começam a se alongar sobre mim.

É só um segundo, digo a mim mesma. Mas estou mais tensa que as cordas de um violino.

As recomendações de Morgan ricocheteiam em minha cabeça como maus presságios. Resolvo acelerar o passo.

O parque não é muito frequentado. Algumas pessoas com cães na coleira, um velho com um jornal. Os modestos lampiões que margeiam as alamedas se acendem um a um, socorrendo a luz agonizante do dia.

Ultrapasso um homem que faz sua corrida com fones nos ouvidos e um mendigo que escolhe o melhor banco para armar a cama de papelão. Ele me lança um olhar, mas não tenho um tostão nem para mim, de modo que abaixo a cabeça e me afasto pela ciclovia.

Ouço o rio escorrer a distância.

Olho para trás para verificar se ninguém está me seguindo. Não vejo ninguém, mas não fico tranquila. Depois de cerca de 20 metros, viro de novo e vejo com horror uma figura escura que caminha muito rápido, ainda distante. Não está me seguindo, mas se move numa velocidade fora do comum, como uma marionete. E usa chapéu. Prefiro acreditar que esse detalhe não tem importância.

A claridade do dia se dissolve rapidamente. A água do rio é negra. Os cones de luz dos lampiões tornam-se mais sólidos.

No final da ciclovia, olho de novo para a tal figura e me convenço de que era pura paranoia. Não está me seguindo.

Na primeira bifurcação, deixo a ciclovia e pego uma trilha que mergulha entre as árvores. Continuo a caminhar, depressa, e quando me viro vejo que o homem de chapéu pegou a mesma trilha.

— Oh, não! — murmuro num gemido.

Meu provável perseguidor caminha atrás de mim. Não corre. Não corre nunca, como todos os outros. Mas caminha rápido, muito rápido.

Ouço o rumor de seus passos que rangem sobre o cascalho atrás de mim.

É demais.

— Não! — grito e começo a correr o mais rápido que posso.

Tento uma via de fuga entre as árvores. Salto alamedas e moitas e vou à procura da escuridão para me esconder.

Mas a escuridão não me ajuda, ao contrário, me desorienta.

Posso ouvi-lo correr atrás de mim, no cascalho. Está nos meus calcanhares e não consigo nem ver onde ponho os pés. Sinto pavor de tropeçar, pois sei que, nesse caso, não teria escapatória. Pulo, desvio, corro ainda mais rápido na direção do canal artificial que atravessa o parque. Minha respiração é curta e ofegante, as pernas rígidas de medo.

Mas não paro.

Morgan!

Não sei dizer se estou chamando seu nome ou só pensando.

Desemboco nas moitas a poucos passos do canal. O estrondo das águas é mais violento, quase ensurdecedor.

Odeio a água.

Em algum lugar desse canal deve haver uma ponte para atravessá-lo. Não olho para trás. O barulho da água cobre os passos do perseguidor.

Dou uma rápida olhada ao redor, mas é como se todas as outras pessoas tivessem sumido com a chegada da noite. Não há ninguém. Nem Morgan, nem sequer o mendigo que vi antes. Onde ficará a ponte? À direita? À esquerda? Essa hesitação é fatal, pois o perseguidor me alcança num segundo. Agarra meu braço num aperto feroz e me puxa violentamente para trás. Agora posso vê-lo claramente: além do habitual chapéu, usa calça e paletó escuros. É como os outros que me seguiram. Mas não usa óculos nem luvas.

Abro a boca para gritar, mas o pânico impede que emita qualquer som. De todo modo, de nada serviria gritar: não há ninguém nesse maldito parque.

Caio no chão, rolando na relva junto com ele. O chapéu sai de sua cabeça e rola como um pneu que tivesse se soltado do carro, até bater contra o tronco de uma árvore. Oh, meu Deus, a orelha! Arrancada! E não tem cabelos!

Mas não é só isso. À luz do lampião, o brilho de um anel escuro reluz em sua mão. Posso reconhecê-lo. Sei que anel é.

O anel do dragão-marinho.

É um Master!

Mas quem é ou o que é um Master?

Na confusão de mãos e roupas que rolam, consigo encará-lo por alguns segundos, antes que me imobilize no chão e aperte as mãos ao redor do meu pescoço. Ouço o rumor da água perto de nós. Água que escorre, poderosa e aterrorizante.

O Master é um homem, ou pelo menos acho que é. Seus olhos são duas pontas de alfinete branco-gelo que brilham na noite. A seu redor, apenas a pele branquíssima. Nenhum cílio, nenhum pelo sequer. Nada.

Leio uma única coisa nesses olhos. Ódio. E enquanto tento me livrar de suas garras, entendo que só tem uma intenção: me matar.

É forte. Fortíssimo. Forte demais para mim.

— M...organ! — chamo quase sem nenhum ar nos pulmões.

Ele sempre apareceu. Sempre chegou. Sempre me protegeu. Onde está ele agora?

O Master cresce em cima de mim, tremendo e silencioso. Tento arranhá-lo, mordê-lo, mas são esforços inúteis. Não respiro mais. Sinto o metal gelado de seu anel contra o pescoço.

Depois, instintivamente, enfio uma mão no bolso. Toco imediatamente a caneta de aço, que agarro como se fosse um punhal e enfio em seu braço com toda a energia que ainda me resta.

Ele escancara a boca para gritar, mas não emite nenhum som. O aperto de suas mãos diminui um pouco.

Arranco a caneta de seu braço e enfio no pescoço com mais força ainda. O aço penetra na carne com um rumor surdo. O jato de um líquido que tem a cor do sangue, mas parece muito menos denso, atinge meu rosto.

O homem está com a boca escancarada num berro silencioso. Leva as mãos ao pescoço estriado de sangue e fica de pé num salto, oscilando desequilibrado.

Rolo sobre mim mesma e pulo em cima dele, tentando empurrá-lo dentro do canal. O impacto contra o seu corpo é igual ao que sentiria se tivesse me chocado com uma parede de cimento.

No entanto, o homem perde definitivamente o equilíbrio, agita os braços no ar e, num último instante, me encara com seus olhos gélidos.

Depois cai na água com um baque e é arrastado pela corrente. Vejo seu corpo desaparecer num turbilhão de espuma.

Imóvel na margem, sem fôlego, massageio o pescoço dolorido. Examino a ponta dos dedos manchadas de sangue. O anel do dragão deixou uma ferida que queima como fogo. Mas estou viva. Ainda estou viva. Minha mão esquerda ainda segura a caneta.

— Meu Deus! — exclamo, deixando-a cair no chão.

Continuo a observar a mão, a caneta, as águas agitadas do canal, o parque imerso em sombras que se ergue ameaçador atrás de mim.

Sou tentada a fugir, mas no momento em que fico de pé, sinto que uma estranha segurança toma conta de mim.

Em vez de ir na direção de casa, decido seguir o curso do canal. Cerca de 50 metros mais adiante fica o ponto em que ele desagua no rio. Há nesse ponto uma rede metálica para impedir a passagem de galhos, folhas e objetos.

O homem não está lá. Não subiu pelas margens do canal e não pode ter passado pela rede.

Chego mais perto. Por que não saio correndo de lá, simplesmente? Uma mão poderia sair daquelas águas revoltas e me arrastar.

Mas isso não acontece.

Nenhuma mão.

Nenhum Master.

Nenhum corpo.

Só um chapéu, um paletó, um par de calças pretas que boiam como folhas mortas entre as malhas de metal.

O homem conseguiu tirar a roupa enquanto nadava? Como é possível? Onde foi parar o corpo? De quem estou me defendendo e por quê?

A água.

No porto, Morgan também jogou um Master na água depois da luta.

Na água que odeio, na qual nunca fui capaz de mergulhar.

Meus dedos ainda apertam a caneta.

Não posso acreditar que apunhalei um homem no pescoço com uma caneta-tinteiro! O suicídio do jovem assassino me vem à memória. Que macabra coincidência é essa?

Olho em torno em busca de uma resposta, mas a cidade, o parque, a corrente do canal artificial, o rio que estronda a poucos passos de mim não passam de uma grande extensão de escuridão.

Nenhum futuro.

Nenhuma resposta.

Nenhuma luz.

Só a escuridão.

EDITORA OBJETIVA LTDA.
Rua Cosme Velho, 103
Rio de Janeiro — RJ — CEP: 22241-090
Tel.: (21) 2199-7824 — Fax: (21) 2199-7825
www.objetiva.com.br

Título original
Buio

Capa
Fernanda Mello sobre layout original de Francesco Sanesi

Imagem de capa
Carlos A. A. Pereira

Preparação de originais
Elisabeth Xavier de Araújo

Revisão
Diogo Henriques
Joana Milli
Tamara Sender

Editoração eletrônica
Abreu's System Ltda.

CIP-BRASIL. CATALOGAÇÃO-NA-FONTE
SINDICATO NACIONAL DOS EDITORES DE LIVROS, RJ

M485e

Melodia, Elena P.
Escuridão / Elena P. Melodia ; tradução Eliana Aguiar. - Rio de Janeiro : Objetiva, 2010.

328p. ISBN 978-85-60280-60-5
Tradução de: *Buio*

1. Ficção italiana. I. Aguiar, Eliana. II. Título.

10-2737 CDD: 853
CDU: 821.131.3-3

---

markgraph

Rua Aguiar Moreira, 386 - Bonsucesso
Tel.: (21) 3868-5802 Fax: (21) 2270-9656
e-mail: markgraph@domain.com.br
Rio de Janeiro - RJ